A VIDA ÍNTIMA DE
PIPPA LEE

REBECCA MILLER

A VIDA ÍNTIMA DE
PIPPA LEE

Tradução de
MARILUCE PESSOA

EDITORA RECORD
RIO DE JANEIRO • SÃO PAULO
2009

CIP-Brasil. Catalogação-na-fonte
Sindicato Nacional dos Editores de Livros, RJ.

M592s   Miller, Rebecca, 1962-
        A vida íntima de Pippa Lee / Rebecca Miller; tradução
        de Mariluce Pessoa. – Rio de Janeiro: Record, 2009.

        Tradução de: The private lives of Pippa Lee
        ISBN 978-85-01-08288-6

        1. Mulheres de meia-idade – Ficção. 2. Ficção
        americana. I. Pessoa, Mariluce. II. Título.

                            CDD: 813
09-1821   CDU: 821.111(73)-3

Título original inglês:
THE PRIVATE LIVES OF PIPPA LEE

Copyright © Rebecca Miller, 2008

Editoração eletrônica: Abreu's System

Capa: adaptação sobre arte da PlayArte Pictures

Texto revisado segundo o novo Acordo Ortográfico da Língua Portuguesa

Todos os direitos reservados. Proibida a reprodução, no todo ou em
parte, através de quaisquer meios.

Direitos exclusivos de publicação em língua portuguesa somente para o
Brasil adquiridos pela
EDITORA RECORD LTDA.
Rua Argentina 171 – Rio de Janeiro, RJ – 20921-380 – Tel.: 2585-2000
que se reserva a propriedade literária desta tradução

Impresso no Brasil

ISBN 978-85-01-08288-6

PEDIDOS PELO REEMBOLSO POSTAL
Caixa Postal 23.052
Rio de Janeiro, RJ – 20922-970

EDITORA AFILIADA

Para D.
— E para Barbara Browning

Agradecimentos

Meus sinceros agradecimentos a meu editor, Jonathan Galassi, por sua sutileza e intuição; a meus primeiros leitores: Cindy Tolan, Julia Bolus, Mary Ellen Peebles, Michael Blake e Honor Moore, por sua sinceridade e seu tempo; a minha leal amiga e agente, Sarah Chalfant; a David Turley por compartilhar comigo sua experiência; a Jane e Tom Doyle por devanearem junto a mim; a Robert Miller por suas recordações; aos Irmãos Jesuítas de Nova Jersey por sua amável ajuda; ao Galway Literary Festival por me dar a oportunidade de apresentar Pippa a uma plateia; a Claire Hardin, Kate Brady, Charissa Shearer, Emma Wilkinson e Angela Trento por me concederem a paz de espírito para escrever; a Ronan e Cashel por sua inestimável ajuda e por tudo o que me ensinaram; a meu pai e a minha mãe.

Parte Um

Vila das Rugas

Pippa tinha de admitir, gostara da casa.
Aquela era uma das unidades mais novas, haviam sido informados. Lava-louças, lavadora e secadora de roupas, micro-ondas, forno elétrico, tudo novo. Tapetes, novos. Fossa séptica. Telhado. Mas o piso do porão apresentava uma rachadura no concreto, e o rejunte entre algumas cerâmicas do banheiro estava escurecido pelo mofo. Sinais de decomposição, como numa boca velha com dentes cobertos por facetas de porcelana, pensou Pippa. Ficou imaginando quantas pessoas já deviam ter morrido naquela casa. Marigold Village, complexo residencial para aposentados: um prelúdio do céu. Aquele lugar tinha de tudo: piscina, restaurantes, um pequeno centro comercial, posto de gasolina, loja de produtos naturais, aulas de ioga, quadras de tênis, enfermeiros. Havia um serviço permanente de aconselhamento por telefone em caso de luto, dois terapeutas de casais, um terapeuta sexual e um fitoterapeuta. Clube do livro, clube de fotografia, clube de jardinagem, clube de nautimodelismo. Não era preciso sair dali para nada. Pippa e Herb haviam passado pela primeira vez por Marigold Village vinte anos antes ao retornarem para sua casa de praia em Long Island de um almoço em Connecticut, quando Pippa acabara de completar 30 anos e Herb, 60. Herb dobrara na esquina errada, e eles se viram numa rua estreita e sinuosa, ladeada de casas cinzentas de um único pavimento. Eram 17 horas no mês de abril; a luz

do fim de tarde lançava um filtro dourado sobre os gramados mantidos com perfeição. As casas pareciam idênticas; avistava-se uma colmeia de caixas de correio numeradas nas entradas compartilhadas. Alguns dos números eram na casa dos mil. Herb estava certo de que dobrando umas duas vezes à esquerda e uma à direita chegaria à estrada principal, mas cada rua em que entrava parecia sugá-los mais ainda para dentro daquela área residencial.

— É como um daqueles contos de fadas — observou Pippa.

— Que contos de fadas? — perguntou Herb, refletindo exasperação na voz. Pippa sempre via poesia em tudo. Ela era do tipo que conseguia transformar a situação de estar perdida dentro de um complexo residencial em algo saído de um conto dos Irmãos Grimm.

— Sabe, aqueles nos quais as crianças entram na floresta, e tudo muda, todos os marcos se transformam magicamente, e elas se perdem, e aí geralmente aparece algum tipo de bruxa? — Entraram em uma alameda, as árvores escondiam o que restava do sol. A claridade desapareceu.

— Pelo menos uma bruxa podia ensinar o caminho — resmungou Herb, virando o volante. Suas mãos gigantescas faziam a direção parecer um brinquedo.

— Acho que já passamos por essa fonte — disse ela, olhando para trás.

Após vinte minutos infrutíferos, viram-se no posto de gasolina de Marigold. Um adolescente simpático de uniforme azul-marinho os orientou sobre como sair dali. Era muito simples: dobrar duas vezes à direita e uma à esquerda. Herb não acreditou que não tinha conseguido descobrir a saída. Dias mais tarde, quando souberam que Marigold Village era um complexo residencial de aposentados, eles riram. Vila das Rugas, como era chamado pelas pessoas do local.

— Ficamos perdidos por tanto tempo — Herb dizia ao contar a história — que quase tivemos de nos aposentar lá.

Essa história provocou grandes risadas na festa de inauguração da casa nova que Pippa deu no seu terceiro sábado em Marigold Village. Muitos dos amigos mais queridos do casal estavam lá para comemorar, um tanto surpresos, a mudança e a nova vida naquele lugar.

Sam Shapiro, um homem anguloso e calvo, de seus 50 anos, era provavelmente o melhor autor de ficção do país. O enorme adiantamento que Herb lhe concedera por seu último romance virou notícia de jornal. Ele levantou-se e fez um brinde a Herb e Pippa, as palavras saindo-lhe aos borbotões, um tanto confusas.

— Todos sabemos que Herb Lee pode ser um sacana, mas em geral está com a razão. Detesta a autopiedade mais do que qualquer outra coisa, tanto nos livros como na vida real. Isso o torna um grande editor e um homem extremamente firme. Não acredito que já tenha 80 anos, Herb. Acho que isso quer dizer que não tenho mais 35. Mas digo uma coisa. Quando se trata de palavras, a intuição de Herb é perfeita. Com as mulheres, nem tanto. Acho que todos sabemos do que estou falando. — Um riso desconfortável soou entre as pessoas, e um homem soltou uma gargalhada. — Então quando ele me disse que ia se casar com a Pippa, eu pensei — Sam continuou —: Vai começar tudo de novo! Ela parecia... carga radioativa à deriva. Doce, mas letal. No entanto, Herb, desconsiderando meu conselho, seguiu o próprio nariz, como sempre, um nariz de respeito, diga-se de passagem, não um desses narizinhos insignificantes que vemos em todo lugar por aí, e acontece que conseguiu a mais maravilhosa das mulheres. Conheço Pippa Lee há um quarto de século, mas nunca vou realmente chegar a conhecê-la. Ela é um mistério, um enigma, algo quase em extinção hoje em dia: uma pessoa não levada pela ambição nem pela avidez, tampouco pela necessidade doentia de atenção, mas pelo desejo de viver a vida intensamente e tornar mais fácil a vida das pessoas ao seu redor. Pippa tem nobreza. Pippa tem estilo.

Pippa contraiu os lábios levemente e franziu o cenho num sinal peculiar de reprovação. Queria que ele elogiasse Herb, não ela. O olhar rápido de Sam repousou sobre ela por um instante; entendendo aquele sinal, sorriu e continuou:

— E Herb teve o bom senso de reconhecê-la pelo que ela era, quando isso ainda era quase impossível de saber. Então não pode ser uma pessoa tão ruim assim. Um brinde ao homem que, mesmo nesse estágio avançado de sua carreira, permanece totalmente imprevisível. Não sei dizer o que penso sobre a sua decisão de se mudar de Gramercy Park para Marigold Village, Herb. Se é por modéstia, praticidade ou capricho. Mas enquanto Pippa preparar esse prato de cordeiro assado, eu aceito ser até mesmo seu *caddie*, se for preciso.

— Eu não acho que você daria um bom *caddie*, Sam — disse Herb, a boca contraindo-se num sorriso torto, típico de quando dizia algo engraçado.

— Nunca subestime um judeu com fome! — retrucou Sam Shapiro.

— Eu acho um tanto surpreendente — disse uma voz sentida e fanhosa. Moira Dulles era uma poetisa que vivia com Sam havia alguns anos. Estava sentada no chão, de pernas cruzadas, aos pés de Herb. — Quer dizer, vocês deixarem tudo para trás. Pippa, você é tão corajosa de largar tudo e começar uma vida nova...

Pippa olhou para a frágil amiga com preocupação. Esperava que Sam não percebesse as lágrimas em sua voz.

— Dá uma sensação de liberdade — disse Pippa. — Não ter mais casas grandes para tomar conta.

— Não destrua minhas ilusões — pediu Sam. — Você é o ícone da Mulher de Artista: serena, dedicada, inteligente, linda. Uma grande cozinheira. Não se faz mais esse tipo. — Moira Dulles lançou-lhe um olhar fulminante, que ele ignorou. — E Herb nem sequer a merece, ele não é um artista. Nunca pensei nisso antes! A única verdadeira mulher de artista no mundo moderno, e ela termina com um editor! — Ele deu uma risada, e em seguida sua respiração soou como o zurro de um jumento.

— Ela não era assim quando nos casamos — disse Herb. — Eu a amansei.

— Ah, cale a boca — Pippa sorriu, escapulindo para a cozinha e se perguntando se Sam não estaria provocando Herb demais. Ben, o filho de Pippa e Herb, estava limpando o tabuleiro do assado, lançando olhares ao grupo através da janelinha que dava para a sala de jantar. Ainda na faculdade de Direito, ele já tinha a má postura e o pessimismo complacente de um homem de meia-idade. Observava a mãe com atenção através de óculos redondos professorais.

— Só espero que Herb esteja bem — disse Pippa, acendendo o maçarico de cozinha e virando-o sobre 15 tigelinhas de *crème brûlée*. A camada de açúcar em cada uma delas borbulhou e ficou escura, da cor do melado.

— Mãe, ele está bem. Nada consegue afetar aquele ego.

— Isso é o que você pensa.

— Eu estou mais preocupado é com você.
— Ah, eu estou bem, querido.
— Seu problema é que você se adapta com muita facilidade. O enigma adaptável. — Pippa acariciou o braço de Ben. Ele estava sempre protegendo-a contra o perigo, quisesse ela ou não. Na sala, Herb conversava compenetrado com Sam, inclinado para a frente na cadeira. Era ainda tão bonito, pensou Pippa. Oitenta anos, com uma cabeleira cheia e todos os dentes. Quando tudo aquilo iria implodir?

— Você devia fazer a mesma coisa — ele aconselhava Sam —, se conseguir chegar à velhice. Eu recomendo. Transformei tudo o que consegui na minha vida em dinheiro vivo. Sendo descontado somente sobre os rendimentos. Do contrário, leva anos para as propriedades serem processadas, e aí o Estado leva metade.

— Eu achava que você adorava pagar impostos! — interpelou Don Sexton, um roteirista, cujas vogais alongadas soavam como se ele tivesse saído de *Núpcias de escândalo*.

— Isso mesmo! — concordou Phyllis, sua perspicaz esposa. — Você sempre disse que gostaria que o governo cobrasse *mais* impostos.

— Eu não financio essa maldita guerra — retrucou Herb.
— Ah, então no final tudo se resume a ética — disse Sam.
— Eu estava torcendo para que fosse um capricho.
— Não simplifique as coisas! — resmungou Herb. Mas estava gostando de ser o foco da brincadeira. Pippa de repente adorou Sam Shapiro. Ele adotara o tom jocoso exato de desrespeito para com Herb. Ela temia que as pessoas começassem a agir de forma diferente agora que o homem invencível se encontrava num condomínio de pessoas idosas. Tratar aquilo como uma brincadeira louca, era assim que

devia ser feito. O grande Herb Lee, bravo proprietário de uma das últimas editoras independentes do país, defensor viril do Grande Romance americano, admitindo estar velho. Parecia irreal para todos naquela sala. Sua fragilidade tornava a meia-idade deles palpável. Seriam os próximos.

Mudar-se para um complexo residencial de aposentados era a última coisa que Pippa havia esperado de Herb, porém, mais uma vez, ela aprendera a aceitar as rápidas mudanças de curso do marido. Por trás daquela conduta firme e imperturbável, escondia-se uma extrema impulsividade; ele havia comprado manuscritos, abandonado editoras e até mesmo casamentos de forma súbita e ousada durante toda a vida. Pippa sabia que Herb confiava profundamente em seus instintos, chegando ao ponto da superstição; talvez isso fosse tudo em que ele confiava. No momento em que a agulha de sua bússola interna mudava de posição, não havia mais discussão, alguma coisa iria mudar. Portanto, quando ele voltou para casa, rindo, com um prospecto da Marigold Village para aposentados, dizendo: "Esse é o lugar onde nos perdemos naquele dia!" — e depois passou a tarde no escritório analisando as páginas brilhosas daquele folheto, ela percebeu que alguma coisa estava sendo tramada. No final, ele lhe passou a ideia como solução prática: "Tenho no máximo uns cinco a dez anos de vida. Para que precisamos daquela casa na praia? As crianças já seguiram seu rumo. Manhattan é uma chatice. O dinheiro que você poderia estar gastando nos escorre pelos dedos. Liquidamos nossos bens, Pippa, e quando eu me for, você vai ter a maior parte do dinheiro no bolso. Vai poder viajar, comprar uma casa pequena na cidade. Vendemos tudo e você fica livre." Mas Pippa pressentiu um certo medo naquele tom inflamado; o marido tivera dois infartos no espaço de uma semana, no ano anterior. Durante os seis meses subsequentes, ela precisou ajudá-lo em tudo. Não conseguia subir um lance de escada. Agora readquirira o antigo vigor e de certa forma estava até mais forte, com a dieta quase perfeita e a prática de exercícios, mas aqueles dias terríveis, quando, de repente, ele e Pippa foram tomados pela extrema sensação de velhice, deixaram uma marca indelével em suas vidas. Ele tinha pavor, Pippa sabia, da ideia de vê-la transformada em sua enfermeira. Marigold Village era um tipo de golpe antecipado contra a decrepitude, enfrentando o problema de cara. Era, na verdade, o autêntico Herb: impassível, realista e relutante em perder o controle de si mesmo.

O fato de Sam Shapiro, que se tornara o melhor amigo de Herb nos últimos trinta anos, morar a 15 minutos de distância, era tanto vantajoso quanto um pouco desconcertante, Pippa sabia. Porque Sam Shapiro seguira o amigo de uma casa editorial a outra durante anos, antes de Herb ter a própria editora. Na verdade, Sam havia sido tão leal ao companheiro que as pessoas começaram a se perguntar se o grande Shapiro não dependia um pouco demais de seu editor. O ar de triunfo que Sam demonstrou ao saber da mudança — como se o amigo houvesse se mudado para segui-*lo* — em tom de brincadeira, irritou Herb. Em todos os seus relacionamentos, Herb era o mestre, o solicitado. Derrubar essa pirâmide abalaria a base de sua personalidade. Pippa observava Sam com cuidado para detectar qualquer sinal de mudança na dinâmica daquela amizade. Ela também precisava que o marido mantivesse sua aura de fortaleza. Tomar conta dele nos meses seguintes a seus infartos fora complicado. Talvez o tivesse amado mais profundamente do que antes, mas a maneira como passaram a se relacionar começou a sofrer mudanças perturbadoras. Quando se conheceram, ele havia sido seu protetor. Tornar-se agora dependente dela desconcertava os dois.

Então venderam a casa em Sag Harbor com seu telhado de madeira cinzento, seus cômodos aconchegantes decorados, década após década, com quadros, tapetes, objetos, fotografias. Os quartos das crianças, ainda repletos de medalhas de saltos no hipismo e pôsteres de bandas, o enorme quarto principal com sua cama gigantesca, a janela que era uma verdadeira pintura diante da qual Pippa sentava-se todos os domingos, lendo o jornal ou observando os pássaros — tudo isso arrematado numa terça-feira chuvosa por um corretor de imóveis e sua mulher. O apartamento em Gramercy Park passou para um casal de oftalmologistas sem filhos. Embora Pippa tenha sentido muito perder essas propriedades que tanto amara, surpreendeu-se por sentir-se libertada também. Desvencilhar-se de muito do que haviam adquirido, livrar-se do supérfluo — o impulso havia soado de forma tênue no seu íntimo durante anos, como o eventual toque de um telefone celular perdido num apartamento. Mas fora abafado pelas alegrias, os confortos e os dilemas da vida diária de uma mulher rica e bem-casada, mãe dedicada, anfitriã generosa, uma pessoa que, para aqueles que a conheciam, parecia estar entre as mais atenciosas, amáveis, encantadoras, as mais modestas e incentivadoras de todas as mulheres que haviam conhecido.

Pippa retornou à sala de jantar levando a bandeja de *crème brûlée*. Herb não podia comer tantos ovos e gordura assim, mas ela achava que de vez em quando deveria ter o direito de comer o que gostava, como sempre fizera, antes de os médicos o proibirem. Além disso, Pippa adorava proporcionar prazer, e todos os cozinheiros sabem que cordeiro e *crème brûlée* provocam mais suspiros à mesa do que linguado e salada de frutas. Ela observava os convidados à medida que eles quebravam o açúcar caramelado com as colheres, levando à boca o creme espesso com aroma de baunilha.

Bolo

Na manhã seguinte, Pippa estava sozinha na sala de estar, indolente como uma odalisca, de blusa azul-turquesa de seda pura e calças jeans. Seu rosto suave, felino, de maçãs salientes e olhos cinzentos amendoados era moldado pelos cabelos tingidos de um louro-avermelhado. Mesmo na meia-idade, lembrava uma Madona numa pintura flamenga, porém mais arredondada e viçosa. Com a cabeça recostada numa almofada marroquina, cujo padrão geométrico servia para quebrar a monotonia do moderno sofá sueco cinza-amarronzado, que comprara para combinar com as linhas simples da casa, ela estudava o ambiente com satisfação. Nada ali era irrelevante. Escolhera deliberadamente cada vaso, pote e pintura entre a miscelânea de pertences que a família acumulara ao longo dos anos, a maioria dos quais dera aos filhos ou doara a uma instituição de caridade com raro desprendimento, quando se mudaram para Marigold Village, guardando apenas umas poucas peças importantes que achava que ela ou os filhos pudessem vir a precisar algum dia. Cada objeto que Pippa havia separado para sobreviver a essa seleção impiedosa parecia agora repleto de lembranças, isolado como estava dos seus pares nesse cenário estéril, desprovido de associações e com paredes pintadas de cinza: o cinzeiro de vidro vermelho luminoso que haviam comprado em Veneza na lua de mel; o prato de doces em forma de coração preferido da sua mãe, decorado com trevos minúsculos; a concha que os filhos haviam colocado ao ouvido muito tempo atrás, expressões enlevadas em seus rostos, enquanto escutavam o barulho do mar.

Esta casa me faz sentir estranha, pensou Pippa languidamente, apoiando-se sobre os cotovelos e pegando um binóculo novo em cima da mesinha de vidro de centro. As portas de correr envidraçadas estavam abertas, e Pippa observava através das poderosas lentes um tapete de grama verde-esmeralda com um laguinho artificial brilhante azul-opala — um dos muitos espalhados por Marigold Village — no centro. Mexeu no binóculo para um lado e outro até que avistou um pássaro, um papa-figo, saltando nervoso no galho de um salgueiro. A ave tinha o topo da cabeça preto e penas amarelo-açafrão no peito, desbotando-se para o branco no abdome. Era exatamente igual a uma fotografia brilhante do Papa-figo de Baltimore, que havia no manual de Pippa, *Pássaros da Costa Leste*, que comprara na livraria de Marigold apenas uma semana antes.

No dia em que comprou o manual, observou uma nota no quadro de avisos da livraria: "O grupo de leitura de Marigold reúne-se toda quinta-feira às 19 horas. Novos membros são bem-vindos." Isso lhe despertou interesse. Poderia ser uma boa maneira de conhecer as pessoas. Na quinta-feira seguinte, batia à porta do local indicado, usando uma das camisas de Herb e saia de linho folgada. Achava que deveria esconder das mulheres idosas seu corpo ainda firme. Era uma atitude respeitosa. Uma mulher pequena de cabelos brancos encaracolados e calças de elástico na cintura, típicas dos que entram na terceira idade, abriu a porta.

— Mais uma jovem! — exclamou num tom alto, olhando meio por cima do ombro. — Venha, entre. É bastante inspirador; nós, velhas, gostamos de sangue novo. — Pippa se apresentou, entrou na sala e viu um grupo de mulheres de seus 60, 70 e 80 anos, sentadas em círculo como numa convenção de bruxas, as bolsas colocadas ao lado; todas elas tinham no colo um exemplar do último romance de Sam Shapiro, *Mr. Bernbaum Presents*. Pippa quase explodiu numa gargalhada. Aquilo era demais.

— Sou Lucy Childers — disse a mulher que havia aberto a porta. — Essa aqui é, vamos ver... Emily Wasserman, Ethel Cohen, Jean Yelding, Cora O'Hara e... onde está Chloe? — Naquele momento a outra "jovem" apareceu saindo do banheiro. Chloe aparentava idade indeterminada; seu rosto esticado estava congelado num meio-sorriso, tendo sido repuxado várias vezes, e era acentuado pelas maçãs do rosto proeminentes que pareciam bolas de pingue-pongue sob a pele. As duas metades inchadas do lábio superior pendiam sugestivamente, como um par de cortinas de veludo vermelho, presas aos cantos da boca, pensou Pippa. A ponta do nariz era comprimida, como se, por maldade, dois dedos tivessem apertado uma escultura de argila. Suas pálpebras, de tão abertas, pareciam fixadas com super Bonder. Ela falava em voz baixa, regular, como alguém que se dirige a uma criança birrenta.

— É um prazer conhecê-la — disse, os olhos abertos como os do rosto de um prisioneiro espiando por trás de uma fresta numa parede de pedra. Pippa disse alguma coisa educada e desviou o olhar, sentindo um misto de piedade e repulsa.

— Esse é o último encontro de Chloe aqui no clube — informou Lucy Childers. — O marido dela morreu recentemente, e ela está voltando para a cidade.

— Sinto muito — disse Pippa.

— Obrigada — sussurrou Chloe.

Lucy Childers sentou-se na beira do sofá, costas eretas, os pés pequenos em sapatos de enfermeira de couro branco, elegantemente juntos, e abriu a discussão com opiniões eruditas próprias, a mãozinha firme cortando o ar sempre que apresentava seu ponto de vista, movendo-a em seguida rapidamente para o lado, como se removesse a sujeira de cima de uma mesa. Lucy admirava a simetria do livro, o ritmo cuidadoso, o suprimento lento, porém constante, de informação, nem de mais, nem de menos; denominou-o "suspense com personalidade". Depois virou-se para Chloe, que murmurou:

— É perverso, mas eu gostei.

Pippa tentou ignorar a desagradável sensação de pavor e afinidade que sentia em relação àquela pessoa.

O papa-figo voou. Pippa ajustou um pouco o binóculo e avistou o tênis All Star Converse vermelho de Herb. Focalizou as pernas bronzeadas, magras, o pneuzinho na cintura, até chegar ao rosto enrugado, o maxilar inferior apertado contra os dentes da frente, numa contração involuntária de concentração ao ler um manuscrito de dez centímetros de espessura na cadeira do gramado. A verdade era que Herb não se aposentara. Estava administrando a empresa dali, comprando manuscritos, fazendo negócios.

Uma lista de itens de casa passou pela mente de Pippa num *flash* sem-fim assim como as manchetes de jornal são apresentadas na TV: *lavagem a seco... papel higiênico... fertilizante de plantas... queijo...* Devaneava naquela posição prazerosa havia meia hora, depois de ter terminado a limpeza da casa e planejado o jantar às dez. O círculo do lago artificial, as pernas de Herb, o gramado verde brilhante... Pippa queria ser capaz de pintar a cena. Aquele era um desejo estranho vindo dela; dizia sempre para si mesma, quase com orgulho, cercada como vivia de pessoas criativas, que não tinha talento de espécie alguma.

A campainha da porta a assustou. Sentou-se e, ao se virar, viu Dot Nadeau, esperando por trás da porta de tela. Dot era uma loura oxigenada de Nova Jersey, de pele queimada e áspera, e voz lúgubre e grave. Morava do outro lado do lago artificial, no número 1272. Com 60 e tantos anos, Dot e o marido, Johnny, estavam entre os residentes mais jovens. Pippa, aos 50, era praticamente uma jovem noiva.

— Você tem um minutinho? — Dot perguntou num tom baixo. Parecia arrasada.

— Claro. Eu precisava fazer umas coisinhas, mas não tem importância — disse Pippa.

Sentaram-se na cozinha. Pippa serviu uma xícara de café e entregou-a a Dot.

— Está tudo bem? — perguntou.

— Bom, nós vamos bem, mas... meu filho, Chris. Lembra que eu lhe falei sobre ele?

— De Utah?

— Sim. Ele está pensando em se mudar e... talvez venha para a costa leste.

— Ah, seria até bom, se eles se mudassem para perto de vocês.

— O caso é que... ele está tendo problemas... É uma confusão, Pippa, uma verdadeira confusão. — Os olhos de Dot estavam cheios de lágrimas. Pippa olhou para se certificar de que Herb continuava acomodado na cadeira do gramado e pegou um lenço de papel para Dot.

— Qual é o problema? — perguntou Pippa. Sentia-se pouco à vontade. Não conhecia Dot muito bem. Haviam se encontrado poucas vezes para tomar um café, mas não passaram da fase das apresentações.

— Ele e a mulher estavam em crise, e ele se separou, e perdeu o emprego... não era nem mesmo um emprego de verdade, estava trabalhando num abrigo para homens. Como se perde um trabalho como esse? Acho que ele está morando no carro. Graças a Deus não tem filhos. Eu não sei o que fazer.

— Bom, ele já é adulto, quer dizer... o que você pode fazer?

— Ele sempre foi meio desmiolado, entende o que quero dizer?

Pippa ficou pensando no que Dot queria dizer. Seria o filho um retardado? Um bêbado? Teria tido algum problema de desenvolvimento?

— É duro, mas às vezes a gente tem que aceitar os filhos da maneira que eles são. Quer dizer, eu penso assim sobre os meus. — O carinhoso Ben e a tirânica Grace. Agora e sempre. Nada a fazer. Como se tivesse sido ensaiado, Ben entrou tirando pela cabeça um casaco puído de algodão listrado. Sempre que Pippa o via, se surpreendia por ele não ser mais um garoto.

— Olá, querido — disse. — Dot, esse é meu filho, Ben.

— O advogado! — Dot o observou com admiração.

— Ainda não — corrigiu Ben.

— Columbia, não é? — perguntou Dot. Imediatamente Pippa sentiu um pouco de culpa por ter um filho cursando Direito quando o filho de Dot estava desempregado e possivelmente sem teto.

Dot virou-se para Pippa.

— Você tem razão. Eu sabia que devia procurar você. Tive uma intuição. Vou deixar que a coisa se resolva por si só. Ele não pode voltar correndo para casa toda vez que a vida dele se complica. Isso não o ajuda em nada.

— Claro que ele sabe que se realmente estiver com um problema...

— Ele pode contar comigo. — Dot abraçou Pippa e saiu.

Ben deu uma dentada numa maçã.

— Sobre que você tinha razão?

— Não tenho ideia — respondeu Pippa. — Ela disse que o filho era desmiolado, e eu falei que às vezes a gente tem de aceitar as coisas da maneira que elas são.

— Bom, de qualquer forma ela saiu daqui satisfeita.

— Desmiolado? — repetiu Herb, que tinha entrado quando ouviu a voz de Ben. — Isso é algum código para débil mental?

Pippa tirou da gaveta o aparelho de medir pressão, prendeu-o ao braço de Herb e começou a bombear. Ben ficou para ler o mostrador com ela.

— Desde quando vocês dois são funcionários do Hospital Mount Sinai? — perguntou Herb.

— Não fique com raiva — disse Pippa. — Sua pressão sobe.

— E se eu me enforcar? — perguntou Herb com um sorriso pouco amigável. — O que é que acontece, então?

— Um pouco de consideração por seu anjo protetor, papai — disse Ben num tom jovial de advertência. Herb arrastou para si o jornal local que estava do outro lado da mesa, passou a vista pela primeira página, contraindo o rosto em desaprovação. Detestava verificar a pressão na frente das pessoas, até mesmo dos filhos. Pippa podia sentir o mau humor dele elevando-se como uma maré. Devia ter esperado Ben sair. Merda, pensou. Ah, acontece. Serviu Ben de uma tigela de cereais e ficou escutando o triturar rápido e animal dos dentes do filho, a mesma mastigação ruidosa de quando tinha 5 anos de idade. Adorava aquele som. — Ah, por falar nisso — continuou Ben —, Stephanie trouxe para casa um gato do abrigo de animais abandonados.

— Outro! — exclamou ela rindo. A namorada de Ben não conseguia resistir a animais aleijados. Era uma pessoa doce e determinada. Pippa tinha certeza de que eles formariam uma boa família, desde que Ben não se interessasse por nenhuma outra garota mais empolgante. No entanto, por mais estranho que parecesse, ele não demonstrava estar em busca de grandes emoções.

Ben levantou-se.

— De volta ao batente — declarou.

— Você continua trabalhando no mesmo artigo? — perguntou ela.

Ele fez que sim, ajeitando os óculos no nariz protuberante.

— O artigo que engoliu Ben Lee.

— É que você é exigente demais.

— Na verdade, acho que estou conseguindo alguma coisa.

— Não é maravilhoso? — disse ela sorrindo. Ao acompanhá-lo até o carro, o filho pôs o braço em torno dela.

— Mamãe, vá se encontrar com a gente na cidade, na próxima semana, para almoçar. Ou jantar. Você pode dormir lá em casa.

— Vamos almoçar com a Grace, na quarta-feira.

— Ah. Está bem. Se quiser aparecer um outro dia, me telefone, está certo?

— Telefono, sim — respondeu ela. — Claro. Vou telefonar. Pare de se preocupar comigo, está bem?

— Eu só estou querendo que você se divirta um pouco.

Depois que Ben partiu, Pippa permaneceu parada, quieta, vendo-o afastar-se. A lista, que havia desfilado por sua cabeça algumas vezes enquanto falava com Dot, voltou a ficar nítida em sua mente: *queijo... lavagem a seco... fertilizante de plantas...*

Levava apenas três minutos até o centro comercial. Pippa dirigiu até lá, apanhou tudo que precisava no mercado, deixou a roupa na lavanderia, em seguida sentou-se com cuidado no assento escaldante do carro e saiu do estacionamento bem devagar. Tinha pavor à ideia de atropelar os idosos, vestidos de rosa e pistache, rostos bronzeados caídos, pele seca e murcha nos joelhos e cotovelos.

* * *

O implacável zumbido do cortador de grama arrancou Pippa de um sono profundo como se extraindo um corpo de um rio. Quando abriu os olhos, sentiu uma dor surda nas têmporas. Queria água e café. Ao sentar-se na cama, olhou para Herb. Como sempre, tentava não lhe dirigir o olhar enquanto ele dormia. Com os olhos cerrados e a boca entreaberta, parecia um homem velho e frágil. Desviou a vista e levantou-se. Sabia que quando seus olhos extremamente azuis, com aquele olhar conquistador, abrissem, ela se sentiria reconfortada de novo. Amava muito esse homem. Era uma doença da qual tentara muitas vezes se curar; os sintomas chegavam a ser dolorosos. Mas desistira da luta havia muito. Era a mulher que amava Herb Lee. Ah, e muitas outras coisas também, disse a si mesma, enquanto vestia o robe de algodão da cor de folhas novas. Mãe. Duas pessoas dignas e produtivas, vivendo neste mundo por causa de mim. Não é pouca coisa. Caminhou até a cozinha, com os olhos meio fechados sob a luz ofuscante. Tudo estava branco. A mesa de fórmica, o balcão, a cerâmica do piso, seus contornos perdidos, fundidos num campo de luz, sua perspectiva achatada. Sombras das esquadrias das janelas lançavam sobre a sala um traçado azul. Com a visão embaçada do sono, o efeito era tão surpreendentemente abstrato que ela precisou de um momento para se situar, e quando conseguiu estava tão confusa com o que viu que questionou sua própria memória.

A mesa havia sido posta de modo caótico, os pratos colocados aleatoriamente, como se jogados por uma empregada furiosa. Alguns deles tinham fatias de bolo de chocolate. Outros estavam vazios. Pippa notou algo da cor de manteiga de amendoim em uma das fatias do bolo. Cheirou-o cuidadosamente. Era manteiga de amendoim. No entanto, lembrava-se de ter limpado a mesa na noite anterior. Deixara o local imaculado. Um frio percorreu-lhe a espinha, e ela virou-se por completo, imaginando um malévolo par de olhos psicóticos fitando-a da sala de estar — algum lunático fugido, empunhando uma faca de bolo suja. Não vendo ninguém, foi até a porta da cozinha e experimentou-a. Trancada. Andou pela casa toda, verificou cada uma das portas, cada uma das janelas. Todas trancadas. Ninguém entrara. Devia ter sido Herb. Mas tinham ido para a cama juntos às onze. Herb adormecera primeiro. Tentou imaginá-lo levantando-se para receber algumas pessoas, depois de meia-noite, para comer bolo de chocolate e manteiga de amendoim. Não era possível. Então, como aquele bolo fora parar ali? Ela limpou a mesa, esvaziou os pratos no lixo, e colocou-os na lava-louças. Fez café.

Estava à mesa bebendo uma xícara quando Herb entrou, abriu a porta da frente e pegou o jornal no capacho.

— Então — disse ela. — Não acredito que você tenha dado uma festa na noite passada e não tenha me convidado.

— De que é que você está falando? — observou ele, colocando os óculos de leitura.

— Você deixou todos os pratos na mesa.

— Que pratos?

— Herb, havia seis pratos com bolo de chocolate na mesa, hoje de manhã. Nem mais, nem menos. Dois deles não tinham bolo. Uma das fatias estava coberta de manteiga de amendoim.

Herb sentou-se e olhou para ela.

— Você ficou completamente louca? — observou, rindo.

— Logo no início, pensei que alguém tivesse entrado na casa, mas todas as portas estão trancadas. — Houve uma pausa, enquanto ele tentava entender.

— Alguém mais tem a chave?

— Bom, eu acho que o pessoal da manutenção. E a senhora Fanning.

— A diarista? Ela mora em New Milford. Por que pegaria o carro para vir até aqui por um pedaço de bolo de chocolate? É melhor ver se desapareceu alguma coisa.

Não havia sumido nada. Pippa telefonou para a senhora Fanning e fingiu estar confirmando-a para segunda-feira. Então, casualmente perguntou o que ela havia feito na noite anterior. Houve uma pausa.

— Fui jogar boliche — respondeu a mulher meio indecisa. Herb telefonou para o escritório de administração para registrar uma reclamação. Perguntaram se ele queria que chamassem a polícia. Herb recusou. — Eu acho que podemos considerar isso um crime sem vítimas — disse, o nariz se expandindo levemente. O homem do outro lado da linha riu educadamente.

Pippa contratou os serviços de um chaveiro e mandou trocar as fechaduras. Dessa vez, não deu chave a ninguém. Passou-se uma semana. Pippa continuou pensando sobre o bolo. Só podia ter sido Herb. Ele se esquecera. Estava ficando esquecido. Pippa passou a observá-lo com cuidado. Sempre que ele não encontrava os óculos ou esquecia o nome de alguém, ela ficava mais desconfiada. Então, no domingo seguinte pela manhã, ela foi até a cozinha e encontrou tiras de cenoura enfiadas no pote de merengue de baunilha. Uma frigideira com restos de presunto frito grudados no fundo. Mais pratos sujos. Dessa vez, ela acordou Herb e mostrou a ele. Os dois se entreolharam.

— Talvez seja melhor você ir ao médico — aconselhou ela.

Herb ficou furioso.

— Muito bem, se eu estiver com Alzheimer, que seja, me mato. Mas primeiro preciso de provas. — Ele foi direto a uma loja de produtos eletrônicos no centro comercial e comprou uma câmera de vigilância pequena, com um suporte de parede, depois pagou ao homem da loja para instalá-la num canto, no encontro da parede com o teto. O homem estava em cima de uma escada, o suor escorrendo-lhe pela face. Pippa ligou o ar-condicionado.

— Isso deve parecer um pouco estranho para o senhor — disse ela.

— A senhora ficaria surpresa com o que as pessoas fazem para se distrair neste lugar — observou o homem.
— É mesmo?
— É, mas eu nunca tinha visto isso colocado na cozinha.
— Ah. Não. Não é... é... — Pippa calou-se. Preferia que ele pensasse que iam se filmar transando na mesa da cozinha a que saísse por aí espalhando que seu marido estava ficando decrépito.
Uma hora mais tarde, Pippa estava limpando a sala quando olhou para fora através do janelão de vidro. Do outro lado do lago, na entrada de garagem dos Nadeau, um reboque de mudanças U-Haul estava preso a uma caminhonete amarelo-vivo com uma capota laranja sobre a caçamba. A cobertura tinha janelas com cortinas de algodão azuis e vermelhas fechadas por dentro. Pippa viu Dot gesticulando para um homem de cabelos escuros que carregava uma caixa de papelão. Pegou o binóculo de observar pássaros na mesa do centro e direcionou-o ao rapaz. Ele usava uma camiseta com a pergunta "O quê?" pintada nas costas. Então, afinal, o filho desmiolado estava se mudando! Era engraçado o que sentia em relação a Dot, pensou ela. Parecia tão natural conversar com ela. Fazia Pippa sentir-se uma pessoa diferente. Dot a conhecia fora de contexto. Alguns meses antes, em sua vida anterior, teria feito amizade com Dot Nadeau tanto quanto seria capaz de sair voando pela sala. Seus amigos eram editores, romancistas, críticos, poetas. E, no entanto, Pippa nunca se sentira completamente à vontade em sua companhia hipercivilizada. Somente com os filhos gêmeos, quando ainda eram pequenos — somente então, sentira-se completamente segura de si. Grace e Ben a haviam respeitado, com tanta confiança em seus rostinhos,

e chamado-a de mamãe. Eles sabiam, então ela sabia. Agora seus bebês haviam ido embora. Telefonavam algumas vezes e iam visitá-los. Em algumas ocasiões, todos saíam para almoçar juntos. Mas não viam Pippa da mesma forma que antes. Ben era ainda muito carinhoso com ela. Sempre precisou de pouco, esperou tudo, recebeu o que esperava. Nascera contemplativo, mas seguro. O sentimento de Pippa por ele era simples, pleno, fácil. Mas com Grace... era uma verdadeira confusão. Pippa sentia-se idiota e incompetente na companhia da filha e, de certa forma, culpada, como se tivesse decepcionado Grace por representar tão pouco. E havia mais uma coisa.

Quando criança, Grace era carente, agarrada à mãe como um macaquinho. Seu amor por Pippa era possessivo e competitivo. Embora amasse o irmão gêmeo, tentava afastar Ben dos abraços da mãe, desesperada por receber sozinha seu carinho. No dia em que completou 4 anos, sentou-se aos pés da mãe, abriu um livro e leu todo em voz alta. Pippa ficou perplexa; a filha fora totalmente inacessível quando o assunto era leitura, recusando-se a repetir as letras. A pequena Grace levantou então o olhar para a mãe e com a testa contraída perguntou: "*Agora*, você gosta mais de mim do que do Ben?" Pippa levantou a filha no colo e a abraçou, sentindo uma ponta de culpa como uma agulha envenenada no esterno. Porque sabia qual era a intenção de Grace. Havia lampejos de um ciúme intenso no amor da filha, que Pippa achava dominador, devorador, mesmo repulsivo, que surgiam em certos momentos e, misericordiosamente, se dissolviam de novo no cenário ensolarado do seu dia a dia. Uma vez, observando um navio desaparecer no horizonte, Grace disse a Pippa: "Você é toda minha até perder de vista."

Embora não reconhecesse isso, em algum lugar secreto da mente de Pippa, o desejo da filha de possuí-la por completo lhe lembrava um outro amor, uma paixão mortal, doce e voraz que quase sufocara Pippa em sua juventude.

Porém, não importa, apesar de tudo, agora que Grace crescera, ela era um triunfo! Tão sofisticada, tão corajosa. Pippa se pegava observando-a furtivamente, pelo canto do olho. E ocasionalmente, na inquietação da filha, em seu anseio por aventura, seu desejo de experiências novas, ela se reconhecia, um ser que sumira muito tempo atrás. Como teria aquilo acontecido? Como podia ter mudado tanto? Lembrava-se do dia em que se olhou no espelho e viu três cabelos brancos ondulados, sobressaindo na cabeça. Pareceram-lhe obscenos, como pelo púbico saindo do maiô pela virilha. Agora, por baixo da tintura louro-avermelhada, seus cabelos eram brancos. Pippa era uma mulher de meia-idade, serena. E Herb tinha 80 anos. Esse pensamento a fez rir. A vida estava ficando tão irreal. Cada vez mais, o passado lhe inundava a mente, misturando-se com o presente como água despejada em água.

Herb entrou naquele momento. Pippa virou-se.

— Precisa de alguma coisa? — perguntou ela.

Herb sentou-se e bateu de leve sobre a almofada a seu lado.

— Como vai minha companheira? — perguntou.

— Eu estou bem.

— Você está triste por morar na Vila das Rugas?

— Tenho de preencher mais meus dias. Mas não estou triste. Acho que é um tanto romântico, recomeçar dessa forma, com tão pouco.

Herb deu um sorriso triste e recostou-se nas almofadas. Sua pele, bronzeada por ficar uma grande parte do tempo no pátio, estava enrugada como um rosto de pedra, seus olhos, pontos de luz.

— Sempre vendo o lado positivo — comentou ele.

— E por que não? — Houve uma pausa.

— Talvez devêssemos voltar para a cidade.

Ela riu.

— Acabamos de vender nosso apartamento!

— Compramos outro.

— Fala sério?

— Não, claro que não. É que é duro pensar que aqui é o fim da linha.

Pippa colocou a mão sobre o joelho dele e olhou ao redor da sala. Perguntava-se o que poderia fazer para ele. Talvez um copo de suco de cenoura. Às vezes, começava a sentir um pouco de desespero, quando estavam sozinhos, como se tudo que pudessem dizer um ao outro já tivesse sido dito, e agora a linguagem parecia inútil.

— Aquele queijo de ontem estava muito bom — disse Herb.

— Era Vacherin... fiquei supercontente de ter encontrado.

— Eu adoro esse queijo.

Outra mulher

Uma semana depois, Pippa acordou com um braço dormente, preso sob seu tronco. Sentia-se como se o corpo tivesse sido esmagado contra o colchão durante a noite e o rosto, amassado de encontro ao travesseiro. Tinha na boca um gosto de podre. Sentou-se ereta, agitando o sangue de volta ao membro adormecido, que caía inerte de um lado para o outro como um ser autônomo.

Na cozinha, uma enorme massa amarela do que parecia ser ovos mexidos solidificava-se no centro da mesa de fórmica. Uma caixa de chocolates, aberta e saqueada, encontrava-se no meio daquela desordem. Um garfo equilibrava-se na extremidade de uma cadeira.

Lembrando-se da câmera de vigilância, Pippa virou subitamente a cabeça e olhou para cima. A coisa fitava-a com seu olho de vidro frio, a luz vermelha do modo de gravação piscando de forma agourenta. Não suportaria ver Herb testemunhando a si próprio dessa forma. Acordaria diariamente o mais cedo possível e caso houvesse prova, planejava eliminá-la, apagar a fita. Ele jamais saberia. Pippa limpou a sujeira o mais rápido possível, raspou uma mancha de gema seca com a unha, a vista embaçada pelas lágrimas.

Dirigiu-se ao escritório e fechou a porta; em seguida, colocou a fita no videocassete. O coração batia descompassado no peito. Vista de cima, em preto e branco, como tantos outros filmes de assaltos a que Pippa tinha assistido na televisão, sua cozinha parecia sinistra, como uma cena de crime. Pippa avançou a fita rapidamente. Nada. Nada. Então um vulto branco passou veloz pela tela. Pippa rebobinou a fita e apertou o *play*. O lugar estava vazio de novo. Um som abafado e forte vinha da televisão. Logo depois, uma mulher entrava na cozinha arrastando os pés. Era Pippa/não Pippa. A estranha caminhava com um passo deselegante, esquisito, ombros caídos, de olhos baixos. A criatura desapareceu da tela, reapareceu num dos cantos e começou a mexer ovos numa frigideira. Despejou então os ovos sobre a mesa, sentou-se encurvada e raspou da fórmica garfadas inteiras da mistura, enfiando-as na boca com movimentos mecânicos. Pippa se via com incredulidade e repulsa. Havia algo de inumano naquela cena.

Abriu a porta do quarto violentamente com o punho fechado. Herb sentou-se na cama, atordoado de sono.

— O que... — Ela acomodou-se a seu lado, enfiando a cabeça em seu peito, o rosto coberto de lágrimas. — Sou eu — disse ela. — Herb, sou eu.

— Calma, minha querida. De que é que você está falando?

— O bolo de chocolate. E os ovos, e... eu vi na fita, ai, é horrível. — Ele a abraçou durante alguns minutos, alisando-lhe a cabeça.

— Eu devo estar andando durante o sono — disse ela.

— Não me lembro de nenhum ovo.

— Hoje de manhã havia ovos. Pela mesa toda. Ela... eu... espalhei os ovos na mesa e... Ah, meu Deus, acho que estou ficando louca.

— Você não fazia isso quando era criança?

— Foram só algumas vezes que saí andando. — Quando tinha 14 anos, ela subia a escada do *hall* da casa paroquial, o travesseiro sob o braço, até que sua mãe, insone, a conduzia de volta à cama.

— Você ser sonâmbula é mil vezes melhor do que eu estar senil — Herb virou-se para o lado e puxou Pippa de encontro a si, dobrando os joelhos para que ela se recostasse numa cadeirinha formada por seu corpo. Ela sentiu as costas aquecidas e enfiou os pés entre as pernas quentes e peludas do marido.

— É, acho que sim.

— Sonâmbulos existem às dúzias, querida. Não se pode nem mais escapar de suspeita de assassinato com essa defesa. Portanto, não me venha com ideias. — Ela já se sentia reconfortada. Herb tinha uma maneira de lançar luz sobre pensamentos confusos, dissipando as sombras. Esse ponto de vista racional herdara do pai, um homem com senso de humor negro, que desdenhava a religião, todo tipo de exagero e os musicais. Era totalmente impassível. A mãe de Herb morrera de câncer quando ele tinha 2 anos de idade; durante anos, seu pai havia sido um protetor carinhoso, embora severo. Era proprietário de uma loja de eletrodomésticos bem-sucedida no Queens, antes de perder o negócio no vácuo financeiro da depressão. Com a ruína econômica, veio o lado negro do humor do senhor Lee. A implicância que tinha com o filho inteligente virou agressão e finalmente transformou-se numa rejeição amarga e brutal; achava Herb um intelectual improdutivo, até mesmo insignificante. Por mais que tivesse pena dos tolos que procuravam em Deus um bálsamo para o espírito ferido, o senhor Lee reservava um desdém especial por aqueles que se achavam melhores do que as outras pessoas somente porque liam livros. Inicialmente Herb se sentiu magoado com essa rejeição, mas felizmente isso o absolveu do sentimento de culpa por sobrepujar seu velho pai. Saiu de casa aos 19 anos com uma bolsa de estudos para uma faculdade, sozinho no mundo, determinado a nunca mais sofrer agressões de qualquer outro ser humano, pelo resto da vida, seu gosto pela literatura já formado pelo mesmo homem que veio a odiar tanto. Desconfiava de metáforas extravagantes e favorecia a prosa mais seca. Segundo ele, estava sempre precisando desumidificar a mente de Pippa.

Ela sentiu um toque contra seu cóccix, e logo em seguida a sensação desapareceu. Depois retornou insistente, como uma criatura pressionando o nariz contra suas costas. Virou-se, fechou os olhos e o beijou.

Estava deitada ao lado de Herb, os olhos ainda um pouco inchados de chorar, quando ouviu uma batida na porta. Ajoelhou-se na cama e olhou pela janela puxando um pouco a cortina. Era Dot.

— Será que essa mulher não tem um telefone? — perguntou Herb. Pippa vestiu o robe e foi até a cozinha.

— Olá! — murmurou Dot, parada na soleira da porta. Tinha um aspecto diferente naquela manhã. Sob a trama confusa de linhas gravadas naquela pele murcha, típicas dos adoradores do sol, Pippa distinguia a curva de um maxilar robusto. Os olhos castanhos brilhavam. Dot deve ter sido muito atraente.

— Você está linda — elogiou Pippa.

— Está brincando? Estou indo agora para o salão de beleza. Andou chorando? — quis saber Dot.

— É de alergia — disse Pippa. — Quer entrar?

Os olhos de Dot dirigiram-se à câmera de vigilância e em seguida a Pippa.

— Eu vim convidar você para conhecer o Chris. — O Herb também é bem-vindo, claro, só que eu não quero incomodá-lo.

— Chris?

— Meu filho. Ele se mudou e está morando com a gente. Isso é permitido.

— Claro que é.

— Quer dizer, na convenção está escrito que se pode receber um parente com menos de 50 anos por até seis meses. Estou convidando somente alguns vizinhos, sabe. Não quero que ninguém pense que estamos fazendo as coisas às escondidas.

— Gostaria muito de conhecer seu filho. A que horas devo chegar?

— Em torno das 16h está bom. Podemos beber alguma coisa e ainda chegar em casa na hora de preparar o jantar. Espero que você não ache grosseiro de minha parte não convidar as pessoas para jantar.

— De maneira alguma.

— É só que eu detesto cozinhar para muita gente. Nunca dá certo.

Depois que fechou a porta, Pippa tentou não ficar pensando em Dot. Percebia uma sombra trágica ali, uma ferida. Pippa sofria de excesso de empatia. Às vezes, achava os segredos de outras pessoas quase insuportáveis de contemplar: salas dentro de salas no interior de cada uma delas, um labirinto interminável de qualidades contraditórias, lembranças, desejos, espelhando-se como um desenho de Escher, confuso como um enigma. Melhor perceber as pessoas como queriam ser percebidas. Afinal, isso era o que Pippa queria para si mesma: ser aceita pelo que aparentava.

Maternidade e cigarros

Pouco depois das 16h, Pippa caminhava lentamente em direção à casa de Dot, levando uma garrafa de vinho que reservara, e se perguntava se seria possível estar grávida apesar do dispositivo anticoncepcional ainda alojado no útero como lixo cósmico abandonado na lua. Ainda assim, não, por mais raras que fossem as relações sexuais com Herb nesses últimos tempos, precauções ainda eram necessárias; os óvulos podiam ser fulminantes dentro do crepúsculo que era a sua fertilidade. A ideia de outro filho àquela altura parecia absurda, até mesmo sufocante, por mais que tivesse amado estar grávida, viciada no cheirinho dos pescoços dos bebês, no topo macio de suas cabecinhas. Aquela possibilidade estava fechada e trancada; não podia mais aceitá-la.

Herb optara por ficar em casa. Visitar um dentista aposentado, a mulher e o filho desmiolado não era bem o que considerava diversão. Pippa caminhava lentamente, olhando para cima, observando os galhos retorcidos de um carvalho, as folhas escuras agitadas contra o céu azul e plano. Sentia-se aliviada, de forma agradável e serena. O pesadelo da gravação na cozinha parecia distante, embora tivesse deixado vestígios: o vento sibilante achatando uma pequena área de grama alta ao longo do caminho, um velho esforçando-se para pedalar uma bicicleta a seu lado — tudo que acontecia a seu redor parecia estar ganhando força, como uma nuvem branca fofinha que cresce e se transforma numa massa escura gigantesca, ameaçando aeronaves e assustando animais de estimação com um ruído agourento. Parou e verificou o número da casa atrás dela. 1675. Havia passado a dos Nadeau. Voltou e seguiu pela entrada, idêntica à dela a não ser por um grande cogumelo de cerâmica no centro do gramado da frente. Era pintado de vermelho-vivo e salpicado de manchas amarelas. Bateu na estrutura metálica da porta de tela. Não houve resposta, então abriu a porta e entrou numa casa idêntica à sua, mas com uma decoração impressionantemente diferente.

A sala de estar dos Nadeau era uma explosão visual. Hera vermelha subia pelo papel de parede, o sofá era colorido e as poltronas, de matizes claros. Havia uma cidade vitoriana em miniatura, armada em cima de um móvel de mogno: pequenos edifícios de metal fundido — um armarinho, uma igreja, uma estação de trem — eram vistos ao longo de trilhos sinuosos. Uma locomotiva a vapor de um vermelho-vivo movia-se num *loop* mecânico sem graça. Todas as outras superfícies utilizáveis na sala estavam repletas de fotografias. Rostos e mais rostos se apertavam uns contra os outros: gerações de bebês, crianças em idade escolar, pessoas idosas, soldados, noivas de todas as décadas desde 1910. Pippa tentou prestar atenção a tudo aquilo, os olhos indo de um lado a outro da sala como um pássaro assustado em busca de um lugar para pousar. Por fim, sua vista recaiu sobre a própria Dot, sentada ereta numa poltrona de seda cor de pêssego, num canto da sala, de blusa verde-clara e calças engomadas, os cabelos uma única onda louro-brilhante. Seu olhar parado fitava o vazio e sua expressão era fixa. Pippa aproximou-se.

— Olá, Dot — cumprimentou-a.

Dot levantou a vista, dirigindo-lhe um olhar firme e brilhante.

— Estão todos lá fora — informou com voz rouca.
— Está tudo bem? — Pippa perguntou.
— Ele não quer vir para cá.
— Seu filho?
— Não sai do quarto. Você pode imaginar uma coisa dessas? Um homem de 35 anos se tranca no quarto quando os pais estão dando uma festa para ele?

Alguém riu do lado de fora. Pippa olhou através da janela de vidro. Algumas pessoas estavam no pátio, conversando. Johnny, o marido de Dot, escutava o que um homem velho dizia com uma bebida na mão, a cabeça erguida. Johnny era baixo, troncudo, de pernas meio arqueadas. Tinha a pele rosada e com uma aparência saudável.

Dot levantou-se cambaleante e pegou a garrafa de vinho da mão de Pippa.

— Está gelado! Não precisava. Vamos abrir. — Pippa seguiu-a até a cozinha. Dot retirou a rolha e serviu um copo de vinho para cada uma. — Por todas as mães. — Dot virou metade do copo.

No pátio, Pippa conheceu alguns vizinhos. Havia um casal de dentistas aposentados, um saxofonista, um ex-quiroprático, uma mulher franzina que escrevera um livro sobre psicologia infantil. O saxofonista, viúvo, estava nitidamente dando em cima da voluptuosa mulher do quiroprático. Ambos estavam na casa dos 80. Pippa prestou atenção a cada detalhe e registrou tudo para contar a Herb mais tarde. Estava um pouco alta do vinho. Recostou-se na treliça da varanda dos Nadeau e sentiu os quadris relaxarem, a perna esquerda abrir-se. Morar em Marigold Village fazia-a sentir-se jovem.

Mais uma vez era a mulher mais jovem do grupo, assim como quando conhecera Herb. Ao ver uma senhora idosa e corcunda rir, a poucos metros de distância, esticou os fortes músculos das pernas e empertigou-se, pressionando o busto contra a blusa fina. Sentiu a familiar arrogância da juventude, como se sua idade a tornasse superior, como se contasse a seu favor.

Johnny Nadeau dirigiu-se a ela devagar, as pernas duras no andar.

— Olá, Pippa, que bom que você pôde vir. Um bálsamo para os olhos. — E lhe lançou uma piscadela.

— Obrigada por me convidar, Johnny.

Ele inclinou-se em sua direção e sussurrou enfaticamente:

— Seria muito bom que você desse uma olhadinha na Dot. — Pippa sentiu o cheiro de pretzels no hálito dele. — Está sendo muito difícil para ela. Sei que ela conversa com você.

— Claro. — Pippa olhou para o local onde Dot tinha estado. — Onde ela está?

— Foi lá para dentro. Eu disse a ela que não era uma boa ideia — observou Johnny, abanando a cabeça. Pippa saiu em direção à porta de correr. De novo, o mesmo sussurro audível: — Veja se ela toma uma Coca-Cola.

Pippa entrou na sala. Estava vazia. Deu uma olhada na cozinha. Não viu Dot. Ouviu uma discussão e um choro vindos de algum lugar no corredor. Seguiu o som, andando com cuidado. Pippa imaginou Dot e o filho desmiolado num abraço assassino, Dot tentando arrastá-lo para a festa, o filho de miolo mole resistindo, apertando-a até deixá-la sem ar e pender, flácida e imóvel, de seu braço pálido. Pippa chegou à porta de um quarto. Estavam ali. Conseguia escutá-los. Bateu devagar. As vozes calaram-se.

— Dot? — chamou ela.
— Quem é? — A voz era de homem.
— Pippa Lee. Eu... estava só procurando Dot.

Ouviu-se um barulho indistinto, e em seguida a porta se abriu. Um homem forte na casa dos 30, de rosto fino e pálido, e nariz irregular, lhe cravou os olhos vagos de forma agressiva, sua mente em outro lugar. O torso nu e musculoso exibia uma tatuagem elaborada de Cristo. O Senhor era retratado em cores, da cintura para cima; tinha o peito despido e asas enormes. Pippa estendeu o olhar e viu Dot por trás do filho, sentada na cama. Os olhos dela estavam vermelhos de chorar.

— Dot — disse Pippa, esforçando-se para manter a voz controlada. — Johnny me pediu para procurar você.

— Olhe o meu estado — retrucou Dot. — Não posso ir lá para fora. — Ela assoou o nariz num lenço grande.

Decidida, Pippa estendeu a mão para o filho de Dot.

— Eu sou Pippa Lee — apresentou-se.

— Chris. — Ele apertou sua mão com uma delicadeza surpreendente. — Prazer em conhecê-la. Desculpe por ter de participar desse pequeno... desentendimento entre nós dois aqui... — Ele começou então a mexer numa mochila e tirou de lá uma camisa amassada. Pippa notou que as asas do Cristo estendiam-se pelos ombros e parte das costas do rapaz. De maneira furtiva, Dot observava o filho decorado, enquanto ele vestia e abotoava a camisa. — Tome conta da minha mãe — pediu ele, fitando Pippa com um olhar admiravelmente franco, e recuando até a parede. — Eu preciso ir. — E com isso, Chris pulou pela janela e foi embora. Tinha um balanço no andar e o corpo empinado para trás enquanto caminhava, o queixo para dentro e os braços levemente curvados, como se esperasse ser atacado. Abriu a porta da caminhonete amarela, sentou-se ao volante e partiu em alta velocidade.

— Ele era um garotinho tão doce — disse Dot, desconsolada, abanando a cabeça. — Você nem imagina.

* * *

Muitos dias se passaram, e, embora a caminhonete amarelo-vivo de Chris Nadeau tivesse passado por Pippa algumas vezes, não tivera mais notícias de Dot. Pensava que talvez a vergonha da cena no dia da festa houvesse tornado a amizade entre elas impossível. O filho era assustador. Pobre Dot. Para sua própria surpresa, Pippa se viu sentindo falta de Dot. Perguntava-se se deveria lhe telefonar e ver se estava bem, ou se isso seria estranho. O sonambulismo parecia ter evaporado. Nenhuma sujeira voltara a aparecer na cozinha. Pippa foi tomada por um sentimento de tranquilidade. Os dias se passavam da forma mais calma possível. Ben vinha da cidade visitá-los todos os domingos. Grace estava em Paris, recuperando-se das duas semanas que passara fotografando em Kabul.

Pippa continuava sem entender como tudo acontecera. Num minuto, parecia, Grace fotografava shows de cachorros para o *Hartford Courant*. No minuto seguinte, capturava imagens horrendas de crianças mutiladas, mulheres gritando, exibidas no *New York Times*. Pippa surpreendia-se com a busca feroz de Grace pela verdade a todo custo. Mas um outro lado seu se perguntava, quando fitava os olhos de mais uma pessoa aterrorizada correndo através de um mar de poeira, se não havia algo um tanto cruel em fotografar pessoas diante de tamanho infortúnio. Não fizera a pergunta à filha, mas ela estava lá de qualquer forma: Houve algum momento em que você teve de escolher entre fotografar uma pessoa e ajudá-la? Mas pelo menos ela estava fazendo alguma coisa, Pippa pensou. Chamando a atenção. Para si mesma. Não. Não era justo. Para os conflitos, as injustiças. Ao contrário de Pippa. Bom, ela pensou enquanto folheava um livro de culinária luxuosamente ilustrado: Ossobuco. Cordeiro à milanesa. Espaguete alle vongole. Pelo menos Herb mostrava-se agradecido. Adorava ser paparicado.

Ele encontrara um livro escrito por um desconhecido, um professor de História em Idaho. Chegara a suas mãos num envelope de manilha comum, o endereço datilografado numa máquina de escrever manual. Quando o viu, ele comentou: Ou esse é um lunático ou é o suprassumo. Aconteceu de o livro lá dentro ser aquela peça rara que todas as casas editoriais almejam: uma leitura fácil de qualidade. Era um romance histórico, contado em detalhes extremamente elaborados. Profundamente emocionante. Linguagem expressiva. Daria um grande filme épico arrebatador. Herb levava a literatura a sério. Publicara a maioria dos gigantes que restaram. Mas era também um empresário, e receber um romance como esse pelo correio era como ganhar na loteria. Poderia publicar dez poetas com o dinheiro que aquele *Behemoth* traria. Precisava ser trabalhado, claro, mas Herb tinha certeza de que, com alguns cortes e alterações, poderia ser fortíssimo. Leu as últimas duzentas páginas, cruzou as mãos sobre o manuscrito e fechou os olhos. Sentiu Pippa debruçando-se sobre ele quando se inclinou para apanhar o copo vazio do marido.

— Descobri um livro — informou ele.
— Maravilha — observou Pippa.
— Uma verdadeira mina de ouro.

— Desde quando você usa essa expressão "mina de ouro"?

— Nunca encontrei uma, por essa razão nunca disse isso.

— É sobre quê?

— Guerra. Romance. Mau tempo.

— É bom?

— É bom de certa forma. É leitura simples para os eruditos. Ou leitura erudita para pessoas simples. É perfeito para uma leitura de verão para as pessoas que têm casas de praia de muitos milhões de dólares.

— Assim como já fomos.

— Nós, não — disse ele.

Pippa levou o copo para a cozinha. Era tão estranho, pensou. Quanto mais Herb se aproximava da morte, mais pensava em dinheiro.

Grace

A virada de Grace para o ilustre mundo da fotografia jornalística foi imprevisível para todos da família, principalmente para ela. Na faculdade, e graduou-se em fotografia e especializou-se em espanhol. No verão seguinte à sua graduação, o irmão saiu de mochila nas costas e viajou pela Europa com a namorada, Stephanie, também futura advogada. Embora os gêmeos tivessem frequentado faculdades diferentes, Grace acreditava que, quando ambos se formassem, ela e Ben morariam juntos — pelo menos durante um verão, para recapturar o clima conspirativo alegre em que viviam quando ainda estavam na casa dos pais. Mas Ben achava que precisava amadurecer, tornar-se um homem, ser equilibrado e não passar o tempo em diversões com a irmã. Então partiu para a Europa com Stephanie, a fiel companheira. Grace sabia que Ben amava Stephie pelo que ela não era (neurótica, insensível, atraente, brincalhona) tanto quanto pelo que ela era (constante, doce, adaptável, embora inteligente — um tipo moderno de Olívia de Havilland em ...*E o vento levou*). Essencialmente, sabia que Ben escolhera uma garota o mais diferente dela possível.

Portanto, depois que concluiu o curso superior, não querendo dividir um apartamento com nenhum dos colegas de faculdade, que migravam em massa para o Brooklyn, Grace alugou sozinha um apartamento, na parte hispânica do Harlem, com janelas altas e arqueadas e o piso de linóleo verde cor de meleca, na esperança de aperfeiçoar seu espanhol e refletir sobre o que fazer em seguida. Recebia dinheiro suficiente dos pais para ficar sem trabalhar, pelo menos durante o verão, se levasse uma vida frugal. Passou as duas primeiras semanas andando pelas redondezas, comprando artigos em liquidação expostos nas ruas: vestidos de primeira comunhão de segunda mão, livros usados, um ou outro pente — e comendo arroz e feijão com banana frita no balcão de um restaurante da vizinhança, enquanto lia as biografias de Lee Miller e Lawrence da Arábia. Mobiliou seu apartamento com dois grandes pufes macios (um vermelho-cereja e outro laranja-Fanta) e uma cama branca com armação de ferro fundido ornamentado. Não conversava muito com ninguém. Gostava desse distanciamento de tudo a seu redor, mesmo estando imersa naquele lugar. Sentia-se muda e satisfeita, cheia de potencial, embora completamente improdutiva.

Ficou conhecendo todos os cantos e recantos do seu quarteirão; as janelas empoeiradas da sala de reunião da Assembleia de Deus no segundo andar do número 1125, o sebo bolorento no porão do 130, a loja de ervas e amuletos que anunciava curas para o mal de amor, a saudade de casa e para "a maioria dos males da alma e do corpo". O boteco da esquina da rua 120 era administrado por um dominicano tagarela de olhos inchados e pelo neto taciturno, um rapaz melancólico, que atendia emburrado ao balcão, de olhos escuros atormentados, rosto debilitado e um cavanhaque pontiagudo que o faziam parecer uma figura saída de uma pintura de El Greco. Do lado de fora do boteco viam-se diariamente os mesmos cinco velhos em cadeiras dobráveis, observando os pedestres, apostando em tudo, desde corridas de cavalo a quem seria a primeira pessoa a tropeçar num buraco que havia na calçada quando passasse por ali. Mulheres jovens e adolescentes caminhavam orgulhosamente pela rua usando roupas justas, de cabelos brilhantes presos em rabos de cavalo e rostos exaustos, empurrando carrinhos com bebês ou criancinhas pequenas. A mulher mirrada de cabelos presos no alto da cabeça, que tomava conta da lavanderia, ficava na calçada fumando e conversando com as vizinhas, quando não estava dobrando lençóis no interior do recinto por trás da vitrine.

Grace chegava a considerar aquele trecho da Lexington entre as ruas East 120 e East 122 um mundo em si mesmo. Embora algumas pessoas no quarteirão já a reconhecessem e cumprimentassem quando passavam por ela ou quando ela entrava em suas lojas, ainda assim sentia-se relativamente invisível. Não era parte integrante da vida naquele quarteirão; era uma observadora aceita. Olhando-se para ela, não se dizia que pertencesse ao lugar. Tinha cabelos louros, desalinhados, que caíam em cachos revoltos ao redor de um rosto inteligente e perspicaz. Seu corpo era esguio e atlético, os seios pequenos e compactos. Os homens sempre a notavam, mas raramente a abordavam; havia algo masculinizado em seus movimentos. Vista por trás, com seus quadris estreitos, ombros largos e postura descontraída, podia ser confundida com um rapaz de cabelos longos.

Durante uma madrugada, o barulho de uma garrafa espatifada na rua acordou Grace. Um homem gritava em espanhol; outro respondia. Aquelas vozes altercadas ecoaram no apartamento cavernoso. Descalça, Grace foi até a janela tentando entender o que diziam. Uma moça suplicava; tinha lágrimas na voz. Grace permaneceu a poucos centímetros do peitoril, para não ser vista, e olhou para a rua embaixo. Os três protagonistas da briga estavam recostados em carros estacionados. Ela reconheceu o neto do proprietário do boteco, a figura saída de um El Greco. Nunca o vira tão animado. Agitava os braços, gesticulando, xingando o outro homem, um sujeito mais velho, entroncado, que tinha os pés plantados no chão e bem afastados um do outro, chamando-o de mentiroso e idiota em espanhol. Uma moça franzina de cerca de 15 anos, que Grace vira empurrando um carrinho de bebê de um lado para o outro no quarteirão, pendurava-se no braço do neto do dominicano, tentando levá-lo embora dali. Vários passantes se agruparam em semicírculo para observar o desenrolar dos acontecimentos.

Grace ficou fascinada com o drama perigoso e real que se passava ali embaixo, como se observasse de um camarote de teatro. Por um longo tempo, os dois homens permaneceram num impasse: o El Greco gritando de forma histérica com o estranho atarracado, a garota ora tentando acalmá-lo ora mandando que se calasse, o estranho avançando em direção ao casal de maneira ameaçadora, depois retornando ao capô de seu carro e sendo atacado pelo rapaz do boteco com uma nova onda de insultos. Apesar de sua atitude, o estranho não parecia querer levar à frente a briga; até olhou à sua volta algumas vezes, como se procurasse um lugar mais confortável para sentar-se. Mas finalmente, o neto do dominicano disse alguma coisa que o fez perder a esportiva. Grace não conseguiu entender o que foi dito, mas o que quer que tivesse sido, foi a gota d'água. O estranho investiu contra o rapaz, jogando a garota para o lado como se ela fosse uma boneca, e derrubou-o com um único soco. Então, deixou o local, abanando a cabeça. Algumas pessoas aglomeraram-se em torno do rapaz, que se sentou devagar e, dispensando a solicitude dos passantes, saiu mancando na direção oposta.

Na manhã seguinte, Grace acordou pensando na Minolta que os pais lhe deram de presente de formatura. Tirou a câmera da caixa e colocou nela um filme. A partir daquela manhã tirou fotos com seriedade. Passou os dois meses seguintes documentando todas as horas de vigília do seu quarteirão. As pessoas já a conheciam, e por isso toleravam suas lentes focadas nelas e até convidavam-na ocasionalmente para ir a seus apartamentos. Fotografava tudo e todos sempre que podia — a cerimônia realizada aos domingos na Assembleia de Deus, o afável proprietário do boteco, o neto saído de um El Greco, os velhos sentados na calçada do bar, a mulher da lavanderia. Construiu seu portfólio, imagem por imagem, fotografando dia e noite como se obcecada. A pilha de fotografias resultante revelava um compromisso obstinado e um olhar preciso. Conseguiu uma entrevista com o editor do *Hartford Courant*, um jornal que estava à procura de jovens fotógrafos, segundo fora informada. Foi contratada. Passou o outono e o inverno seguindo carros de bombeiro e fotografando os cordões de isolamento alaranjados nas casas de subúrbios onde havia ocorrido algum assassinato; no verão seguinte, estava num voo com destino a Louisiana para cobrir o Furacão Katrina para o *Courant* com um colega mais experiente. Durante as duas semanas que se seguiram, dormiu apenas algumas horas; não queria perder nenhum momento daquela tragédia. A viagem foi estranhamente abençoada para ela; imagens de horror e desespero entremeadas com humor combinavam-se sem cessar dentro de suas lentes. Parecia estar sempre no lugar certo na hora certa. As fotos que levou de volta eram surreais: três crianças usando máscaras de Halloween emborrachadas, de George Washington, Elvis Presley e Chucky, diante de um cadáver de um velho em um beco; um cachorro arrepiado, empoleirado numa ilha de lixo cercada de bonecas flutuantes; uma mulher corpulenta, dançando em torno do que restou de sua sala devastada, restos de papel de parede pendurados como tiras de pele. Ao voltar para o *Courant*, Grace foi recebida como estrela. Dois anos depois, fazia parte da equipe do Getty Images e desembarcava em Cabul.

Grace surpreendia-se com o que para os outros denotava talento e, para ela, outra coisa bem diferente. Sua sorte lhe parecia algo extraordinariamente inexplicável. Era como se ela mesma criasse as imagens, sonhando-as em emulsão fotográfica. Talvez fosse a maneira como conseguia esquecer-se de si mesma, desaparecer, tornar-se transparente quando fotografava que tornava tão difícil reconhecer o mérito de seu próprio trabalho. Às vezes era de tal forma absorvida pela experiência que não se lembrava de haver tirado as fotos. Havia, sim, é claro, e ver algo de paranormal em sua nova profissão, bem sabia, não passava de uma tolice adolescente, que jamais confidenciaria a outra pessoa, exceto a seu irmão gêmeo, a quem tratava com a franqueza brutal e a precisão irônica que reservava para sua própria vida interior.

Para Grace, Ben era uma extensão do seu eu. Um pouco do que fazia trabalhando com tal intensidade, ela sabia, ou melhor, enxergava vagamente em algum recôndito da mente, como se percebe pelo canto dos olhos um rato correndo junto a uma parede, era para distanciar-se de Ben, superando-o. O relacionamento deles era perfeito. Na verdade, era tão perfeito que Grace não precisava de mais ninguém. Ela não era, como dizia a psicoterapeuta que a acompanhou durante alguns meses na faculdade, a doutora Sarah Kreutzfeldt, "completamente individualizada". A principal queixa de Grace, quando se valeu dos Serviços de Saúde da Universidade, foi a de que não conseguia se apaixonar. Achava que devia haver algo de errado com ela. Teve uma oportunidade óbvia: um rapaz, inteligente, interessante e brincalhão, de olhos brilhantes e torso cavado em forma de interrogação. Em vários momentos, esteve a ponto de se apaixonar por ele e até passou horas felizes na zona de um profundo afeto. No entanto, bastou uma brincadeira sem graça, uma alusão grosseira, um momento de hostil sinceridade para ela sentir um peso de chumbo nas entranhas, isolando-a do repentino ex-objeto de sua afeição, tão rapidamente como uma tesoura cortando dois pedaços de linguiça. De volta à estaca zero.

Culpava Ben por tudo isso — um Ben inteligente, engraçado, afetuoso, exasperador. Ninguém jamais a faria rir tanto; ninguém conseguia observar o mundo com o mesmo desdém carinhoso e complacente. Após algumas semanas analisando essa mesma questão sob ângulos diferentes, suas sessões com a doutora Kreutzfeldt começaram a esvaziar-se. Grace envergonhava-se da trivialidade de seu problema. Criticava-se até por ter iniciado a terapia, mas agora sentia-se na obrigação de mantê-la. Começou a hostilizar a doutora Kreutzfeldt. Tornou-se reservada e pouco comunicativa durante as sessões, observando pela janela os alunos que iam da biblioteca para os alojamentos e dos alojamentos para o prédio da Matemática.

Esse comportamento despertou o interesse de Sarah Kreutzfeldt. Ela sempre percebera uma explosão subterrânea na moça, uma mina detonando tão profundamente que passava despercebida à própria Grace. Ficara surpresa quando Grace colocou os pés no consultório pela primeira vez. Aquela garota não tinha nada em comum com os frequentadores da Larken. Universidade muito pequena, Larken abrigava os pintores, os escritores, os críticos, os poetas e os atores privilegiados do futuro. O ensino não era tão rigoroso quanto vasto, e os professores estendiam seus cursos ao ponto de descaracterizá-los, a fim de incluir neles os caprichos dos alunos. Expressões como *participativo* e *centrado-no-aluno* eram prioridades no programa da escola. A maioria dos estudantes tinha um olhar vago, perturbado, como um gambá ameaçado em sua toca no meio do dia. Eles caminhavam pelo campus devagar, envoltos numa névoa de ideias não totalmente digeridas, todos convictos de seus próprios talentos inatos. Em contraste, Grace tinha uma expressão intensa e sagaz. Seus olhos eram bem focados; seu andar, uma marcha. Parecia superalerta.

A doutora Kreutzfeldt sabia que havia algo além do irmão gêmeo afetando a psique da moça. Ela não era doente; estava empacada. Havia ali algum nó que precisava ser desatado. Não sabendo por onde começar, partiu do óbvio: os pais. Grace deu de ombros e falou sobre o pai com afeição e sobre Pippa com uma mistura de desapontamento e desdém. Essa mãe era sem dúvida um capacho, pensou a terapeuta, intimamente desaprovando-a. Nunca compreenderia certas mulheres. Os filhos crescem, e depois o quê? No entanto, percebia uma forte emoção em Grace quando falava sobre a mãe. Suas faces enrubesciam, e ela desviava o olhar. Havia alguma coisa ali, a doutora Kreutzfeldt tinha certeza.

Com o passar das semanas, delicadamente, acomodando-se na poltrona e com o rosto redondo um pouco inclinado ao falar, a doutora Kreutzfeldt fez Grace retornar, várias vezes, ao que considerava um tipo de encruzilhada da personalidade. Durante os primeiros anos de vida, Grace havia sido excessivamente apegada à mãe. Lembrava-se de ficar esperneando quando Pippa saía para jantar, ansiando por seu cheiro, seu abraço, de aproveitar o tempo que passavam juntas brincando na praia ou apenas olhando pela janela. Entretanto, quando Grace tinha 7 ou 8 anos, um vasto e árido abismo abriu-se entre elas. A doutora Kreutzfeldt ficava voltando ao período a que se referia como "o ponto crítico" no relacionamento de Grace com a mãe, na esperança de que alguma lembrança esclarecedora emergisse na mente da garota. Mas nada surgia. E então, num dia, aparentemente do nada, depois de um longo silêncio, Grace olhou para fora da janela e disse baixinho:

— Eu acho que a minha mãe não gosta muito de mim.

A doutora Kreutzfeldt foi tomada de surpresa.

— Mas dá a impressão de que ela é tão dedicada a você, quase servilmente — observou.

— E é — concordou Grace. — Mas ela tem um lado que parece sempre hesitante. Não com o Ben. Só comigo.

— E você tem raiva dela por rejeitar você — sugeriu a doutora Kreutzfeldt.

— Eu acho que sim — declarou Grace com um leve ar de desprezo. E depois, virando-se, com um riso irônico, disse no seu tom irônico: — Estou curada agora?

* * *

Pippa olhou pelo vidro do Mercedes de Herb e pensou em Grace. Fazia três meses desde a última vez que ela os visitara, antes de viajar para o Afeganistão, sua segunda viagem em um ano. Pippa estava nervosa. Ficava sempre, quando ia ver a filha ultimamente. Visitar Ben era como pôr sua calça jeans favorita. Visitar Grace era como... como esbarrar em alguém por quem se era apaixonado. Não, Pippa pensou, não pode ser isso. Mas, mesmo assim, era.

Herb escolhera o Gotham Bar & Grill para que pudessem comer bem. Quando os filhos eram pequenos, eles adoravam ir àquele lugar na época do Natal. Era absurdamente caro, mas havia algo reconfortante nas toalhas pesadas sobre as mesas, no excesso de garçons, nas conversas em voz baixa, na seda e lã dos trajes dos fregueses. Era como voltar no tempo. Herb e Pippa chegaram cedo, como sempre acontecia, e Pippa brincava tentando tirar a cestinha de pães das mãos avantajadas de Herb. Viu Grace pela janela quando a filha se aproximava. Cortara os cabelos louros revoltos. Assemelhava-se a vegetação rasteira. O nariz parecia de certa forma mais fino, um tanto pontudo, pensou Pippa, enquanto Grace abria a porta pesada com excesso de força, subia os degraus e os procurava com seu olhar frio. Pippa acenou para ela, e Grace aproximou-se com passadas longas, desenrolando do pescoço um lenço de seda vermelho. Herb levantou-se e lhe deu um abraço apertado. Grace inclinou-se sobre a mesa e encostou de leve os lábios na face de Pippa.

— Cheguei atrasada? — perguntou.

— Tive tempo de comer o pão todo — disse Herb.

— Seu cabelo está lindo — elogiou Pippa.

— Obrigada. — Grace passou as mãos nos pelos louro-claros.

— Então. Conte as novidades — pediu Herb.

— Ah, papai, me dê um segundo. Ben disse para começar sem ele. Está preso na biblioteca. Vai vir assim que puder.

— Deve ser aquele artigo — comentou Herb.

— É. *Aquele artigo* — disse Grace gozando carinhosamente o irmão. — Eu vou querer costeletas de carneiro, por favor. Estou faminta. — Fizeram os pedidos para eles e para Ben, e então Grace colocou o portfólio na mesa.

— Essas são apenas algumas cópias de trabalho, mas já dá para terem uma ideia... — Ela pôs a pilha de fotografias em frente a Herb. Pippa teve de vê-las de cabeça para baixo. Quando terminava de examinar cada foto, ele a passava para ela. Numa delas, um menino estava debruçado sobre uma criança deitada, como se a protegesse, o rosto dele contraído pelo medo. Noutra, um homem empurrava uma bicicleta, os olhos grandes e escuros assustados fitando a câmera. A parede de frente da casa por trás dele fora inteiramente destruída; no segundo andar, uma cama, uma cadeira e um espelho estavam arrumados como num cenário de palco, aberto para o mundo.

— Você estava sozinha quando tirou essas fotos? — perguntou Pippa. Percebeu que Grace se irritara.

— Não, eu peguei uma carona com Giles Oppenheim. — Ganhador do Prêmio Pulitzer duas vezes, Oppenheim era uma lenda entre os fotógrafos de guerra.

— Como você conseguiu isso? — perguntou Herb.

— É muito comum as pessoas ajudarem umas às outras lá.

— Bom, você tem coragem, disso nós sabemos. — Herb estava quase explodindo de orgulho, e Grace sabia disso.

— Estas são as melhores que já vi — elogiou Pippa.

— Obrigada — respondeu Grace, manchinhas vermelhas aparecendo em suas faces brancas.

Ben chegou, contente de encontrar seu almoço já na mesa.

— Ela contou a vocês sobre a bomba? — perguntou, os olhos travessos brilhando.

— Ben — disse Grace.
— Que bomba? — quis saber Pippa.
— Ela estava com o tal Oppenheim e o tradutor, então ouviram uma bomba explodir na rua, aí Oppenheim tentou puxá-la para a esquerda, mas ela correu pela rua para a direita, e ele e o tradutor foram atrás dela; foi quando uma van explodiu na direção em que ele tentava puxá-la; se tivessem ido para a esquerda teriam sido pulverizados. E agora ela acha que foi o destino.

Ben parecia despreocupado ao contar a história, mas ficara furioso com a irmã, que estava se tornando, ele achava, perigosamente, arrogantemente corajosa. Herb e Pippa ficaram só ouvindo a história. Pippa sentiu o suor na testa e uma náusea súbita.

Grace olhou para Ben, o rosto sério.

— Será que você consegue simplesmente *não dizer* alguma coisa?

— Bom, me pareceu importante — insistiu Ben.

— Basta usar seu bom senso — disse Herb calmamente.

— É tudo o que peço. — Depois voltando-se para Ben: — Então quando é que vai me deixar ler esse famoso artigo?

Ben começou a falar sobre seu trabalho. Grace escutava a conversa dos dois de forma distante, o queixo apoiado no punho, e Pippa observava a filha. Apesar da camaradagem que Grace demonstrava haver entre ela e os colegas de trabalho, Pippa percebia na filha um distanciamento crescente que considerava alarmante. Parecia cada vez mais difícil para Grace retornar das odisseias fotográficas. Ela penetrava em mundos paralelos tão violentos e intensos que, em comparação, o Ocidente devia parecer frio, trivial, e sem sentido. Grace estava selada dentro de suas próprias experiências, incapaz de transmitir o que havia visto e sentido; as fotografias carregavam testemunhas mudas de histórias que Pippa adoraria ouvir em detalhes, mas não se atrevia a perguntar com medo da recusa silenciosa que sabia que iria receber da filha em troca de seu intrometimento. E pensar que, não fazia muito tempo, Grace era uma menininha! Dentro dessa jovem austera, Pippa conseguia discernir, em flashes, como uma imagem num holograma, os antigos aspectos infantis da personalidade de Grace. Era tão solitário saber coisas sobre os filhos que eles não lembravam mais. Camadas de experiência que se desgastaram em suas mentes, mas se petrificaram na dela. Como frequentemente acontecia quando via Grace, Pippa lembrava-se do dia em que, estava convicta, algo mudou na vida da filha.

Os gêmeos tinham 8 anos. Decidira levá-los à Dairy Queen na Sexta Avenida, depois da aula de piano. Era o primeiro dia de primavera após um inverno gelado, e o ar cálido parecia líquido na pele de Pippa. As pessoas na rua caminhavam languidamente, como se drogadas pelo alívio. Pippa olhou para os gêmeos, os cabelos louros claros desalinhados brilhando ao sol, e inchou-se de gratidão por sua boa sorte. Quando entraram na sorveteria, viram uma mulher de seus 60 anos, de saia e mocassins azuis, meias brancas puxadas até os tornozelos, cabelos grisalhos presos num rabo de cavalo, ao lado de uma menina de cabelos escuros, quase da mesma idade dos gêmeos, diante do balcão. A mulher perguntou num inglês truncado:

— Quanto custa um milk-shake? — O homem respondeu com enfado de trás do balcão. A menina esboçou um sorriso contido, acabrunhado, ao ver a mulher contando as moedas. Quando viu que Pippa e os gêmeos estavam esperando, a mulher afastou-se para o lado para lhes dar a vez, e deslocou a pilha de moedas alguns centímetros para a esquerda na palma da mão. Pippa pediu duas casquinhas de sorvete de baunilha e deu ao homem uma nota de vinte. Ele lhe passava o troco, quando Pippa percebeu que Grace olhava boquiaberta para a mulher enquanto ela selecionava as moedas examinando ansiosamente o quadro com os preços, a menininha a seu lado, petrificada de vergonha. Com um gesto, Pippa chamou a atenção de Grace, mas ela não desviava o olhar.

— E quanto custa um refrigerante? — perguntou a mulher, sorrindo. Seus olhos escuros brilhavam revelando bondade e um pedido de desculpas pela confusão que causava. O homem lhe disse o preço, e ela voltou a contar as moedas. Pippa sentiu as lágrimas lhe subirem aos olhos. Essa pobre mulher levara a neta para tomar um sorvete e agora não podia pagar. O funcionário entregou o troco a Pippa, e ela enfiou as notas no bolso furtivamente, perguntando-se se a mulher se sentiria humilhada caso se oferecesse para pagar a sobremesa da neta. Decidiu não fazê-lo; poderia parecer que estava adotando uma atitude complacente.

O homem entregou os sorvetes a Pippa. O creme macio e branco parecia perfeito, plástico, brilhante, como nos comerciais. Pippa deu a Ben o dele e a Grace, o dela. Ben tomou o seu sofregamente, mas Grace não tocou no dela. Pippa dirigiu-se à porta de saída. Ben a seguiu. Grace não deu um passo sequer; segurava o sorvete com os olhos cravados no chão.

— Grace — chamou Pippa baixinho. De forma abrupta, Grace foi em direção à garotinha de cabelos escuros, parou a uns trinta centímetros de distância e ofereceu o seu sorvete. A menina olhou para o presente, sem compreender. Grace ficou parada, o sorvete na mão levantado como uma espada no punho de uma estátua. A mulher disse alguma coisa à neta numa língua estrangeira, e a menina pegou o sorvete com timidez, mantendo os olhos baixos. Em seguida, Grace virou-se e fugiu da sorveteria. Pippa foi rapidamente atrás dela. Ouviu a mulher agradecer, enquanto a porta de vidro se fechava. Quando finalmente Pippa alcançou Grace, já na metade do quarteirão, o rosto da filha estava enrubescido, os olhos escuros embaçados de raiva.

— Foi muito bonito o que você fez — elogiou Pippa.

— Não, não foi — retrucou Grace. Não quis mais falar sobre o assunto depois disso. Ficou em silêncio na volta de táxi para casa e durante todo o jantar. Pippa sabia que alguma coisa mudara na filha naquele dia. Estava revoltada com a própria sorte.

* * *

Esponja, spray de limpeza, água e esfregão: hora de limpar a cozinha! Pippa gostava de tudo asseado, mas era naturalmente caótica. Tinha de usar toda a sua concentração para disciplinar-se na tarefa da limpeza, como um vento forte pressionando uma árvore alta para o solo. Um pensamento desviado, e ela deixava de lado a limpeza e se via observando de binóculos os beija-flores ou lendo uma receita de espaguete à primavera, e só voltando para a cozinha quarenta minutos depois, surpresa em encontrar os pratos ainda empilhados. Naquela manhã, entretanto, Pippa mantinha em mente a imagem de uma cozinha absolutamente impecável, tentando replicá-la na realidade. Tirou tudo do balcão, limpou-o com a esponja e em seguida colocou de volta os frascos de vitamina e de condimentos, alinhando-os com cuidado. Passou um pano no fogão, esfregou a panela incrustada com a salsicha de frango de Herb, esvaziou a máquina de lavar louças, guardando os pratos e os talheres, e depois encheu-a de novo com os pratos e talheres sujos. Colocou o sabão em pó azul salpicado de branco na caixinha retangular da máquina, fechou a porta até ouvir um clique, ligou a lava-louças, selecionando "lavagem pesada", porque havia uma panela dentro dela. Varreu o chão e em seguida passou um pano úmido. Limpou a pia, e até abriu a geladeira e jogou fora tudo que parecia velho ou podre. Fez uma lista: ovos, leite de soja, iogurte, papel-alumínio, cereal matinal. Dobrou a lista, colocou-a na pequena separação interna da bolsa e foi andando até o pátio. Herb estava ao telefone. Olhou para ela em expectativa.

— Estou indo fazer compras. Precisa de alguma coisa? — perguntou.

Ele fez que não com a cabeça, acenou-lhe com a mão e retornou ao telefonema. Estava falando sobre o livro. Pippa ficou imaginando quem seria o autor da mina de ouro. Atravessou a sala de estar, saiu pela porta da frente, entrou no carro e ficou petrificada.

O piso do carro estava coberto de pontas de cigarro. Devia haver umas dez, esmagadas no tapete. Pippa deixara de fumar vinte anos antes. O cheiro de cigarro fez sua garganta fechar. Herb nunca fumara cigarros e deixara os charutos a conselho de um cardiologista. Então, que diabo era aquilo? Apanhou as pontas, colocou-as num saco de lixo que mantinha no porta-luvas e voltou correndo para casa para contar a Herb. Ele ainda estava ao telefone. Ela permaneceu alguns segundos na sala, esperando. Alguém tinha aberto o carro. Talvez adolescentes, a garotada da cidade vizinha para se divertir. Talvez Chris Nadeau, num ato indireto de vingança por ter se metido em sua vida como fizera. Ou podia ter sido Pippa. Sentiu o sangue queimar-lhe as faces. E se tivesse sido ela, se tivesse agido como sonâmbula e fumado no carro, podia até ter guiado. Ficou aterrorizada com esse pensamento.

Onde teria comprado os cigarros? Foi tomada por um imenso sentimento de pânico; sentia-se como se estivesse num elevador sem cabos, descendo — descendo — descendo. Herb, sem saber de nada, continuava:

— Bom, Phil, você pode fazer duas coisas. Pode contratar um agente, eu posso recomendar um. De qualquer forma, mais cedo ou mais tarde vai precisar de um, agora você é um escritor. Ou pode adiar, fazer a transação você mesmo e esquecer a parte deles. A boa notícia é que você recebe o adiantamento integral. O outro lado da moeda é que um agente vai estar mais interessado em você se ele tiver este livro nas mãos, e vai ser leal, porque isso vai dar a ele a oportunidade de ganhar muito dinheiro.

Pippa, sentindo-se um pouco tonta, virou-se, saiu de casa, entrou no carro e seguiu muito devagar até a loja de conveniência. Eles tinham alguns gêneros alimentícios, e era o único lugar em Marigold Village que vendia o *New York Times*. Entrou na loja ainda de óculos escuros. Esquecendo-se da lista, distraidamente pegou o jornal, os ovos, uma caixa de massa para panqueca. Suas mãos estavam trêmulas. Dirigiu-se à caixa registradora e levantou a vista. Lá estava Chris Nadeau, os cabelos molhados e brilhosos, penteados para trás, o rosto recém-barbeado, sobrancelhas grossas como uma moita escura na pele clara, lábios rachados. Cheirava à loção pós-barba. Havia algo de sólido nele, uma força de tal maneira contida que parecia relaxamento. — Pippa Lee, certo?

— Ah, olá — respondeu ela, tirando os óculos. — Então já conseguiu um emprego.

— Faço o possível para chegar ao topo — disse Chris.

— O dia está lindo — observou Pippa.

— Estou tentando ignorar — retrucou, registrando os produtos na caixa; suas unhas eram roídas até o sabugo, notou Pippa. Os olhos dela percorreram a parede de cigarros expostos por trás dele; uma vontade repentina de fumar comprimiu-lhe o tórax.

— Ah, e, ah... um maço de Marlboro Lights. Por favor.

Chris virou-se e encontrou os cigarros.

— Hábito caro.

— É só... na verdade, eu não fumo — disse ela. E então, lhe veio um pensamento: — Você não trabalha aqui de noite, não é?

— Ainda não. Por que está perguntando?

Ela se sentiu aliviada.

— A loja é aberta a noite inteira, e eu sempre achei que deve ser um trabalho horrível, ficar esperando... a noite toda, por alguém que venha comprar... sabe, cigarros, ou qualquer outra coisa. — Lágrimas começavam a subir-lhe aos olhos, a respiração presa na garganta. Chris lhe dirigiu um olhar paciente, atento, o rosto, impassível. Ela sentiu-se completamente exposta diante dele. A total inexpressividade do rapaz era quase ofensiva, de tão direta. Felizmente, suas emoções começaram a retroceder.

— Fósforos? — perguntou ele.

— Sim, por favor. Como vai sua mãe?

— Se recuperando. Sinto muito por ter desaparecido assim naquele dia. Não sou do tipo que gosta de festas.

— Eu não devia ter... eu não devia ter interrompido — disse ela. Um homem na fila atrás dela pigarreou. Pippa colocou algumas notas no balcão, mexeu na bolsa em busca do valor exato em moedas. — Bom, diga a Dot para me telefonar, se quiser.

— Você vai ter que ligar para ela — disse Chris. — Ela está muito envergonhada.

Pippa deixou a loja de conveniência, entrou no carro, abriu o maço de cigarros, tirou um e acendeu. Quando a fumaça encheu seus pulmões, sentiu um formigamento nas mãos e nos lábios. Tudo o que estava à vista — o volante, sua mão, a bomba de gasolina lá fora — parecia saturado de cores e detalhes. Colocou o braço para fora da janela. Por que estou fazendo isso? pensou. Seus olhos voltaram-se para Chris, que registrava as compras de alguém. Que rapaz estranho. Parece inteligente, mas... Começava a entender o que Dot queria dizer. Ele não devia bater bem. Chris levantou a vista e a viu através do vidro. Ela lhe acenou alegremente, apagou o cigarro e partiu.

Sam Shapiro e Moira Dulles iam jantar com eles de novo. Estava muito calor para pratos quentes, então Pippa preparou um salmão, fez uma salada de batatas com molho vinagrete e serviu tudo no pátio. Depois do jantar, os quatro comeram morangos em silêncio, apreciando o laguinho artificial à luz dourada e escutando os grilos.

— Morangos deliciosos, Pippa — elogiou Sam.

— Comprei na banca da fazenda — Pippa o observou pensando como ele mudara nesses últimos anos. A pele do pescoço longo havia elastecido e tremia como a barbela de um peru. A ponta do nariz de falcão havia sido suavizada, de certa forma arredondada, como se gasta pelo trabalho árduo a que vinha se impondo nos últimos trinta anos, escrevendo 16 horas por dia quase sem exceção, atormentado pelas histórias que lhe vinham à cabeça como Orestes pelas Fúrias. Os olhos, antes brilhantes e negros como o alcatrão fundido, estavam mortos como o carvão. Era como se, escrevendo a vida inteira, ele tivesse se consumido, naco por naco, e fosse agora um hospedeiro, uma casca. Repetidamente, Sam pegava sua vida e as pessoas nela, fundia tudo, pele, ossos, tudo, até transformar numa pasta da cor, Pippa imaginava, de gordura de baleia. Depois construía com essa pasta uma imagem, um tipo de friso complexo, uma história feita de seres humanos, sentimentos humanos, lembranças humanas.

O maior problema que Pippa via em Sam (por mais que gostasse dele como um amigo) era a suspeita de que ele precisava do fracasso de suas amizades para poder usá-lo depois. Seria um monstro, ela pensou, se não fosse mais implacável consigo mesmo do que com qualquer outra pessoa. Mas era sempre ele quem pulava dentro do caldeirão primeiro. Ser fundido e surgir de novo; esse era o exaustivo e incessante destino de Sam. Um escritor, e nada mais. A esperança para ele se dissipara, pensou com tristeza. Mas esse fora o trato que havia feito: em troca de uma vida real, conseguira escrever 12 romances, dois deles clássicos, os outros excelentes, tendo dessa forma sua imortalidade quase garantida. Ainda assim, apiedava-se do velho amigo. E tinha pena de Moira por ter-se apaixonado por ele; Sam jamais lhe daria o que ela queria. Ela era muito carente. O segredo com Sam, Pippa sabia, seria tornar sua vida tão atraente, tão agradável, que ele não teria escolha senão voltar-se para ela, e deixar a si próprio de lado — pelo menos um pouco. Mas, ao mesmo tempo, pensou, Moira também é escritora. Então, talvez eles se entendam. Ela suspirou e percebeu a caminhonete amarela de Chris Nadeau estacionada do outro lado da rua. Perguntou-se o que estaria acontecendo na casa dos Nadeau naquele momento.

— Como está indo o romance? — quis saber Herb.

— Ainda estou lá pela página cem — respondeu Sam. — Nem sei ainda se vai sair alguma coisa.

— Deem licença um minutinho — Pippa foi ao banheiro, trancou-se, abriu a janela e pegou os cigarros por trás da medicação para pressão alta de Herb. Soltou a fumaça através da tela, observou-a expandir-se e desaparecer no ar escuro. Depois escovou os dentes.

Voltou ao pátio com um pedaço de *halvah* de pistache na boca, sentindo-se intoxicada pelo cigarro e recriminando-se por fumar. Moira deu um suspiro profundo e alongou o pescoço para ver o céu, dobrando os joelhos de encontro aos volumosos seios e apertando-os contra o corpo, os olhos grandes pintados de preto brilhavam embevecidos. Todos os gestos e reações de Moira revelavam certo constrangimento. Aos 24 anos, recebera o cobiçado prêmio Yale para Jovens Poetas. Daí em diante, passou a publicar alguns volumes de poesia surpreendentemente mordaz. Sua vida pessoal era uma sucessão de romances fracassados. Agora, por volta dos 35 anos, adotara um comportamento de quase permanente perplexidade que não combinava de forma alguma com seu intelecto quando mais jovem. Não que Moira fosse velha. Não, ela era muito mais jovem do que Pippa. No círculo literário em que vivia, era avassaladora. Pippa achava-a simpática e, ocasionalmente, digna de pena. A amiga era irresponsável e neurótica, uma mulher adulta sem filhos, que não tinha sequer um seguro de saúde, ainda à procura de um amor com as mesmas expectativas negligentes de uma jovem de 20 anos. No entanto, às vezes, Pippa se via invejando a vida egocêntrica e caótica de Moira.

— Aquilo ali é um morcego? — Moira apertou os olhos.

— É — respondeu Herb.

— "Como uma luva, uma luva negra lançada à luz"[1] — recitou Moira. — Quem disse isso? Como é mesmo o nome dele?

— O demônio do sexo — disse Sam. — O senhor Lawrence.

— Olha só quem fala! — observou Herb.

— E ele estava errado. Olhem para aquilo. Vocês acham que se parece com uma luva negra? — indagou Sam. Todos eles olharam para cima. — É um maldito *morcego*.

— Ben costumava assinar uma revista sobre morcegos, lembra? — perguntou Pippa a Herb.

— Ah, sim. — Herb semicerrou os olhos ao tentar lembrar-se.

— Olhem como as asas se agitam freneticamente; é o que indica que não é um pássaro — apontou Moira.

— Não — discordou Sam. — É a forma como muda de direção tão rapidamente... como uma pipa acrobática.

— Essa é boa — riu Herb. — Uma pipa acrobática. — Sam enfiou o queixo no pescoço, contente. Herb nunca dizia que alguma coisa era engraçada se não estivesse falando sério.

— Eles realmente entram no cabelo? — perguntou Moira. Sam sacudiu a cabeça.

— Será que algum dia você vai dizer alguma coisa que não seja um clichê? — Moira olhou para ele com uma expressão de incredulidade. — Eu estava brincando — ele disse. — Você é original, querida, não se esqueça disso.

---

[1] *Like a glove, a black glove thrown up at the light.* D. H. Lawrence (N. da T.)

— Foda-se — desdenhou Moira.

Pippa levantou-se.

— Alguém quer um café descafeinado? — seu tom era de ironia imitando uma comissária de bordo.

Moira levantou-se também e seguiu Pippa até a cozinha. Quando chegaram ao fogão, ela estava soluçando.

— Sempre que eu abro a boca, ele me humilha. Não aguento mais. Ele é um grande *merda*.

Pippa suspirou. Sam era cruel com as esposas. Todos sabiam disso. Ela vira sua rispidez com meia dúzia delas ao longo dos anos.

— O Sam é assim mesmo às vezes. Ele tem um lado mau. Talvez fosse melhor rir do que ele diz.

— Eu venho rindo há quatro anos. Agora choro.

— Vocês estão falando em se separar?

— Não falamos mais sobre nada. Sam anda tão envolvido com o romance que mal levanta a vista. Eu tenho falado sozinha.

— Você está saindo... com alguém? — Pippa conhecia Moira o bastante para saber que ela não abandonaria um homem tão poderoso e desejado como Sam Shapiro, a menos que tivesse um substituto na manga. Dotada como era, aquela poeta precisava de um grande homem.

Moira olhou para as mãos.

— Não... quer dizer... — Ela passou a pressionar as palmas contra os olhos — Ah, Pippa, ando tão confusa!

Naquela noite, na cama, enquanto Herb tentava ler e Pippa passava creme nas costas das mãos, ela comentou:

— Aposto que a Moira está tendo um caso.

— O que é que faz você pensar assim? — perguntou Herb.

— Ela anda falando em deixar o Sam, mas tem pavor de ficar sozinha. Então é fácil deduzir.

— Talvez queira que você ache que ela está tendo um caso para você me contar e eu dizer ao Sam, e aí ele presta mais atenção a ela.

— Você realmente acha que a Moira é capaz dessa trama toda?

— É assim que são as mulheres.

— Astuciosas?

— É instintivo. A sobrevivência dos mais fortes. Você devia saber melhor do que qualquer uma.

— Deixe para lá.

— Isso quer dizer que eu posso dormir agora? — Herb observou, bocejando e colocando os óculos no estojo. — Já que ler está fora de cogitação.

— Eu continuo achando que ela está tendo um caso — disse Pippa e apagou a luz.

Uma pequena morte

O escritório da Editora Maxwell, Lee e Brewer era em Nova York, cinco salas de paredes de vidro, surpreendentemente mal conservadas, abarrotadas de livros. Na ausência de Herb, a empresa estava sendo administrada por Marianne Stapleton, uma mulher musculosa, um tanto maníaca, de excelente gosto e com uma forte tendência a duvidar de si mesma. Ligava para Herb pelo menos cinco vezes ao dia com dúvidas.

— Se eu conseguir um escritório — Herb disse a Pippa — dou somente três horas por dia a essa maníaca para me telefonar. O resto do tempo, estou aposentado.

Embora Marigold Village fosse uma comunidade de aposentados, havia salas para escritórios disponíveis. A maioria era alugada para a prestação de serviços aos residentes, e as unidades menores tinham preços bem modestos. Pippa encontrou uma sala para Herb com um banheiro conjugado, que dava para o centro comercial. Comprou para ele um sofá, uma escrivaninha, uma cadeira, uma cafeteira elétrica e um frigobar. Embora Herb insistisse em justificar o escritório, explicando que assim poderiam aproveitar melhor o tempo juntos, Pippa estava, na verdade, aliviada de vê-lo fora de casa um pouco. Não se acostumava àquela nova proximidade constante e sentia a necessidade de ficar mais sozinha ultimamente. Desde que descobrira os cigarros no piso do carro, ondas súbitas de medo lhe varriam o corpo, como uma descarga elétrica. Andava tendo sonhos alarmantes. Em um deles, um cadáver era removido da casa da vizinha numa maca. Alguém abria o zíper do saco onde estava o corpo e era Pippa, com o rosto cor de cinza. No sonho, ela não estava realmente morta, mas não conseguia abrir os olhos, nem falar. Enquanto a carregavam, percebeu horrorizada que seria enterrada viva. Não mencionou o sonho ao marido. Também não lhe contou que voltara a fumar. Sempre que estava prestes a fazê-lo, em tom de brincadeira, sentia-se envergonhada.

* * *

Pippa saía de uma loja de utilidades domésticas no centro comercial, carregando numa sacola enorme uma manta cor-de-amêndoa para colocar por cima do sofá novo de Herb, quando ouviu o barulho estridente de freios, o grito angustiante de um animal e o estrondo de uma batida. Ficou na ponta dos pés, esticando o pescoço para ver o que se passava na rua e em seguida dirigiu-se ansiosa ao local do desastre. Ao chegar lá, viu que um Toyota marrom havia ido de encontro a um poste. A frente do automóvel estava amassada. O motorista, um homem perto dos 60 anos, ileso, porém confuso, abria a porta. Algumas pessoas idosas já haviam se aglomerado na calçada, na frente da loja de conveniência. Pippa caminhou em direção a elas e abriu caminho em meio à multidão. Lá na frente estava Chris Nadeau, ajoelhado na calçada, embalando um cachorro branco grande. O animal tinha no tronco um corte reluzente de 15 centímetros. O cão jazia. Chris acariciava seu pelo branco e longo. Quando viu Pippa, lhe dirigiu um olhar de súplica com tamanha tristeza que ela se pôs de joelhos a seu lado e imediatamente se arrependeu. Era intimidade demais. E agora estava ali, cativa, abaixada ao lado do filho desmiolado de Dot, que tinha no colo um cão agonizante.

— É seu? — perguntou ela. Ele fez que não com a cabeça, olhando para a criatura agonizante.

— Vi quando aconteceu através do vidro — sussurrou ele. Pippa olhou para o cachorro. Ele gemia e estava tremendo. Presenciar aquela cena era insuportável. Virou-se para Chris. O rapaz mantinha o olhar fixo no animal. O homem que atropelou o cachorro insistia:

— Ele pulou na minha frente.

O cão começou a arquejar, os olhos claros, transparentes estavam fixos, e os cantos da boca cobertos por uma espuma branca como claras em neve. Chris inclinou-se e murmurou algo ao ouvido do bichinho. Pippa não conseguia ver o cachorro, somente a parte de trás da cabeça de Chris. Quando o rapaz se ergueu, o cão estava inerte, os olhos turvos. Chris não se mexeu. Pippa também não. Ficaram ali, cabeças baixas, como se fosse seu animalzinho de estimação que tivesse morrido.

Uma van da Sociedade Americana de Prevenção Contra a Crueldade de Animais chegou ao local. Dois homens desceram. Chris deixou que retirassem o corpo do seu colo e, sem olhar para Pippa, levantou-se e voltou para a loja de conveniência. Um dos homens perguntou a Pippa se o cachorro lhe pertencia. Ela abanou a cabeça, limpou os joelhos, apanhou a sacola de compras e seguiu cambaleante até o carro. Estava abalada e estranhamente comovida.

* * *

Moira estava atrasada. Pippa recostou-se no banco acolchoado de couro sintético azul-turquesa e examinou os pequenos quadros a óleo, pendurados a intervalos regulares nas paredes do restaurante. Eram todos pintados cuidadosamente, paisagens sem graça. Pensou em seu velho amigo Jim, como ele teria olhado para aquelas telas arqueando levemente o pescoço. Faria um gesto lento com a cabeça. "Ah, sim", diria, com um sorriso impiedoso. Ela se perguntava se Jim ainda estaria vivo.

Moira chegou ofegante, beijou Pippa, alguns fios dos cabelos pretos escapavam do rabo de cavalo. Exalava um agradável perfume de leite.

— Desculpe pelo atraso, eu estava escrevendo, aí olhei para o relógio e...

— Não se preocupe. Eu estava aqui relaxando, apreciando a arte. Linda, essa fivela. — Pippa apontou para a estrela de xerife prateada logo abaixo do umbigo de Moira.

— Obrigada. — Moira cobriu a estrela com a mão e sentou-se no banco oposto, a enorme bolsa de camurça colocada ao lado. Um garçom afeminado apareceu.

— Ah! Oi! Pode me trazer... um chá gelado, por favor? Aquele com melão? — pediu Moira, com um flerte involuntário. Depois virou-se de novo para Pippa e, com um ar adolescente, enfiou uma mecha do cabelo atrás da orelha e sorriu, uma covinha se formando na face esquerda. Não era de admirar que tivesse sido a predileta do pai entre os sete filhos, pensou Pippa. Ela deve ter sido uma criança encantadora, com o rosto em forma de coração e aqueles olhos enormes dos órfãos indianos... e toda aquela imaginação. Com seu jeito atropelado, ofegante, auto-obsessivo, Moira era adorável. Não havia como negar. Seria possível achar sua sinceridade ridícula, ironizar sua excessiva sexualidade, seu prazer exagerado pela vida, mas, no final, era-se obrigado a entregar os pontos e adorar a absoluta pureza de seu modo confuso. Irresistível. Esta era a palavra para Moira.

— Você está tão *linda*. — Moira examinou o rosto de Pippa. — O que está fazendo de diferente?

— É a falta do que fazer — respondeu Pippa.

— Eu queria ser assim tão pacífica e boa como você.

— *Boa?*

— Você parece tão... serena.

Pippa riu.

— Se você soubesse...

— Soubesse o quê?

— Ah, um monte de coisas. Eu sou como um desses carros velhos lustrosos, recuperados de uma grande batida. Parecem perfeitos por fora, mas o eixo é torto.

Moira sorriu, confusa.

— Você é tão misteriosa sobre seu passado.

— Você acha?

— Nunca fala nada sobre sua vida.

— Tem algumas coisas que aconteceram que eu evito lembrar.

— O quê, como o que aconteceu com a primeira mulher do Herb?

— Segunda.

— Segunda. Ele disse que ela já era louca.

— Não tão louca.

Moira suspirou, apoiou a cabeça nas mãos e fungou.

— O que foi? — Pippa pôs a mão no ombro de Moira.

— Eu sou uma merda mesmo — Moira enxugou as lágrimas do rosto. — Nunca vou ter uma vida normal.

Pippa já estava acostumada aos súbitos episódios de autoflagelação da amiga. Sempre procurava usar o humor para tirá-la daquelas crises de sentimentalismo.

— Ah, não fique assim. O que é normal? Você quer dizer casamento?

Moira fez que sim, assoando o nariz.

— Estamos nos separando, Sam e eu. Ah, Pippa, é tudo tão confuso. Eu... me enfiei... vou fazer 40 anos sem um marido, 50, não que isso importe, mas *importa*. Eu... só queria ser capaz de reconhecer o homem certo.

— Ah, qual é! — retrucou Pippa. — Você pode se casar com quem quiser, se é isso o que a preocupa.

— O que você está querendo dizer?

— Escolha qualquer homem aqui dentro, na idade certa, e eu mesma podia estar casada com ele.

Animada com a brincadeira, Moira deu uma olhada no salão, depois apontou para um homem magro de óculos, lendo o menu com desgosto.

— Ele só precisa de uma certa rotina, nada mais — disse Pippa. — Aposto que satisfazendo as necessidades dele antes que ele mesmo as descubra, vai ficar dócil como um cordeirinho.

— E aquele ali?

— Desde que enfie o dedo na bunda dele quando ele estiver gozando, não vai causar problema algum.

— Pippa!

— Desculpe, escapou.

— Do jeito que está falando parece... tão pouco romântico.

— Namoro é romântico. Casamento... é um ato de vontade. — Pippa bebeu um gole de água. — Quer dizer, eu adoro o Herb. Mas nosso casamento funciona porque nos determinamos a isso. Se esperar que o amor mantenha tudo, pode esquecer. O amor vem e vai com a brisa, minuto após minuto.

Moira abanou a cabeça, sorrindo, perplexa.

— Isso é demais para a minha cabeça.

— Você vai ver — disse Pippa, impressionada com o papel de ceticismo complacente que estava desempenhando. Desde quando começara a dizer "Ah, qual é!"? Até mesmo, quando teria ouvido isso? Será que de fato acreditava no que estava dizendo, que o casamento era um ato de vontade? Sim, percebeu com tristeza que sim. Depois de tudo o que ela e Herb haviam enfrentado, depois do que haviam perdido para ficar juntos (as próprias almas, talvez), estar casado terminou sendo *um ato de vontade*. Desejou romper com o presente monótono e arrastar o passado vívido para dentro de si novamente, devorá-lo como um urso que invade as lojas de um acampamento. Quis sair correndo do restaurante, encontrar Herb e beijá-lo violentamente na boca (podia imaginar seu semblante confuso e surpreso quando se jogasse em cima dele), desabar no choro, gritar até, enfim, perder o controle. Em vez disso, esperou, sorrindo, por seu sanduíche de lagosta e ficou imaginando se não estaria à beira de um silencioso ataque de nervos.

Parte Dois

Pippa começa

Emergi do útero de Suky, repulsiva e alerta, gorda como um bebê de seis meses e coberta de um pelo preto e fino. Depois de uma espiada rápida pela sala de parto, virei o rosto para a pequena teta inchada de minha mãe e me grudei a ela, sugando com tamanho barulho que parecia um monte de porcos. Ao pensar que havia dado à luz aquela criatura abominável, minha mãe desatou a chorar. A convicção do médico de que eu era o resultado de uma gestação um pouco longa demais, e que por isso tive tempo de criar uma camada de pelo vestigial, remontando à época em que os seres humanos pertenciam à família dos primatas, de nada adiantou para acalmá-la. Sendo mulher de pastor, alimentava um sentimento ambivalente a respeito da teoria da evolução e achava que minha aparência bestial, explicável como parecia ser pela ciência, de alguma forma refletia uma mancha básica ou propensão ao pecado em seu próprio caráter. Devolvendo-me ao médico, que foi tomado de surpresa, desceu sozinha da mesa de parto, as pernas ainda moles do anestésico, e correu pelo corredor, escorregando em seu próprio sangue e gritando: "*Eu tive um macaco.*"

Foram necessários dois enfermeiros e um médico para dominar aquele 1,55m de Suky Sarkissian. Injetaram-lhe um sedativo, depois colocaram-na em um quarto particular, que nosso seguro não cobria, mas que o hospital cedeu de graça.

* * *

O sentimento de que a filha incorporava de forma mágica todos os seus defeitos nunca abandonou minha mãe. Muito tempo depois de eu perder a camada de pelos e me tornar uma menina bonita e rechonchudinha, ela ainda achava que percebia em mim um desvio, uma inclinação ao prazer, uma *maldade* geral, que, secretamente, era dela própria. Aos 2 anos, eu me grudava à perna de Suky como um cãozinho amoroso. Ela me afastava sempre, dando risadas. Uma vez, desesperada para sair de um ônibus lotado da Greyhound, arranhei seu rosto até sangrar. Minha mãe chorava com a minha crueldade. Fiz até um cocozinho num de seus sapatos favoritos, na esperança de acabar com os planos dela de sair para jantar. Era um sapato de veludo rosa que combinava perfeitamente com seu vestido novo. Quando viu o que eu havia feito, tentou ficar furiosa, mas não conseguia parar de rir. Porque, a despeito das imperfeições do meu caráter, ou talvez por causa delas, Suky me amava com fervor, até mesmo de uma maneira ardente. Simplesmente nunca me largava, não parava de me acariciar, cheirar, beijar, mordiscar. Lembro-me de uma vez, quando eu tinha 6 ou 7 anos, lutando para me desvencilhar de um de seus abraços, não porque não gostasse de seus afagos, mas porque eu realmente não conseguia respirar.

Fui a primeira menina depois de quatro meninos. Suky criou bem meus predecessores; dava-lhes banho coletivo como se estivesse desinfetando carneiros, depois tocava-os para a cama como a um bando de pombos. Transportava-os cuidadosamente para suas competições esportivas infindas. No entanto, à medida que eu ia ficando mais velha, tinha a impressão de que Suky via somente a mim. Por ser a única filha, tinha direito a meu próprio banho toda noite, e Suky sentava-se na tampa da privada, com as pernas cruzadas, observando-me languidamente enquanto lixava as unhas ou ficava diante do espelho fazendo as sobrancelhas. Conversávamos sobre uma coisa ou outra — as meninas da minha escola, quem era amiga de quem, qual delas estava planejando fugir de casa, qual o melhor penteado para cada ocasião — enquanto no quarto ao lado meus irmãos gritavam, brigavam e se esmurravam na cabeça. Na hora de dormir, ela dava um rápido beijo de boa-noite nos meninos, mas deitava-se ao meu lado, alisando carinhosamente a minha cabeça até eu dormir. Dançávamos ao som de Bobby Darin na cozinha, meus pés sobre os dela, de mãos dadas, dando voltas, voltas e mais voltas.

Eu era a mais nova, e durante alguns anos, essa atenção exagerada fazia um certo sentido. Mas quando fiz 6 anos e já podia me cuidar sozinha, os garotos começaram a se ressentir da nítida preferência de Suky pela única filha. Ela até comprou uma câmera, cuja única função era tirar fotos minhas. Vestia-me de anjo, vaqueira, estrela de cinema. Ocasionalmente me fotografava nua. Era a mais apaixonada das mães.

Suky era uma mulher franzina, vivaz, de cabelos ruivos brilhantes e voz estridente de cadência levemente sulista, resquício do sotaque mississippiano arrastado e maçante da mãe. Tinha uma cintura tão delgada e os tornozelos tão finos que suas compras precisavam ser feitas na seção infanto-juvenil da loja de departamentos local. Eu me orgulhava do corpo de Sininho de Suky; as mães de outras pessoas, com seus traseiros avantajados e redondos, e seios balançantes, me pareciam lentas e descuidadas, em comparação com a minha mãe ágil, ativa e incansável.

Suky sorria com facilidade, usava os cabelos num coque baixo e quase sempre mantinha as sobrancelhas arqueadas numa expressão de atordoamento e surpresa. Entretanto, acho que era uma pessimista enrustida. Eu percebia isso pela maneira como dirigia. Quando manobrava nossa perua de traseira larga nas estradinhas do interior, ela sentava-se ereta, as mãos pequenas agarradas ao volante, os nós dos dedos brancos. Cada vez que nos aproximávamos de uma curva, ela buzinava forte, alertando o caminhão gigantesco que certamente aparecia acelerado em sentido contrário, pronta para rodopiar descontroladamente e nos esmagar. Insone, ficava acordada noites a fio, assando biscoitos, calculando o orçamento doméstico ou simplesmente fazendo uma coisa ou outra. Lembro-me de ter despertado com um pesadelo no meio da noite. A casa estava num silêncio mortal. Sabendo que ela estaria acordada, desci a escada e a encontrei de pijama retirando as folhas mortas das plantas. Ela ficou contente ao me ver. Preparou um chocolate quente; sentamo-nos juntinhas e assistimos à televisão até às 5h até desmaiarmos no sofá, seu braço em torno de mim e minha cabeça sobre seu peito.

Suky dormia ali frequentemente. Costumava dizer que ficava acordada até tão tarde que não fazia sentido ir para a cama. Descíamos e a encontrávamos enrolada no cobertor que tinha para assistir à televisão. Eu a sacudia, acordando-a, e ela ia arrastando os pés até a cozinha, bebia um copo de suco de laranja e olhava para o relógio. Às 7h em ponto, tomava seu remédio — sempre comentava que sua tireoide não ia bem. Quando meu pai descia, já estava acordada e disposta, preparando o café da manhã, arrumando as merendeiras e organizando as mochilas escolares com maestria. Ela cozinhava refeições nutritivas, mas raramente sentava-se à mesa conosco por muito tempo, preferindo ficar ao lado do fogão com uma caneca de porcelana cheia de pudim de arroz e enfiando as colheradas na boca tagarela.

No entanto, havia dias em que minha mãe jovial, faladora e animada ficava taciturna, o olhar perdido, parecendo surda até mesmo às minhas solicitações. Jogava o jantar sobre a mesa, fugia de todos nós e deitava-se diante da televisão, que ficava aos pés da sua cama, comendo torradas com manteiga. Meu pai, Des, suspirava quando isso acontecia, mas não reclamava. Sabia que havia ocasiões em que a mulher simplesmente entrava em curto-circuito, ficava sem energia e impassível como um robô inerte. Des então assumia a direção; cantando com sua voz áspera e desagradável, ele lavava os pratos e supervisionava nossos banhos. Eu gostava das noites em que meu pai assumia o controle, porque ele me deixava um pouco de lado. Eu era apenas parte dos outros filhos, não uma criatura única e especial, não a menina dos olhos de ninguém. Era um alívio. Eu participava das brincadeiras brutas dos meninos, lutava, chutava, dava risadas. Mas, inevitavelmente, um sentimento de culpa se apoderava de mim naquelas noites e, por mais que eu quisesse ir para a cama com o beijo sem graça do meu pai, deixando de lado os afagos esmerados de minha mãe, parecia que ela me puxava para perto de si; a sua vontade se impunha sobre a minha. Então eu ia para o quarto dela. Ela estava sempre completamente vestida, deitada, o prato de torradas sobre o estômago. Olhava para mim com um misto de alegria e apreensão, como se a qualquer momento eu pudesse lhe negar meu carinho. Eu exercia esse poder sobre Suky; isso me assustava e me tornava audaciosa. Às vezes deixava meu rosto parecer frio e duro somente para ver o medo estampado nos olhos dela.

Des

Um impassível armênio de Hartford, meu pai tinha uma voz grave e áspera, que dava a impressão de ter engolido uma colher de sopa cheia de manteiga de amendoim. Movia o corpo entroncado e forte com uma lentidão taurina deliberada. Os círculos escuros que tinha ao redor dos olhos negros ternos o faziam parecer perpetuamente exausto. O pastor Sarkissian nunca se mostrava muito feliz, mas também nunca ficava triste demais. Sua decisão inesperada de se tornar ministro anglicano fora tomada contra a vontade do meu avô, um ortodoxo armênio fervoroso que nunca perdoou a esposa protestante por afastar seu único filho da igreja de seus ancestrais.

Meu pai revelou-se um pastor inato. Preparava os sermões escrupulosamente, mantinha a casa paroquial aberta até tarde para as almas perdidas que precisavam de um ouvido solidário. Porém, percebia-se sob as dobras do hábito sagrado, não a dimensão imaterial e elevada do homem espiritual, mas a carne irrequieta de um homem bem vigoroso. Des sempre enfatizava Cristo, o homem, em seus sermões, a ponto de alguns de seus paroquianos se perguntarem em voz alta se ele realmente acreditava que Cristo era também Deus, já que ele nunca mencionava isso. Para ser sincera, acho que meu pai não se preocupava muito com a parte divina. O milagre era a realidade de Cristo, o *fato* de sua própria existência. Eu me lembro que uma vez, durante o jantar, ele disse que o que realmente importava era o que as pessoas faziam por seus semelhantes aqui na Terra. O Espírito Santo podia tomar conta de si mesmo.

Des era um homem compassivo. Escutava com um semblante apreensivo e interessado quando as pessoas de pele da cor de mingau de aveia e olheiras avermelhadas lhe contavam seus problemas na saída da igreja ou em nossa casa à noite, depois que colocavam as crianças na cama e dispunham de algumas horas de descanso antes de reiniciarem as obrigações diárias. Ele parecia gostar de nós, os filhos, de forma abstrata, inclinando a cabeça e nos observando quando fazíamos o dever de casa, discutíamos, brincávamos. Era sempre carinhoso conosco quando nos machucávamos ou estávamos tristes; e sentava-se ao lado de um filho que chorava durante uma hora, bem depois de a crise ter passado, segurando a mãozinha, sem pressa de ir a lugar algum. Nesse sentido, ele era o oposto de Suky, que permanecia numa atividade incessante 18 horas por dia. Relaxava somente quando se deitava comigo para me pôr para dormir, cantarolando fragmentos de músicas ao meu ouvido, com sua voz aguda e a respiração audível, enrolando uma mecha de meu cabelo no dedo.

A verdade é que eu nunca tive a oportunidade de conhecer meu pai muito bem. Suky o ofuscava. O fogo que queimava dentro dela dia e noite o obscurecia em minha imaginação. Ele era um vulto, um refúgio, às vezes, mas não totalmente real para mim como homem. Acho isso triste, porque agora compreendo que, de todos os meus traços de personalidade, os que herdei do meu pai são os mais valiosos; foi o Des em mim que permitiu que eu sobrevivesse.

* * *

    Não me parecia estranho que meus pais mal se falassem. Suas conversas eram quase inteiramente restritas a assuntos sobre os filhos, ou simples solicitações, como "pode passar o sal, por favor?". Pelo que eu podia perceber, Suky passava o tempo livre de que dispunha comigo. A maior parte da afeição que recebia era de mim, também. Fico imaginando como teria sido a convivência dos meus pais antes de eu nascer, ou quando eram recém-casados. Em uma fotografia antiga, eles parecem timidamente felizes juntos, de mãos dadas e sorrindo, do lado de fora da primeira residência paroquial de meu pai, em Hartford. Minha mãe está com um vestido estampado de usar em casa. Seu rosto é jovem e redondo. Durante minha infância, eu era fascinada por essa imagem, porque, naquela época, Suky não era franzina. Era quase rechonchuda.

Bonecas e maridos

Eu era sempre uma dona de casa quando brincava, uma mãezinha empurrando um aspirador de pó de brinquedo, levando no quadril uma boneca de vestido enfeitado, ou cuidadosamente tomando nota, pelo telefone de mentirinha cor-de-rosa, de um recado para meu marido, um ser alto, indistinto que eu chamava de Joey. Sexo com Joey era um movimento coreografado, rápido. Eu me deitava, abria e fechava as pernas e me levantava de novo, retornando às minhas obrigações de casa. Acho que copiei a ideia de que se fazia deitado da minha amiga Amy, que, aos 9 anos, já era um tanto aficionada.

— Você sabe qual é a pior palavra do mundo? — Amy me perguntou um dia quando brincávamos no corredor escuro de nosso segundo andar.

— Qual? — eu quis saber.

Amy ficou próxima à janela, pensativa, girando sem parar a cabeça de uma das minhas bonecas. Uma trama de cabelo castanho brilhante caiu na cintura de minha melhor amiga. Seus olhos, em meia-lua, azuis como uma hortênsia, lhe conferiam um ar melancólico, antiquado. — Foder — respondeu, sem rodeios. Depois virou-se para observar do outro lado da rua seu irmão mais velho, Andy, deixando a cidade verdinha, ao aparar os gramados. A família de Amy era rica comparada com a nossa, mas todos os filhos, exceto Amy, trabalhavam durante o verão, para aprender o valor do dinheiro. Eu observava Amy por trás: os braços dela apoiados na trave da esquadria da janela. Seu vestido lilás era preso à cintura por um cinto estreito e caía em lindas pregas finas logo abaixo dos joelhos. Os pés descalços estavam cruzados na altura dos tornozelos. Sua elegância e beleza me deixavam maravilhada. Jamais conhecera uma garota como aquela, tão perfeita, tão confiante, tão linda. Achava-me um duende em comparação. Era baixa, tinha um rosto achatado, os cabelos cor de palha e meus olhos pareciam duas bolinhas de gude cinzentas. Numa tarde de verão, enquanto vestia a parte inferior do biquíni, ela admirava meu estômago musculoso com um ar pensativo e tranquilo. Havia uma linha pálida na minha barriga, como uma costura da cor sépia, do umbigo ao sexo. Amy apontou para ela e disse:

— Você sabe o que isso significa, não sabe?

— O quê? — perguntei.

— Quando estava na barriga da sua mãe, você ia ser um menino até o *último segundo*. — Olhei-me no espelho e vi os músculos largos dos meus ombros pequenos e minhas coxas roliças e fortes. Não parecia uma menina de forma alguma.

— Você é um menino-menina. — Ela riu. Ri também, embora sentisse a garganta apertar. Empurrei minha amiga para a cama, e nós duas despencamos, agora histéricas, gritando, lutando. Depois ficamos paradas uma ao lado da outra, recuperando o fôlego. Eu me apoiei sobre um cotovelo. Amy tinha um dente da frente fraturado que brilhava por trás dos lábios abertos.

— Se eu sou um menino-menina, então posso ser sua amiga-namorado — eu disse.

— Não, não pode — retrucou Amy me rejeitando.

— Assim, quando tiver um namorado de verdade, vai ser fácil.

Amy considerou por um momento.

— Mas a gente não pode contar a ninguém. — Ela olhou para mim, apertando os olhos.

— Você acha que eu sou burra, ou louca?

Então me joguei para a frente, aproximando-me bem devagar do rosto dela, e lhe dei um beijo. Seus lábios estavam frios e ásperos. Ela me empurrou, rindo, porém mais tarde naquele mesmo dia me deixou beijá-la de novo.

Beijamo-nos mais algumas vezes naquele verão. Consegui também convencê-la a me deixar deitar por cima dela em duas outras ocasiões. Adorava sentir-me esmagando-a. Ela, no entanto, lutava para sair daquela posição. Uma vez, quando estava presa embaixo de mim, me surpreendi ao ver a expressão de alarme em seu rosto; ela ficou claramente aliviada quando ouviu os passos de minha mãe na escada.

Anos passaram-se. Amy revelou-se uma moça muito inteligente. Tirava A em tudo, exceto em História, matéria que detestava por motivos pessoais. Eu era uma aluna desmotivada. Para mim, as palavras nos meus livros escolares não representavam a realidade. Consumia-os com relutância, como se fossem pão velho. Passava menos tempo com Amy agora; ela estava sempre na biblioteca com os amigos brilhantes. Estudava numa mesa redonda, com aqueles crânios, sentada ereta como uma princesa, os cabelos pretos longos brilhando nas costas, e trabalhava durante horas sob o olhar de admiração da senhora Underwood, a ofegante bibliotecária. Arruinada pelos cigarros, essa mulher carregava um tanque de oxigênio sobre rodas, enquanto arrumava os livros nas estantes.

Os beijos que Amy e eu havíamos partilhado dissiparam-se na infância, tempos que ambas lembrávamos como um sonho. Agora eu seria tão capaz de beijá-la quanto de pilotar um 747. Não saberia como. Estava com 13 anos e, devo dizer, eu era realmente impressionante. Dois seios compactos e perfeitamente formados brotaram no meu tórax como cogumelos quase que da noite para o dia, desconcertando meus irmãos e enviando minha mãe numa viagem de emergência a uma loja para me comprar um sutiã. Meu pai levou meses para notá-los. Nunca vou esquecer a expressão muda de surpresa no seu rosto quando me abaixei para retirar seu prato e ele percebeu o que havia acontecido comigo. Eu era baixinha e ágil, com cabelos cor de cobre, mãos pequenas e macias, e feições de gato. Isso era o que todos diziam, que eu parecia um gatinho, o rosto largo e plano, olhos cinzentos repuxados, boca pequena como o arco de um cupido — e a minha languidez. Podia ficar deitada no sofá, em torpor, a manhã inteira e em seguida me levantar e sair em disparada pela porta usando shorts curtíssimos. Minha mãe gritava atrás de mim, suplicando para que eu voltasse e trocasse de roupa.

Como mencionei, fui um serzinho sexual desde a mais tenra infância. Aos 11 anos, descobri uma forma de atingir o orgasmo enquanto fazia o nado de peito, prática que, subsequentemente, me levou a fazer parte do time de natação da escola e foi responsável por minhas coxas de ferro. Nos primeiros anos da minha adolescência, embora virginal ao extremo — jamais sequer beijara um rapaz — alimentava uma fantasia peculiar, na qual conhecia um homem sem rosto e irrepreensível, cujo coração puro estava dominado pelo amor proibido que sentia por mim. Os garotos da minha escola não me despertavam o menor interesse. Eles ansiavam por isso. Eu precisava encontrar alguém que não quisesse de forma alguma ser seduzido. Mas estou me adiantando. Nesse momento, tenho 13 anos, minha avó Sally sofreu uma trombose e Suky está indo para Delaware.

Aha!

Minha avó Sally era gorda. Nós a víamos o mais raramente possível. Suky mal podia olhar para ela. Mas, pensando retroativamente, não acho que fosse aversão, nem vergonha do peso de Sally o que mantinha distante a filha agitada. Acredito que era porque vovó Sally conhecia muito bem a minha mãe. Lembro-me, em uma de suas raras visitas, que Sally seguiu Suky com os olhos, quase fechados pelo peso das pálpebras, enquanto ela trabalhava na cozinha, limpando a mesa, preparando sanduíches individualizados, numa linha de montagem para cada uma das crianças (nenhuma delas gostava das mesmas coisas), depois varrendo o chão — perdendo o fôlego de tanto falar. O branco dos olhos da velhinha brilhava sob íris escuras; a papada apoiada nas mãos, uma fatia de torta comida até a metade num prato entre os cotovelos, duas tranças louras finas presas no topo da cabeça. Logo em seguida, recostou-se, cruzou os braços no peito, e com um sotaque do Mississippi comentou:

— Você nunca foi tão rápida assim quando criança.

— Bom, mãe — disse Suky com uma animação forçada, embora estivesse tomada pela ira —, quando eu era criança, não tinha cinco filhos.

— Você era uma criança preguiçosa e sonhadora. — Ninguém muda o próprio ritmo assim. Ritmo é ritmo. Isso é uma das coisas básicas sobre as pessoas.

— É que você e eu simplesmente temos estilos diferentes como mães — retrucou Suky, sorrindo friamente enquanto ajeitava os cabelos no coque rijo. — Eu gosto de ter controle de tudo, é só.

— Aham — disse Sally, desconfiada, mudando seu enorme peso de posição na cadeira e mexendo na torta com o garfo. Eu não entendi a insinuação de vovó Sally, mas percebi que aquilo enfureceu a minha mãe. A raiva dela provocou tensão e dor na minha barriga. O desconforto era tão intenso que saí dali para anular o efeito da dependência entre nós.

Mas naquele mês de dezembro, vovó Sally parecia estar morrendo e precisando da filha supereficiente para servir de enfermeira. Então lá se foi Suky, tendo deixado quantidade suficiente de sopa e lasanha no congelador para durar um mês, embora planejasse ficar longe somente quatro dias. Os meus dois primeiros dias sem Suky foram maravilhosos. Eu voltava para casa a pé com meus irmãos, abria a geladeira, examinava os armários, comia o que me dava na telha, ligava a televisão. Des passava as tardes no escritório, preparando o sermão do domingo e reunindo-se com os paroquianos que tinham problemas. Uma paroquiana que parecia estar especialmente atribulada naquela semana era a senhora Herbert Orschler. Eu sempre pensava no seu nome completo quando a via, porque uma vez ela deixou cair um envelope da bolsa, e eu o apanhei. Antes de devolvê-lo, li o que estava datilografado: "Sra. Herbert Orschler." Eu achava o nome Herbert muito estranho para uma mulher e ficava imaginando se, por baixo daquele vestido justo, não haveria um pequeno pênis escondido. Amy, aquele manancial de informações, uma vez me dissera que havia pessoas que nasciam com dois sexos, de homem e de mulher. Isso me escandalizava e fascinava, e eu ficava pensando se a senhora Herbert Orschler não estaria vindo se aconselhar com meu pai com tanta frequência por causa do estresse causado por sua genitália. No dia seguinte à ida de minha mãe à casa de vovó Sally, passei em frente ao escritório de Des. A porta estava entreaberta; espiei pela abertura e vi a senhora Orschler sentada numa poltrona e meu pai inclinando-se para segurar-lhe a mão. Isso me pareceu um pouco estranho na ocasião, mas atribuí às obrigações de um pastor, que eram misteriosas e múltiplas, como meu pai sempre dizia.

Ocorreu que Suky teve de ficar longe mais uma semana, tomando conta da mãe, cuja aproximação da morte era tão lenta quanto o seu trabalho de casa. (Ela, na verdade, só viria a morrer cinco anos depois de Suky.) Na casa paroquial, um desleixo oportuno era a ordem do dia. Não fiz o dever de casa uma vez. Encomendávamos pizza quase toda noite e comíamos em frente à televisão, ignorando o congelador abarrotado. Não me lembro de ter tomado muitos banhos. Um pacto foi estabelecido entre nós, os filhos, e nosso pai: ele nos deixaria em paz, se fizéssemos o mesmo com ele.

Os frascos de plástico de cor caramelo com comprimidos no armário do banheiro de Suky e na prateleira de temperos, arrumados entre a noz-moscada e os cravos, foram simplesmente parte da minha infância, parte da mobília, assim como as cortinas de algodão cru na sala ou aquele pedaço rachado no linóleo marrom da cozinha. Eu só vim dar importância aos comprimidos brilhosos — um vermelho-sangue, o outro, uma pequena abóbada transparente recheada de esferas vermelhas e amarelas, como bolas de chiclete em miniatura —, que minha mãe tomava pela manhã e à tarde, com um leve movimento de cabeça ao levar a mão à boca com a rapidez de um beija-flor, depois que ouvi a palavra *dexedrina* num filme de alerta sobre beatniks viciados em estimulantes, a que assisti na televisão com meu irmão mais velho, Chester, numa tarde chuvosa. A palavra me soou familiar. Fui à cozinha sorrateiramente e inspecionei o frasco do remédio receitado. E, como constatei, o ingrediente ativo era dexedrina. Anfetamina! Imediatamente, a animação excessiva, a agitação, os súbitos surtos de passividade, as desconfianças de minha avó Sally — tudo começou a fazer um sentido terrível. Até os carinhos opressivos de Suky pareceram um delírio induzido por drogas. Peguei o frasco e corri até a sala. Chester estava afundado no sofá, as pernas longas abertas, um olhar vago no rosto enquanto assistia à televisão. Mostrei a ele o rótulo.

— A mamãe toma aquele negócio — eu disse, apontando para o aparelho de televisão. Ele virou-se para mim devagar, irritado com a interrupção.

— O que é que você está fazendo com o remédio da mamãe?

— É dexedrina. Olhe.

— E daí?

— Então é por isso que ela é tão agitada o tempo todo.

— Ah, cala a boca. Ela não é viciada em drogas. Aquelas pessoas no filme tomam para ficar altas.

— Mas qual é a diferença?

— Você acha que as empresas iam vender comprimidos para emagrecer cheios de anfetamina? Isso aí tem uma quantidade muito pequena. Não acredito que você esteja dizendo isso.

Eu simplesmente fiquei na frente dele até ser enxotada para fora dali. Talvez ele tivesse razão. Talvez ela só tomasse os comprimidos para emagrecer. Então tomei dez daquelas bolinhas, somente para ver.

Puxa! *Oba*, quanta energia! Pulei em cima da cama durante cerca de meia hora, depois desci as escadas correndo e contei um monte de coisas engraçadas a Chester, imitei nossos vizinhos, ri de forma descabida. Des até saiu do escritório. Eu estava absolutamente enlouquecida.

— Que diabo está acontecendo com essa menina? — perguntou ele.

— Aposto que ela tomou os comprimidos para emagrecer da mamãe — disse Chester com voz de sono. — Ela estava perguntando sobre isso.

— Por que você não me disse? — perguntou Des, tomando uma atitude. Ele me pegou pelos braços e me prendeu no sofá, sob a luz.

— Abra os olhos! — ordenou. Eu não parava de rir. — Droga, abra os olhos! — Ele levantou uma das minhas pálpebras. Vi seu rosto moreno, sob a pele, o tom azulado da barba feita, vi as sobrancelhas espessas, os pelos escuros saindo pelo nariz, tão de perto que era alarmante. — Vamos ter que levá-la para o hospital.

Escapei de seus braços, subi a escada como uma bala, entrei correndo no meu quarto e tranquei a porta. Então me encolhi num canto, minha mente explodindo como fogos de artifício, as pernas se contraindo. Tiveram de forçar a tranca. Por fim, Des decidiu não me levar ao hospital. De qualquer forma, eu estava me acalmando e já começava a chorar e vomitar.

Acordei na manhã seguinte às 9h30. A casa estava em silêncio. Desci e encontrei Des sentado tomando uma xícara de chá e lendo o jornal. Ele sorriu para mim com carinho. O olhar dele me deixou feliz.

— Dormiu bem? — perguntou ele.

— Por que não me acordou para ir para a escola?

— Seu corpo precisava descansar, depois de ontem. Aquilo que você fez foi uma coisa muito perigosa.

— Se aqueles comprimidos são perigosos, por que a mamãe toma?

— Não são perigosos para ela, ela toma poucos, e já é adulta, não uma criança.

— Mas por que ela precisa tomar?

— A mãe dela é gorda demais — respondeu Des. — Ela tem medo de ficar igual à mãe.

— Ela é... *viciada*? — usei a palavra que aprendera no filme da televisão.

— Ah, pelo amor de Deus, Pippa, sente e coma seu cereal. Sua mãe é tão viciada quanto... aquele esquilo ali fora.

Olhei pela janela. Um esquilo cinza grande roía freneticamente uma semente que caíra do potinho de comida para passarinhos. A criatura, na verdade, era agitada como Suky.

Quando voltei da escola no dia seguinte à tarde, Suky estava no banho. Entrei no banheiro sem pedir licença, abri o armário de remédios e peguei o frasco de comprimidos. Tinha na mão dois outros frascos: um da cozinha e o outro que eu havia encontrado por trás da massa de tomate na despensa. Suky me encarou, o rosto contraído de raiva quando eu alinhei os frascos organizadamente, um ao lado do outro.

— Então, quem é você, na verdade? — perguntei. Houve uma pausa longa. — Eu queria saber como você é sem esse troço.

— Não seja tola — disse ela num tom frio e moderado, que quase nunca usava comigo. — Isso é remédio. Você podia ter morrido com a quantidade que tomou.

— O que aconteceria se parasse de tomar?

— Ficaria gorda — anunciou irritada, arqueando as costas de modo que os mamilos rosados apareceram por trás da espuma que cobria sua pele, depois afundou de novo na água.

— Não me interessa a sua aparência — sussurrei eu. Ela apoiou os pés na extremidade da banheira e examinou as unhas brilhantes pintadas de cor-de-rosa.

— Está bem — disse ela de imediato. — Está bem. — Mas continuou olhando insistentemente para os pés, até que, por fim, eu saí.

No dia seguinte, os comprimidos haviam desaparecido. Não havia um sequer na casa. Essa foi a resposta dela para mim. Minha mãe parecia mais centrada, serena, envolvida. Fiquei muito aliviada. O fato de que ela enxugava as lágrimas quando aspirava a casa e lançava um olhar vago janela afora enquanto passava a roupa — o sentimento de gratidão varria tudo isso da minha mente. Pelo menos, essa era minha verdadeira mãe. Passei a amá-la com fervor e a abraçá-la e beijá-la. Quando eu me comportava assim, ela sorria fragilmente e alisava meu braço. Uma semana depois, começou a se animar de novo. Nunca mais a vi tomando os comprimidos, mas ela agia como se tivesse tomado seis xícaras de café, o dia todo. Eu sabia que ela devia estar guardando a droga em algum lugar. Sempre que tinha uma oportunidade, eu procurava. Achei um monte delas em saquinhos plásticos pela casa toda — na gaveta das calcinhas, dentro do congelador, pregadas com fita adesiva embaixo do sofá. No início, eu as apanhava, jogava no vaso sanitário e dava descarga. Mas não fez nenhuma diferença. Ela parecia estar tomando cada vez mais. Esconder o hábito o tornara ainda mais importante e a necessidade mais premente. Seu comportamento era errático. Suas pupilas estavam constantemente dilatadas, suas reações a barulhos inesperados, até mesmo o do telefone, eram exageradas, quase dramáticas. Tinha a tendência a ataques súbitos de choro.

Tentei falar com Des sobre isso de novo, mas ele me dispensava de forma grosseira. Por alguma razão, havia entre eles uma certa cumplicidade. Então entendi — ou achei que entendi. Com Suky fora de si por causa das drogas, ele tinha liberdade de seguir sua vida espiritual, e até de consolar a senhora Orschler, e quem mais ele enfiasse por baixo de sua indumentária religiosa. Mas agora, acho que fui injusta. Acredito que ele era simplesmente bondoso o suficiente para aceitar Suky como ela era, e não tolerava que eu a insultasse com a verdade que só podia ser destrutiva. Ou não. Talvez meu pai não pudesse admitir que a esposa fosse uma viciada, porque ter que enfrentar esse fato seria ver seu casamento e sua vida como uma mentira. Então, ele não enxergava. Ou talvez agisse assim por preguiça. Nunca vou saber.

Quando completei 15 anos, quase não podia olhar para Suky; minha pele doía a seu toque. Sempre que eu me retraía, ela baixava a vista, como se admitindo seu pecado. Eu via o brilho das lágrimas por baixo das suas pálpebras. Àquela altura, observava o comportamento dela com um olhar frio e crítico. Ela me encarava de maneira cortante. Nós duas, minha mãe e eu, sempre sabíamos o que a outra estava pensando. Então, sem uma única conversa, eu expressava meu desprezo e decepção, e ela, em seu jeito silencioso, recusava-se a ser controlada. Os jantares tornaram-se insuportáveis. Ela falava sem parar, dizia coisas sem nexo do seu posto junto ao fogão, rindo e enrubescendo, ou chorando como uma louca, e eu, fitando-a, imaginava batendo-lhe na cabeça, até que não aguentava mais e tinha de ir para o banheiro, me debulhar em lágrimas e bater no meu próprio rosto. Ao voltar à mesa, com os olhos vidrados, encontrava meu pai e meus irmãos comendo e trocando monossílabos, passando os pãezinhos como se não houvesse problema algum. Suky e eu estávamos sozinhas, de rostos colados, dançando, agitadas, um longo, longo número.

E mais uma coisa

Quando era pequena, eu tinha uma mamadeira, claro, como todo mundo. Suky adorava me dar a mamadeira. Eu a mantive por um longo tempo. Quando completei 3, 4 anos ela ainda me preparava uma mamadeira com leite morno ou suco. E não acabou aí. Quando eu tinha 11, 12 anos, se Suky estivesse muito carinhosa comigo, ou se tivéssemos brigado, ela me oferecia uma mamadeira. E eu adorava. Ela preparava para mim, e eu me deitava e bebia, olhando pela janela como um bebê. Mesmo depois que eu descobri as pílulas, até quando seu toque começou a me machucar a pele e eu passei a sonhar acordada com sua morte, nós ainda assim fazíamos as pazes com uma mamadeira. A última que bebi, eu tinha 16 anos.

Boa

Quando entrei para o ensino médio, eu era raivosa, e exercia um certo fascínio por isso. Acompanhada por algumas fiéis seguidoras, aterrorizava aqueles que me irritavam. Até Amy foi vítima de meus ataques algumas vezes. A Miss Santinha era irresistivelmente linda. Tinha a postura de uma bailarina, carregava os livros equilibrados na frente do corpo como se fossem um bolo de chocolate. É desnecessário dizer que nós passamos a fazer parte de círculos diferentes. Mas um dia, enquanto a observava sair do banheiro das meninas, flutuando, a cabeça erguida, me ocorreu que ela poderia contar a uma das garotas de seu círculo de honra a nossa breve viagem à ilha de Lesbos. Se isso se espalhasse, eu estaria arruinada. Fui tomada pelo impulso de esmagá-la como se faz com um inseto. Caminhei até ela, empurrei-a contra a parede de blocos de concreto amarronzados, apertando seus pulsos delicados com as mãos.

— Se você contar a alguém sobre nós duas, eu te meto uma porrada — sussurrei. Amy arregalou os olhos azuis e olhou ao redor à procura de ajuda.

— Não vou contar — disse. — Prometo. Por favor.

Deixei que ela fosse embora. Amy saiu correndo. As lágrimas queimaram-me os olhos. Por que diabos eu havia feito aquilo? Eu amava Amy. Prometi a mim mesma que no dia seguinte, quando estivéssemos reunidas, lhe pediria desculpas. Mas me sentia muito envergonhada. E o pior de tudo foi que, depois desse dia, Amy começou a me agradar. Queria que eu a tratasse bem. Parecia um cachorrinho manso, dando-me a entender que eu saíra vitoriosa. Ela era fraca, inteligente, linda e tinha um futuro, e eu era forte e burra, e só servia para assustar as pessoas. Amy se aproximava de mim e contava uma piada sem graça, e eu sorria com um dos lados da boca, exalando apenas um pouco de ar pelo nariz. Uma vez, tranquei-a num dos armários do ginásio de esportes. Fiz algumas das minhas seguidoras cercá-la, e juntas a empurramos para dentro do compartimento. Ela gritava e batia no metal. Meu coração saltava no peito, e eu achei que ia desmaiar. Depois, ela mostrou-se zangada, mas não me afrontou. Simplesmente foi embora chorando baixinho.

Horrorizada com a minha truculência, eu ia à igreja todos os domingos 9h e rezava para me tornar uma pessoa melhor. A voz áspera e grossa do meu pai roncava como um motor distante, enquanto meus pensamentos moíam e remoíam meus pecados, revirando-os de cima a baixo na minha mente. *Por favor, Jesus, entre em meu coração e faça com que eu mude, eu lhe suplico, eu lhe suplico que me torne boa, por favor.*

Numa noite de verão, o calor era tão intenso que minha janela parecia a boca de um morto bocejando, sem o mínimo sopro de ar. Era como se o oxigênio tivesse sido eliminado do mundo. Dormia irrequieta, os cabelos molhados de suor, as pernas jogadas por cima dos lençóis. Em intervalos de minutos, essa era a minha impressão, eu acordava e olhava ao redor, esperando amanhecer. A luzinha que ficava acesa à noite emitia um brilho esverdeado mórbido. Sempre que despertava, escutava o barulho de rãs: ondas e mais ondas de sons estridentes, que se sobrepunham dando a impressão de um grito vibrante, que penetrava em meus sonhos como uma garra, puxando-me repetidamente para dentro do quarto e do calor.

Escutei um ruído, uma série de sons tremulantes, vindo da janela aberta. Um clarão branco, e em seguida uma coisa esquisita, um animal pesado, coberto por penas, caiu no chão do meu quarto e se aproximou bamboleante, esfregando a barriga no tapete. Eu queria gritar, mas não conseguia. Os pés espalmados e as asas grandes arrastavam-se pelo chão como se não estivesse acostumado a caminhar. Torceu o pescoço para olhar para mim, e vi um rosto humano, largo, sisudo, o rosto de um garoto de 15 anos. A coisa tinha também braços bem constituídos, que saíam do tronco coberto por penas. Com um súbito e vigoroso bater de asas, ela alçou voo e pousou na minha cama, as patas de pele preta semelhante à borracha, montando nos meus pés descalços. Eu me retraí, aterrorizada e enojada, encolhendo-me no canto. A criatura assentou-se sobre as roupas de cama amassadas como uma galinha chocando, depois olhou para mim, resfolegando em consequência do esforço. Tinha olhos claros, saturados de luz. Eu a via como um anjo, ainda assim, me causava repulsa. Perguntava-me se a havia invocado com todas aquelas orações que eu andava fazendo.

— Desculpe — sussurrei. Aquilo parecia abranger tudo, tanto o mau comportamento como as orações excessivas. As enormes asas começaram a se abrir; a coisa aumentou de tamanho e ficou de pé; era da altura de um homem baixo, agigantando-se diante de mim naquela cama. As asas eram tão amplas como o dossel sobre minha cabeça. Um braço humano pálido planava em minha direção. Senti a mão quente apoiar-se sobre minha cabeça. Meus olhos estavam tão pesados que eu lutava para mantê-los abertos; minhas pálpebras pareciam estar grudadas. A mão da criatura estava quente, queimando; um calor me invadiu o corpo, e depois senti como se insetos minúsculos estivessem formigando sob minha pele. Quando a sensação se dissipou, meus olhos abriram-se de repente. O anjo havia desaparecido. Olhei à minha volta, assustada, ofegante, corri para a janela aberta, fechei-a e passei-lhe a tranca.

Na manhã seguinte, estava com febre. Minha mãe me manteve na cama. Fiquei imaginando o que ela pensaria sobre o meu anjo. Acreditaria que era real? Nesse caso, o que aquela visita significaria para ela? Provavelmente pensaria que havia algo indecoroso nele. Suky tinha uma mente suja. Sempre tirava conclusões lascivas sobre os paroquianos, os políticos, os astros de cinema, usando censuras divertidas para mascarar seu profundo interesse por qualquer coisa relacionada a sexo. Por que meu anjo haveria de ser diferente? Ansiava por contar-lhe, mas tinha receio, porque sabia que, de alguma forma, ela veria meu anjo como culpa sua. Meus pecados eram seus pecados; eu era parte dela. Era assim que ela via.

O senhor Brown

Passei uma vida assistindo aos sermões de meu pai aos domingos, mas de todo esse tempo, lembro-me de um apenas. Não sei se é porque foi muito bonito ou porque foi realizado para a congregação no exato dia que mudou a minha vida. Eu estava sentada na fileira da frente, como de costume, à direita de Suky. Ela estava empertigada, olhos presos no meu pai, as sobrancelhas arqueadas, as mãos pequenas e desgastadas juntas, um pé balançando, enquanto meus irmãos sonolentos recostavam-se, inertes, em seu outro lado.

    O sermão foi sobre a cruz e como é constituída de duas traves, uma vertical e outra horizontal. Cristo, meu pai afirmou em sua voz gutural, era duas coisas: vertical — divino — e horizontal — terrestre, um ser vivente. O cristianismo existia no encontro dessas duas linhas. Disse que isso era o que havia de tão especial acerca de nosso Deus. Ele havia sido um de nós, ainda assim, era infinito e todo-poderoso. Porque eu dessa vez realmente o ouvia com atenção, consegui, naquele momento, ver Des de verdade. Ele não era um homem alto. A maneira como erguia os braços curtos ao descrever a cruz, palmas para cima, como se sentindo gotas de chuva num período de seca, o fazia parecer fútil e afetado — um homem orando pela ordem numa vida governada pelo caos. Senti muita pena dele. Então me virei, e aí aconteceu. Pousei os olhos no senhor Brown.

Ele estava sentado num banco do outro lado da nave, e uma fileira atrás, ao lado dos garotos da Oakley, alunos do internato para rapazes, uma escola preparatória para a universidade, de blazers marrons com um emblema azul-claro nos bolsos e calças azul-marinho amassadas. O campus, com prédios brancos de revestimento em madeira e janelas verde-escuras, era, na verdade, quase ao lado da minha casa, do outro lado de um gramado. Desde o primeiro momento, não consegui tirar os olhos do senhor Brown. Aparentava uns 40 anos, e me pareceu um ancião na época. Mas havia algo naquele rosto — um rosto magro, com veias — que me deu a impressão de ser profundamente *bom*. Gostei de seu bigode cor de ferrugem, da calva e das faces coradas. Todos os domingos que se seguiram, colocava-me numa posição onde pudesse vê-lo; cheguei até a me sentar a seu lado num culto emocionante. Durante toda a minha vida, até então, Suky sentara-se à minha esquerda na igreja. Quando comecei a mudar de posição, ela se surpreendeu, mas nada fez para me impedir. Quase não me disciplinava mais; quando tentava, eu a ignorava com um olhar fulminante.

O senhor Brown sempre olhava para a frente durante toda a cerimônia religiosa, como um perdigueiro. Sua esposa era uma mulher séria, de constituição atlética. Parecia preocupada o tempo todo, nunca dirigindo a palavra ao marido e agindo como se ele não estivesse ao seu lado. Ele compulsivamente alisava-lhe o ombro com o polegar, o braço em torno dela e às vezes lhe sussurrava algo ao ouvido, que ela escutava impassível e assentia com um movimento de cabeça. Eu estava convencida de que ela não o amava. Observei-o na igreja durante dez meses. Ele era um cavalheiro irrepreensível.

Consegui um emprego depois das aulas na Oakley Academy, trabalhando na cozinha, somente para poder ficar perto dele. Diariamente, às 16h, eu atravessava o gramado em direção à enorme e fumegante cozinha da escola, com relutância, enfiava meus cachos acobreados no gorro de papel obrigatório e começava a descascar cenouras e batatas, a cortar aipo, a preparar tudo para a refeição da noite. Chegava então a hora do espetáculo; eu servia o rango dos garotos. No início, fiquei frustrada; todo contato que tinha com o meu querido era lhe dizer um "oi" ao colocar purê de batatas e bolo de carne em seu prato. Mas lançava-lhe olhares enquanto trabalhava. Ele jantava com a mulher todas as noites. A conversa deles parecia tensa, porém cordial. Ele sempre lhe puxava a cadeira. Falava mais do que a esposa; na maioria das vezes, ela demonstrava concordar, sem sorrir e sem levantar a vista do prato. Assim que acabava a refeição, ela se levantava, murmurava uma despedida e saía. O senhor Brown então se servia de uma xícara de café e circulava pelo refeitório, conversando com os rapazes. Parecia relaxar depois que a mulher ia embora. Afrouxava a gravata e sentava-se na beirada das mesas do refeitório, brincando com os alunos. Tranquilizava um, arrepiava os cabelos de outro, dirigia-se a outro com severidade. Consegui fitá-lo nos olhos uma ou duas vezes, mas depois de várias semanas, não suportava mais. Tinha de falar com ele.

Uma noite, quando depois do jantar ele descia a escada na saída do prédio, me joguei de alguns poucos degraus e parei a seus pés. Na verdade, torci o tornozelo ao realizar essa proeza, e ele teve de me segurar enquanto eu mancava até a enfermaria da escola. Ele exalava um perfume de talco. Num dado momento, ao caminhar mancando, meus lábios roçaram sua orelha. Ele enrubesceu do pescoço às têmporas. Foi nesse momento que percebi que estava progredindo. Depois disso, passou a me chamar pelo nome e sempre me perguntava como eu estava, quando lhe servia o jantar. Umas duas vezes, quando saía no fim do meu turno, achei ter percebido que ele se demorava um pouco do lado de fora. Mas tudo o que dizia era um "alô" de forma cordial e distante. O senhor Brown era irrepreensível.

Uma noite, ao deixar o trabalho, com os olhos secos de exaustão e as mãos doloridas de cortar legumes, o vi subindo os degraus de pedra para o refeitório, galgando dois de cada vez com seus longos passos. Ele estava prestes a passar por mim com sua saudação cordial, quando caí no choro. Meu nariz escorria e meus joelhos fraquejaram. Precisei me sentar. O senhor Brown pegou seu lenço e sentou-se ao meu lado. Assoei o nariz e coloquei a cabeça entre as pernas. Estava muito envergonhada, mas também no paraíso, porque sentia a palma das mãos dele nas minhas costas.

— O que aconteceu, Pippa? — perguntou ele. — Qual é o problema?

— Acho que é cansaço.

— Deve ser. Parece demais para uma garota da sua idade, trabalhar depois das aulas. Tem certeza de que é necessário?

— É necessário — confirmei.

— Por que não fala com seus pais, talvez eles possam...

— Não é pelo dinheiro. — Quer dizer, não temos muito dinheiro, mas não preciso trabalhar durante o ano escolar.

— Então pare — aconselhou o senhor Brown. — É demais para você. Use seu tempo para estudar, ou aproveitar sua juventude.

— Eu não posso parar.

— Por que não?

Fiz um sinal negativo com a cabeça, desviando a vista para os rapazes que se dirigiam aos dormitórios. Um deles passou correndo por nós, descendo a escada.

— Venha comigo — disse o senhor Brown com firmeza.

Ele me conduziu pelo braço para um prédio a uns cem metros de distância. Havia colunas na frente do edifício. Abriu a porta e me levou por um pequeno corredor, entrou por uma porta aberta, acendeu as luzes fluorescentes. Era uma sala de aula com equações matemáticas escritas na lousa. Eu o segui e me sentei. Ele se sentou sobre a mesa à minha frente.

— Tudo bem, agora. Ninguém vai ouvir você. Me diga qual é o problema. — Ele agia como um professor nesse momento; havia feito isso centenas de vezes, afastado um garoto com problemas do grupo por alguns minutos e lhe dedicado atenção especial. Senti-me uma tola por achar que seria para alguma outra coisa.

— Não é nada. Só estava... — Ele me escutava, mas parecia esgotado. Eu estava a ponto de desistir dele, eu realmente estava, mas então as lágrimas vieram em meu auxílio. Senti-as, quentes e pesadas, escorrendo pelas minhas faces.

Ele, num pulo, desceu da mesa, ajoelhou-se ao meu lado e pôs o braço por trás de minha cadeira.

— Só estava... o quê? — perguntou suavemente. Tentei inventar uma mentira. Eu poderia lhe contar qualquer horror naquele momento que ele me consideraria uma vítima. Não consegui pensar em nada. Contei a verdade.

— Se eu parar de trabalhar, não o vejo mais. — Houve alguns segundos de silêncio. Olhei diretamente para ele naquele momento. Dizer a verdade tornara-me poderosa. Não tinha nada a perder. Nada poderia ser mais embaraçoso do que aquilo. Ele pareceu chocado. Suas faces cobriram-se de pintas. Eu adorava a forma como seu sangue o denunciava. Aquele momento pareceu durar para sempre. Eu o vi hesitante entre deixar-se cair em minha direção e retrair-se. Tive de puxá-lo de alguma forma. Tinha de me expor ao risco.

— Amo você — confessei. Percebi no mesmo instante que havia cometido um erro.

Um sulco formou-se em sua fronte por um momento e em seguida ele voltou a sentar-se. — Quantos anos você tem? — perguntou.

— Dezesseis e meio.

— Você não pode amar alguém que não conhece.

— Mas eu conheço você. E já faz quase um ano. Observo você na igreja. Vejo você no refeitório. Sei que é infeliz, solitário e triste, e que não se sente amado. Já se acostumou com a ideia de não ser compreendido por ninguém, e de ninguém se interessar por você. É somente o senhor Brown, o cara que resolve todos os problemas, assim como está aqui para resolver os meus. — Ele me fitou, sofrimento e surpresa estampados no rosto. — Não precisa me dar nada. Só... quero que saiba que existe alguém que... se preocupa com você.

— Senti seu olhar penetrando o meu íntimo. E não consigo descrever quão próxima me senti dele. Andrew Brown, professor dedicado e marido resignado, encontrava-se num estado de profundo desespero e ansiedade e se acostumara a essa condição. Mas tudo o que bastou foi uma garota que realmente se preocupava com ele e...

O senhor Brown se levantou, ajeitou as calças e inspirou forte.

— É melhor você ir para casa agora. — Ele sorriu para mim, um sorriso carinhoso, triste e de lábios serrados.

— Desculpe — disse eu.

— Não precisa se desculpar, Pippa. Nunca se desculpe por ter sentimentos. — Eu saí antes dele e corri até em casa.

Na noite seguinte, quando coloquei três fatias de peru em seu prato e servia uma quantidade extra de molho em seu purê, senti seus olhos em mim. Levantei o olhar e lá estava ele, as íris castanhas com toques de dourado; ele irradiava bondade. A esposa chegou em seguida. Ela me examinou de cima a baixo. A pele flácida nas faces, a boca contraída e frustrada eram uma afronta diante do angélico senhor Brown. Uma semana depois, quando atravessava o gramado no crepúsculo da noite, depois de servir o jantar em Oakley, ouvi a voz dele.

— Pippa. — Eu me voltei. Ele estava a alguns passos de distância. Sua respiração estava ofegante, como se houvesse se apressado para me seguir.

— Olá — eu o cumprimentei.

— Quer passear um pouco por aí?

Caminhamos pelo bosque aberto que contornava o gramado. A lua havia despontado, e uma névoa pairava entre as árvores novas. Eu me desequilibrei ao tropeçar numa tora podre; o senhor Brown segurou minha mão. Chegamos à estação. Ele soltou minha mão.

O lugar estava deserto. Farmácia, loja de bebidas, sorveteria — pareciam prédios estranhos que eu nunca vira antes. Eu era proibida de andar pela cidade à noite. Caminhamos até o final da River Road, e então ao longo da margem do rio. A lua lançava uma luz azul, fria sobre a trilha indistinta, desgastada pelos pescadores e pela garotada em busca de um lugar para fumar depois das aulas. Eu mesma já havia ido ali algumas vezes. Caminhamos alguns metros, depois nos sentamos numa pedra que eu já conhecia, uma rocha grande, coberta com rabiscos obscenos.

Sentamo-nos lado a lado durante alguns minutos, ouvindo o murmúrio incessante do riacho. O senhor Brown pôs sua mão macia e quente sobre a minha. Olhei para ele. A maior parte de seu rosto estava encoberto pela sombra, mas eu via seus olhos. Ele parecia muito triste. Coloquei a mão em seu rosto e deixei que ficasse ali. E então, sem qualquer aviso, o irrepreensível senhor Brown me beijou. Seu bigode era macio. A língua secreta lá dentro tinha uma sensação morna e nova; era como lamber um animalzinho molhado.

* * *

Fomos pegos 11 meses depois, no estreito sótão que o senhor Andrew Brown usava como escritório e local para atender os alunos. Estávamos meio vestidos (o senhor Brown nunca permitia que ficássemos completamente nus), entrelaçados e saciados no sofá, apreciando uma aranha vinda do teto, deslizando no ar em sua própria teia brilhante, quando a porta foi aberta depois de uma breve batida e fechada rapidamente. Não conseguimos ver quem havia entrado, mas o senhor Brown imediatamente pôs as mãos na cabeça, lembrando-se da reunião que marcara com *mademoiselle* Martel, uma desleixada professora visitante de Toulouse. E não havíamos trancado a porta! Desci pela escada de incêndio, atravessei o gramado correndo, fui para casa e esperei.

O que ocorreu foi que, embora francesa, *mademoiselle* Martel teve uma breve visão de um "estupro de menor". Ela abriu o bico, e meu querido senhor Brown foi despedido. Tenho certeza de que eu também seria, mas nunca mais voltei lá para saber. Entretanto meus pais foram chamados a comparecer à escola. Suky ficou histérica. Quer dizer, realmente fora de si. Não parava de tremer. As lágrimas voavam para fora de seus olhos. Dizia o tempo todo: "Como *pôde* fazer uma coisa dessas?" Eu me encostei na parede, olhando para ela com uma falsa tranquilidade; por trás do peito, meu coração disparou. Chester segurou os braços dela enquanto meu pai lhe enfiava alguns soníferos na boca. Tentei rir, mas minha garganta estava bloqueada.

Eu sabia o que estava atormentando a mulher do pastor. Não era sua moral que estava sendo abalada. Era ciúme, sem mais nem menos. Estava louca de ciúmes. Na verdade, era uma louca. Eles todos eram, sem sombra de dúvida, meus irmãos lentos no andar e no falar, com sua linguagem lacônica e olhos inertes — haviam construído uma personalidade em defesa contra a desordem mental e a negligência de nossa mãe. Depressivos, cada um deles. E meu pai — bom, aprendera a tomar conta de si próprio. Andei escutando conversas dele ao telefone com a senhora Herbert Orschler durante um ano. Os dois se encontravam toda sexta-feira à tarde, pontualmente. A pobrezinha da Suky não teria mais ninguém que a amasse agora. Porque eu estava indo embora. Percebi isso no momento em que ela recebeu a notícia; seu rosto se enrugou como uma criança que perde seu ursinho de pelúcia favorito embaixo dos pneus de um ônibus. Perdido para sempre, aquele ursinho de pelúcia. Eu não podia mais ficar ali depois daquele espetáculo. Quer dizer, eu não precisava de um diploma em psicologia para saber que havia algo errado entre minha mãe e eu.

Foi oportuno o fato de eu estar puta da vida. Não somente por aquele episódio, mas por causa dos comprimidos, por ela ser tão carente o tempo todo — tudo isso. Eu me tornara um desses homens que a gente vê no cinema, que usam óculos escuros de aviador, mascam chicletes e nunca se amarrotam. Era isso que estava tentando ser: Clint Eastwood se ele fosse uma garota de 17 anos. Preparei uma mochila com algumas roupas, peguei minhas economias do trabalho em Oakley, dirigi o carro da minha mãe até a rodoviária, e o deixei lá com as chaves na ignição. Saí sem me despedir do senhor Brown. Ele deixou Oakley, sem a mulher. Não tive mais notícias dele, mas anos mais tarde soube que estava ensinando no Canadá. Imagino que eu tenha arruinado a vida dele. Ou talvez, não. Talvez o tenha libertado de um casamento terrível e de uma vida patética, sem graça. Talvez ele seja feliz. Talvez já tenha netos.

Tia Trish

Eu conhecia Mylert Walgreen, o garoto forte e ofegante do guichê da estação de ônibus. Havia se formado na minha escola no ano anterior. Minha súbita viagem solitária para Nova York no meio da semana escolar aguçou, sem dúvida, a curiosidade dele. Poucas vezes nos falamos quando ainda estávamos na escola; pertencíamos a círculos diferentes. Ele era um desses garotos que arrastavam os pés pelo corredor, a cabeça baixa, os joelhos batendo um no outro, esperando não ser notado para não ser alvo de gozação. Nunca perturbei garotos assim; até os defendia de vez em quando contra outros brigões. Minhas vítimas eram de uma ordem maior: garotos e garotas que se achavam o máximo, mas que não eram. Mylert não era presunçoso. Agora que se formara, no entanto, demonstrava uma certa arrogância, um ar de autoridade adulta que me irritava.

— Você está fugindo de casa? — perguntou.

— Não é da sua conta o que estou fazendo, Mylert — retruquei.

— Não posso vender passagens para menores desacompanhados.

Eu suspirei, olhando para o teto, tentando organizar meus pensamentos.

— E então, está? — insistiu ele. — Não vou contar a ninguém.

— Não, seu merda, vou visitar minha tia Trish em Nova York. Agora me dá minha passagem.

— Numa quarta-feira? — Simplesmente o fulminei com o olhar até que ele, um tanto irritado, pegou meu dinheiro e a contragosto me entregou a passagem de ônibus. Eu suava. Tia Trish. Então era para lá que eu estava indo. E, agora, entre todas as pessoas, havia confiado meu destino a Mylert Walgreen! Meus pais descobririam no intervalo de uma hora. Ah, bom. O que havia de tão terrível nisso? Não estava fugindo, estava me mudando. Não tinha mais nenhuma obrigação legal de permanecer na escola. Estava começando a minha vida, e pronto.

Quando o ônibus deu partida, pensei no senhor Brown, em suas narinas delgadas e delicadas, seu olhar confuso que eu percebia quando me fitava. Sentia muita falta dele.

Tia Trish morava na rua 30 com a Primeira Avenida, em cima da delicatéssen Fresh Day. Toquei a campainha marcada com "Sarkissian". O apartamento era o número 45. Subi cinco lances de uma escada de metal larga, marrom. As paredes na subida eram recobertas de cerâmica branca; os pisos nos halls eram de pequenos ladrilhos hexagonais pretos e brancos, encardidos. O cheiro de cigarro e de cebola frita tomava todo o ambiente.

Depois do que pareceu ser uma meia hora, encontrei o número 45. A porta estava ligeiramente aberta, e tia Trish, logo atrás dela. Uma mulher pequena, mais baixa do que eu, no entanto me deu um abraço tão apertado que quase me esmagou as costelas. Tia Trish era uma pessoa bondosa, energética, solícita. Usava óculos redondos e tinha cabelos escuros e curtos; uma constelação de sinais pretos cobria seu rosto. O corpo era quadrado, baixo, encurvado para a frente, quase como se estivesse sempre preparada para pegar uma bola baixa. Telefonara para ela da estação de ônibus.

— Seu pai telefonou antes de você. — Ela se sentou num sofá marrom com pequenas protuberâncias e uma manta Navajo sobre o encosto. Eu me joguei numa poltrona ao lado dela, de pernas abertas. A poltrona tinha um espaldar alto e abas de cada lado de minha cabeça. — Ao que parece, você contou ao garoto na estação de ônibus que ia visitar a sua tia Trish. — Riu ao dizer isso, revelando o amplo espaço vazio entre os dois dentes da frente.

— O que... foi que meu pai disse? — perguntei.

— Ele me disse que você se meteu em encrenca.

— Contou que tipo de encrenca?

— Não exatamente. Alguma coisa sobre a escola preparatória que fica ao lado da casa de vocês.

— Me apaixonei pelo professor de matemática. E fomos pegos. E minha mãe é viciada em comprimidos. — Essa última informação não pareceu surpreender tia Trish; ela só ficou calada, com um sorriso triste no rosto.

— Então, quais são seus planos? — perguntou.

— Não quero mais morar na minha casa.

— Só faltam alguns meses para você terminar o ensino médio, não é?

— Vou parar.

— Vai se arrepender por isso.

— Tudo o que sei é que não volto para casa.

Trish suspirou e olhou para a mesinha de centro de mogno por um longo tempo. Sobre ela havia um enorme livro com uma fotografia em preto e branco de uma montanha na capa. A cena parecia fria e lúgubre. Na parede no fundo da sala havia um quadro colorido de montanhas num deserto. Viam-se cactos por trás; em segundo plano, as montanhas arenosas eram listradas com cores pastel. Eu me perguntava o que havia nas montanhas que tanto atraía tia Trish.

— Aparentemente sua mãe está furiosa — disse ela.

— Ah, é? — Trish percebeu a frieza no meu olhar.

— Olha, por mim, você pode ficar no quarto da Kat, pelo tempo que precisar. Você é minha sobrinha predileta, sabe muito bem disso. Mas vai haver uma discussão com seus pais hoje, e não vai ser nada fácil. — Um pavor me subiu pela espinha.

— Eles estão vindo para cá?

— Devem chegar dentro de umas duas horas. — Eu me senti numa armadilha. Talvez a melhor coisa fosse sair dali, enquanto havia tempo. Mas para onde eu iria?

— Quem é Kat? — perguntei.

Tia Trish acendeu um Marlboro de um maço que tinha no bolso da camisa.

— Ela divide esse apartamento comigo — disse tragando.

— Não sabia que você morava com outra pessoa.

— Ela se mudou faz uns dois meses — explicou tia Trish. — Então. Está com fome?

Fiz que não com a cabeça. Não comera durante todo o dia, mas meu estômago parecia fechado. Ela estava vindo. Suky estava vindo. Tinha de manter esse sentimento de ódio; tinha de alimentá-lo. Se afrouxasse, se deixasse a culpa se apoderar de mim, terminaria em seus braços; terminaria tomando mamadeira até completar 20 anos.

Eventualmente, a campainha tocou. A voz áspera de meu pai soou incompreensível pelo interfone. Fiquei preocupada com os dois subindo a pé todos aqueles andares. Tia Trish foi para o hall de entrada e olhou pela escada para se certificar de que eles haviam achado o caminho. Quando chegaram, Suky parecia arrasada e fraca. Piscava os olhos o tempo todo e sorria para Trish. Então estendeu os braços para me abraçar e freou as mãos no ar. Des nem sequer se preocupou em tirar o casaco. Sentou-se na poltrona de Trish, a de abas no espaldar, e soltou um suspiro profundo. Suky e eu nos sentamos cada uma numa extremidade do sofá. Trish ficou de pé, recostada no balcão da cozinha, um cigarro entre os dedos, inclinada para a frente, pronta, como sempre, para iniciar a corrida. Não podia acreditar que tia Trish estivesse até mesmo considerando me aceitar contra a vontade do irmão mais velho. Sempre me parecera tão tímida e tranquila. E, pela minha experiência, os adultos sempre se apoiavam. Mas Trish era diferente. Raramente aparecia nos feriados ou nos festejos familiares. E quando nos visitava, vinha sozinha e uma boa parte do tempo se isolava na varanda, fumando. Telefonava uma vez ou outra, enviava cartões e presentes, mas era só isso.

— Está na hora de voltar para casa, Pippa — começou Des calmamente.

— Não vou voltar. Vou ficar com a tia Trish.

Des lançou um olhar ameaçador para a irmã e depois de volta para mim. — Você não pode simplesmente fugir do que fez — disse. — Não pode fazer isso na vida.

— Não estou fugindo. É que para mim chega, só isso.

— O que é que você quer dizer com para você chega? — perguntou ele.

— Não quero mais morar... com vocês. — Meus olhos recaíram sobre Suky por um segundo, depois se desviaram.

— Ah, então é tudo culpa minha. A voz dela soou estridente e tensa.

— O que é tudo culpa sua?

— O que você fez. Aquele homem foi despedido. A mulher dele está, ela está... arrasada.

— Eu não disse que era culpa sua. Nada é culpa sua, está sabendo? Eu simplesmente não quero ficar mais em casa. Não posso voltar, e é só isso. Vocês podem me forçar a voltar, mas vou dar o fora de novo. Para mim basta, entendem?

Os olhos de Suky estavam inchados e úmidos.

— Então você não vai para casa nem mesmo no Natal?

— Mãe, eu não disse isso. Por favor. Vou, sim. Claro que vou para casa no Natal, eu só não quero morar mais em casa.

— O que foi que eu fiz? O que foi que eu fiz para você se tornar tão reservada e infeliz?

— Nada. Mãe, por favor. Por favor.

Des voltou-se para Suky e rosnou. — Você quer parar de pressionar a menina? Pelo amor de Deus. — Ele então se virou para mim. — Você sabe que sua mãe ficou tão abalada que teve de tomar uma injeção para se acalmar?

Olhei para ela. Minha mãe estava transtornada; seu corpo todo largado em um dos lados do sofá, o rosto, uma máscara de dor e confusão. Um espasmo muscular afundava sua face num ritmo irregular aterrador. Eu queria tanto poder ajudá-la.

— Mamãe. — Ela se animou. Um sorriso esperançoso surgiu em seu rosto. — Desculpe, eu.. eu simplesmente não posso.

Então me levantei, peguei meu casaco na entrada, escancarei a porta pesada e disparei pelos degraus metálicos do prédio de tia Trish, a voz da minha mãe ecoando pelo hall da escada.

— Pippa, volte... Pippa, eu prometo.

Olhei para ela lá no alto. Seu corpo macérrimo, os cabelos como uma chama: era um palito de fósforo aceso, consumindo-se. Não lembro qual foi sua promessa. Fugi dela, correndo pela Primeira Avenida, ziguezagueando por uns trinta quarteirões, em direção ao sul, até chegar à rua Houston. Não sabia para onde estava indo. Dobrei à esquerda e caminhei rapidamente, a cabeça baixa, imaginando-a atrás de mim, agarrando minha roupa. Passei pelas avenidas A, B, C e D até chegar à East River. Então fiquei ali na autoestrada FDR Drive, os carros passando velozes por trás de mim, olhando os barcos que passavam agitando a água cor de chamas sob o efeito do sol poente. Eu estava usando um casaco curto de algodão, que não protegia contra o vento. Levantei a gola, enfiei as mãos nos bolsos.

— É aqui que eu vivo — atrevi-me a pensar. Uma felicidade intensa e surpreendente tomou instintivamente conta de mim. Ninguém sabia onde eu estava naquele preciso momento. Eu era uma outra pessoa naquela enorme cidade. Se um caminhão perdesse a direção e me esmagasse, eu seria levada para o necrotério público e enterrada como indigente. Por aqueles poucos segundos, eu escapara da minha mãe, do meu pai, até da tia Trish. Era somente eu mesma, desligada de todos. Estava livre.

Algemas

Quando voltei para a casa de Trish, meus pais haviam ido embora. Pensei em Suky, no que ela deve ter sentido quando percebeu que eu não voltaria. Na longa e silenciosa viagem de carro de volta para casa. Eu me sentei no sofá de Trish, cobri o rosto com as mãos e senti o sal das minhas lágrimas.
Trish me enlaçou.
— Escute, querida. É uma fase difícil, essa. Sua mãe tem um sério problema, sabe? Sou eu que estou dizendo. Sei que ninguém mais vai lhe dizer isso. Não é culpa sua. Acho que fez bem em sair de casa. Não significa que seja para sempre. E também não significa que não possa telefonar e dizer que a ama. — Comecei a soluçar quando ela disse isso. Porque eu amava Suky. Amava-a mais do que podia me imaginar amando qualquer outra pessoa. Sentia-me muito mal por tê-la magoado. Trish manteve o braço em torno do meu ombro. — Sssh, ssh, não é culpa sua. Não é culpa sua... — Logo depois, me deitou, cobrindo-me com a manta Navajo, e ligou a televisão. Estava passando *Gilda*. Lembro-me de ter pensado: Rita Hayworth tem cabelos ruivos, Suky tem cabelos ruivos. E então adormeci.
Quando acordei, estava escuro do lado de fora da janela e imediatamente percebi duas pessoas sussurrando na cozinha. Eu me virei e vi uma mulher esguia e desajeitada, de cabelos escuros, com um corte que lembrava o capacete de um centurião romano, colocando salada numa tigela. Ela olhou na

minha direção e piscou para mim. — Oi — disse. Sua voz era baixa e rouca. Tia Trish abriu o forno e retirou uma bandeja com bolinhos de carne fumegantes.

Comi dois hambúrgueres e bebi quase um litro de leite. Kat e tia Trish me observavam com sorrisos condescendentes no rosto. Kat tinha feições angulosas, uma boca larga e os olhos puxados para baixo. De vez em quando, balançava a cabeça acompanhando mentalmente uma música e cantarolando bem baixinho.

Quando finalmente reduzi a voracidade com que comia, Trish falou com firmeza:

— Muito bem, Pippa. Fiz um trato com seus pais. Você tem as seguintes escolhas: — Ela levantou o polegar troncudo. — Voltar para a escola aqui na cidade. — O indicador apareceu em seguida. — Estudar por si mesma e fazer o supletivo. — Agora era o dedo médio. — Voltar para casa.

Optei pelo supletivo. De maneira alguma enfrentaria a vida social escolar somente por um semestre. Não compensaria o estresse. Kat levantou-se, tirou os pratos da mesa, depois bocejou, levantando bastante os braços e deixando a barriga côncava à mostra por baixo do suéter curto.

— Vou trabalhar um pouco no meu quarto, antes de a Pippa ir dormir — disse. — Boa noite, Pippa.

— Boa noite — respondi. Em seguida, Kat virou-se para tia Trish, saltando de um pé para o outro.

— Tchau, querida — disse ela e inclinou-se para beijá-la. Trish virou a cabeça de modo que Kat seria forçada a beijar-lhe a face, mas Kat lhe segurou o queixo e a abraçou, beijando-a direto na boca. Naquele exato momento, percebi por que tia Trish não era muito assídua às comemorações familiares. Kat retirou-se para seu quarto/meu quarto. Trish olhou para mim e deu de ombros, como quem diz: é-assim-que-é-fazer-o-quê. Eu sorri para ela de forma animadora, arqueando as sobrancelhas.

— Então somos duas ovelhas negras, você e eu. — Trish sorriu e deixou escapar uma risadinha gutural e fleumática. Foi a coisa mais maravilhosa e reconfortante que alguém já me dissera. Vi que me integrava em algum lugar. Integrava-me do lado de fora, com tia Trish.

* * *

Kat e Trish dormiram sob uma manta vinho brilhosa. Pendurada à parede, por trás da cama delas, havia um quadro grande de uma mulher nua com olhos enormes e cílios muito longos. Era bonita e sensual. A vida com tia Trish e Kat transcorreu calma a princípio. O quarto de Kat, onde eu ficava, não era um quarto de dormir; era um escritório com um sofá. Sobre a escrivaninha havia uma pilha de papéis e uma máquina de escrever. Embora trabalhasse como secretária numa indústria têxtil de vendas por atacado, em Chelsea, Kat estava escrevendo um romance. Às 6h, entrava com uma caneca de chá, que cheirava a lama morna, e começava a datilografar. Eu então arrastava meu cobertor para o sofá da sala e tentava dormir, até ouvir os passos pesados de Trish na cozinha por volta das 7h. Ela trabalhava num depósito, no Meatpacking District, como supervisora.

Trish me fazia trabalhar: todo dia, eu levava o lixo para fora, limpava a cozinha, passava um pano no chão, estudava para fazer o supletivo do ensino médio. E procurava um emprego. Não tinha muita experiência, exceto a de Oakley, e naquele momento *eles* não me dariam nenhuma recomendação. Finalmente encontrei um restaurante, El Corazón, no Lower East Side, disposto a se arriscar. Eu não falava espanhol e durante a entrevista com o enorme e sombrio dono-*chef*, Señor Pardo, mal me fiz entender. Não compreendia como queriam uma moça que falasse inglês trabalhando ali, até o dia em que o Señor Pardo apontou para um grupo numa mesa e disse:

— Você serve os clientes que falam inglês.

Olhei para o local. Três rapazes e uma moça de seus 20 anos estavam sentados juntos, falando inglês e fumando cigarros sem filtro. Havia um jovem louro atarracado, com manchas de tinta nas mãos, um outro, alto e elegante, de cabelos negros longos, uma garota de nariz grande e expressão alegre, de batom, e um cara magro de olhos inchados e fisionomia inexpressiva, que se refestelara no banco. Todos pareciam exaustos.

— Agora — disse o señor Pardo, entregando-me um bloco de pedidos. Dirigi-me ao grupo. — Os Estados Unidos perderam a guerra no Vietnã — dizia o baixote — Greg Brady fez um permanente.

— Já escolheram? — perguntei.

— Lá se vai o bairro — comentou o magricela de olhos inchados. Mas quando se virou para mim com aquele ar inexpressivo, seu olhar se fixou no meu rosto por um tempo longo demais. Todos pediram margarita. Servi esse grupo quase diariamente durante meses, aprendi o nome de cada um, mas nunca saí com eles, nem sabia onde moravam. Até bem depois.

Sentia-me radiante na presença de Kat. Ela era, de certa forma, atraente, sempre projetando os seios pequenos, requebrando os quadris estreitos em calças boca de sino, fazendo a pobrezinha da tia Trish parecer sem graça e quadrada, com aqueles olhos castanhos úmidos de devoção à criatura com quem compartilhava a cama. Uma vez, perguntei a Kat qual era o tema do seu romance. Ela lançou um sorriso malicioso a Trish.

— Digamos que não seja nenhuma obra de arte — disse.
— Mas é sobre quê?
— Amor — confessou ela. — Os mistérios do amor.

Tia Trish enrubesceu e levantou-se para tirar os pratos da mesa. Fiquei com vontade de ler aquele romance.

Uma noite, as duas ofereceram um jantar. Convidaram algumas mulheres e dois homens. Fui convidada, também. Escolhi um vestido de verão violeta, embora estivesse gelado lá fora. Era o único que havia trazido de casa. Quando me viu com ele, Kat deu um assobio grave e longo que me fez corar. Uma das convidadas chamava-se Shelly. Era uma pessoa impetuosa, tinha cabelos louros claros e um tórax avantajado. Insistia em repetir o bordão "Quando eu trabalhava na indústria cinematográfica..." o que por alguma razão fazia todos rirem exceto tia Trish. Ela não ria, olhava para o prato através dos óculos redondos, sorrindo e balançando a cabeça como se reprovasse aquilo.

Havia também um convidado chamado Jim, um homem pequeno, de seus 40 anos, de pele amarelada, um formato atraente de maxilar, covinha no queixo e dentes podres. Usava um chapéu *fedora* de feltro e um casaco de tweed velho. Não bebeu o vinho.

— Tenho um problema de saúde — ele me explicou com voz ofegante. — Então eu e você vamos ficar sóbrios, não é mesmo? Aí podemos ver os outros se acabarem. — Jim estava curioso a meu respeito. — E aí... qual é a escola que está frequentando? — Expliquei que havia abandonado os estudos e saído de casa; era independente agora. — Muito legal — elogiou ele. — Bastante incomum. Você não fugiu. Saiu de casa. Gosto da maneira como vê as coisas. — Seus olhos verdes, lacrimejantes focavam sempre outra parte da sala, enquanto falava comigo, o que o fazia parecer cego, embora eu tivesse quase certeza de que não era. Perguntei qual era o problema dele. Disse que era diabético. Já tivera um dos dedos do pé amputado. Tirou o sapato, depois a meia, e me mostrou um pé branquelo, com um espaço no lugar onde deveria estar o dedinho. — E há outros... efeitos colaterais, que não vou detalhar, que me tornam inofensivo. — Ele contraiu os lábios num sorriso triste. Jim era estranho, mas gostei dele.

Com o passar da noite, o calor vindo dos aquecedores se tornou tão intenso que as pessoas começaram a tirar os cardigãs, as meias e as meias-calças. Jim tirou o casaco e o chapéu. Seus cabelos eram negros. Num determinado momento, recostou-se na parede e deixou nela uma mancha preta oriunda da parte traseira de sua cabeça. Os outros convidados eram amigos de Trish: um casal de mulheres de ar sombrio e melancólico que moravam em Nova Jersey, e um homem com a pele coberta de acne, chamado Eric, que gesticulava de forma extravagante e que bebeu tanto que precisou ir deitar-se no sofá do escritório. Fiquei torcendo para que não vomitasse lá. Depois da torta de creme Boston, Kat pulou da cadeira. Usava um vestido vermelho sem mangas colado ao corpo magro.

— Vamos sair para algum lugar. — Ela agitou no ar os braços longos como moinhos de vento, as faces rosadas do

vinho. Virou-se para Shelly. — Você sabe aonde nos levar.
— Ela empinou o quadril.

— Agora eu trabalho em São Francisco — disse Shelly.
— Como é que vou saber?

— A cidade não mudou *tanto* assim — retrucou Kat.

— Que tipo de programa você está imaginando?

— Louco — respondeu Kat, piscando para tia Trish.

Trish balançou a cabeça discordando e sorrindo. Ia trabalhar no dia seguinte; não iria a lugar nenhum. Queria que eu ficasse em casa também, mas Kat insistiu para que eu fosse junto, tendo Jim como *chaperon*.

— É sempre bom ter um eunuco por perto — disse Jim, enquanto punha sobre meus ombros nus a parca de Trish.

Fiquei feliz de poder sair pelo menos uma vez, mas me senti mal por tia Trish. Ela parecia nervosa. Mas não conseguia dizer não para Kat, em situação alguma. Então seguimos todos pelas ruas geladas, levantando o braço, tentando parar um táxi. Finalmente, dois pararam para nós e nos dividimos. As mulheres soturnas de Nova Jersey decidiram pegar o trem para voltar para casa, e o homem extravagante seguiu seu caminho a pé, no sentido norte. Então entrei no carro com Jim, Kat e Shelly. Shelly sentou-se na frente. Enquanto sacolejávamos em direção à parte sul da cidade, o carro não tinha suspensão e o chassi batia no asfalto a cada buraco, Kat seguia cantando músicas dançantes e agitando os braços no ar como um boxeador. Jim me mostrou alguns lugares interessantes quando passávamos por eles: Quinta Avenida, Flatiron Building, Union Square. Paramos na rua 14 West, próximo ao rio. A rua estava deserta. O pavimento de pedras desgastado brilhava sob a iluminação de um único poste. Não havia sinal de clube nenhum.

Como se alguma coisa lhe tivesse ocorrido, Shelley virou-se para mim, então começou a procurar algo na bolsa e tirou de dentro um batom.

— Vamos ter que fazer ela parecer mais velha. — Ela girou o tubo vermelho brilhante e começou a pintar minha boca. Depois, soltou o meu rabo de cavalo e desalinhou meus cabelos para que cobrisse metade do rosto. — Olha. — Ela se voltou para Kat. — É a porra da Veronica Lake. — Senti os olhos de Kat em mim naquele momento, então fiquei quieta por mais um segundo e desviei o olhar para que ela pudesse ver em mim a tal Veronica Lake, de quem não ouvira falar, mas sabia que era linda. Tinha que ser, com um nome desses. Shelly fez um sinal nos chamando. Nós a seguimos, descendo uma escada pequena e escura, passamos por uma porta metálica grafitada e chegamos à bilheteria, onde havia um homem atrás do plexiglas cheio de impressões digitais que pareceu contente ao ver Shelly. Seus cabelos grisalhos estavam cobertos de brilhantina e presos num rabinho de cavalo, e sua pele acinzentada revelava marcas de catapora.

— Olá, Suzanne, por onde tem andado? — perguntou numa voz grave de barítono.

— Eu agora trabalho em São Francisco — respondeu Shelley.

— Seja bem-vinda. É a Noite das Mulheres! Vocês têm um homem entre as três, hoje? Dez dólares. — Jim pegou a carteira, mas Shelly passou por baixo da janela uma nota dobrada novinha. À nossa direita havia uma cortina de plástico franjada, do tipo que se vê em lava a jatos. Uma luz roxa sombria brilhava por trás dela. O som alto era retumbante. Baixamos a cabeça e passamos através daquele hímen com franjas. Ao emergir, me surpreendi ao ver um homem de meia-idade usando um blusão ocre de gola alta e de óculos, nu da cintura para baixo, exceto pelas meias e o tênis. Tinha numa das mãos um copo com bebida, na outra, o pênis meio levantado, e se masturbava com indiferença, com uma expressão de tédio no rosto, enquanto andava de um lado para o outro.

— Mantenha as costas contra a parede — sugeriu Jim solicitamente.

Afastando-me pelos cantos para o fundo da sala, percebi que o lugar estava repleto de livros. Então me aproximei para ver os títulos. Eram todos pornográficos: *Eu era uma adolescente escrava do sexo*, *Sete incríveis fantasias se tornam realidade*. Diversas pessoas agrupavam-se em torno do centro iluminado da sala, observando atentamente um homem de bigode espesso, derramando cera quente nos seios nus de uma mulher pálida, amarrada. A pele dela brilhava sob a luz. Um baixote musculoso, com uma sela presa às costas, dirigiu-se a Shelly trotando, e cumprimentou-a efusivamente chamando-a de Suzanne. Mão no quadril, uma perna levantada, lhe perguntou por um amigo em comum, o couro do arreio rangendo em suas costas. Shelly respondeu com uma afabilidade levemente pretensiosa. Ela era, sem sombra de dúvida, uma estrela de alguma grandeza naquele inferninho. Enquanto isso, Kat realizava uma pequena dança solitária, ao ritmo constante da música, de vez em quando dando alguns golpes no ar. Tropecei e caí, percebendo tarde demais que a pilha de roupa suja sobre a qual havia caído era um homem quase nu, acorrentado a um poste de metal. Jim me levantou com braços trêmulos, enquanto eu me desculpava com veemência. Naquele exato momento, uma mulher miúda, sendo puxada através de uma corrente por um magricela de camisa listrada, dirigia-se a Shelly de braços abertos. Fomos todos apresentados. A moça tinha algemas de ferro nos pulsos, presas a uma corrente longa. O nome dela era Renee; seu namorado era Miles. O aperto de mão de Miles era úmido e frouxo.

— Senta — ordenou ela a Renee. Renee sentou-se ao lado de Shelly.

— Como vai? — perguntou a moça a Shelly. — A última vez que vi você foi em Chicago, na conferência do pessoal de roupa de couro.

— Ah, meu Deus, aquilo foi uma loucura.

— Acho que a gente não vai este ano. — Renee abriu bem os olhos castanhos arredondados e olhou para o namorado com brandura. — Nasceu um sobrinho do Miles, e ele vai ser batizado, então... — Cruzou as pernas. Percebi que os tornozelos também estavam algemados. Renee olhou para Miles de novo. — Amor, pode ir buscar um refrigerante para mim?

— Claro — disse Miles. — Vocês querem alguma coisa? — Fizemos um sinal negativo com a cabeça. Ele hesitou, segurando a ponta da corrente de Renee, sem saber a quem poderia confiá-la. Finalmente, decidiu por Jim.

— Pode segurar até eu voltar?

— Sem problema — concordou Jim, que por trás do rosto sério parecia se divertir.

— Pippa, você está na escola? — perguntou Renee.

— Estou estudando em casa — respondi.

— Eu nunca me formei — disse ela.

— Quando você... começou...

— Ah, isso aqui? — perguntou, levantando os pulsos algemados, a corrente tilintando. — Hum... a gente era muito jovem ainda, e um dia estávamos transando na garagem de Miles e ele me amarrou, e aí gostamos muito mesmo! — Renee sorriu, e covinhas profundas apareceram nas faces. Ela era tão saudável. Miles voltou com uma garrafa de Dr. Pepper e entregou-a a Renee, agradecendo a Jim quando retomou a corrente.

— Aqueles ali são o Stan e a Lisa — Renee me indicou o casal iluminado no centro da sala. — Eles são uma gracinha, ele sempre diz que a ama depois que terminam o show.

Observei as pessoas reunidas em torno de Stan e Lisa. Entre elas, uma moça muito jovem de cabelos louros, grávida de uns seis meses, carregava no pescoço uma coleira e uma corrente, mas era ela mesma quem segurava o cabo. O olhar em seu rosto luminoso estava cravado em Stan, que naquele momento brandia um chicote de nove tiras na carne de Lisa, deixando pequenos vergões vermelhos em sua pele branca. Eu não conseguia desviar a vista da moça grávida. O que fazia ali? Por que segurava sua própria corrente?

Um ríspido "Senta!" de Miles me fez desviar a atenção. Para surpresa minha, Shelly e a acorrentada Renee beijavam-se ali! Miles deixou que as duas se acariciassem por alguns segundos, Renee erguendo-se um pouco para se aproximar de Shelly; em seguida ele puxou bruscamente a coleira, forçando-a a sentar-se. E então elas recomeçaram.

— Acho que a Trish não ficaria muito satisfeita vendo isso — comentou Jim.

— Ah, então é aí que você estabelece os limites? — perguntei. — Grande *chaperon*.

Ele deu um sorriso largo, e então percebi que lhe faltavam alguns dentes em um dos lados da boca. Miles olhou para o relógio e levantou-se, puxando Renee da cadeira. Ela elogiou meu vestido, formando covinhas com seu sorriso. Quando saíam, vi que Kat, havia colocado a bota sobre a cabeça fuliginosa do homem acorrentado de bruços no chão e permanecia imóvel, triunfante, como uma caçadora vitoriana, posando diante de um daguerreótipo, com o pé sobre um leão morto. Shelly, então sozinha, observava da cadeira. O olhar fulminante que aquelas mulheres trocaram me deixou curiosa e assustada. Jim me levou pelo braço. Eu me virei para trás à procura da moça grávida, mas ela já havia ido embora; Stan e Lisa haviam desaparecido. Quando olhei para Kat de novo, os olhos dela estavam cravados em mim, de forma impessoal e perscrutadora. Eu a fitei nos olhos por um longo tempo — longo demais para ser correto, longo demais para tia Trish.

Naquela noite, no escuro, desperta sob os cobertores no sofá granuloso do quarto de Kat, deitei-me à espera de lembranças do senhor Brown: seus dedos pálidos e longos, o tweed áspero de seu casaco velho que cheirava a fumo de cachimbo quando eu pressionava meu nariz contra ele, a frente arredondada dos seus sapatos pesados, o brilho apagado do anel de casamento sob o efeito da meia-luz. Ele era tão querido, tão delicado, o meu senhor Brown. Sempre me acariciava com um desejo amoroso, como se me desse um adeus. Ensinou minhas mãos e minha boca com um ar solene, um educador até no seu prazer. Uma vez, me levou de carro até a beira-mar, em um feriado de Páscoa, nossa única incursão fora do mundo de seu pequeno escritório. Era um dia nublado e quente de abril. Havia três pessoas na praia de seixos: um homem forte, de short cáqui e casaco impermeável; uma mulher pequena, de cabelos castanhos ondulados; e um garoto rechonchudo, com uma pipa que não saía do chão, embora ele desse saltinhos esperançosos, contínuos, no ar.

O senhor Brown e eu tiramos a roupa. Estávamos, ambos, com nossos trajes de banho por baixo. O dele era uma sunga verde, larga, de nylon. Suas pernas eram finas, cobertas de pelos avermelhados. Eu usava um maiô de natação Speedo, azul brilhante, o único que tinha. Fazia meu tórax parecer achatado, o que me deixou chateada. Mas o senhor Brown me conhecia muito bem. Caminhamos durante certo tempo, as pedrinhas machucando nossos pés macios, até chegarmos a um aglomerado de rochedos, cerca de cem metros de distância das outras pessoas. Sentamo-nos e ficamos observando as gaivotas, branquinhas, planando, contra o fundo cinza do céu. Ele virou-se para mim e disse: Você sabia que a areia é só um fragmento fino de rocha?

— Ah! — exclamei. — Deve levar um tempo infinito.

— Milhões de anos — respondeu, deixando a areia escoar pelos dedos curvos e longos. Coloquei o meu indicador no elástico da sua sunga e observei seus olhos vidrarem, como sempre acontecia quando era tomado pelo desejo. Ele estava sentado de costas para a praia. Ninguém podia ver. Acariciei com firmeza aquela sunga de nylon até ele fechar os olhos em êxtase. Ah, paraíso.

E quando nossos dias de ternura se acabaram, o senhor Brown me deixou virgem. Sim, depois de toda aquela confusão, eu estava ali no sofá do apartamento de tia Trish tão inteira como no dia em que nasci. Esforçara-me para que fosse diferente. Estava desesperada para que o senhor Brown transasse comigo, mas ele disse que isso seria ir longe demais. Eu queria me casar com ele. Já tinha tudo planejado: moraríamos numa casinha em Massachusetts, ou em algum outro lugar bem ao norte, que era mais liberal; ele trabalharia num dos luxuosos internatos de lá, e eu passaria o dia me preparando para recebê-lo, amaciando minha pele, escovando os cabelos, fazendo as sobrancelhas. Toda noite, meu amado voltaria para mim e quase morreria de prazer. O senhor Brown ria com tristeza, todas as vezes que eu repetia minha fantasia, abaixava os cílios, deixando visíveis as veias sob a pele fina, e dizia: "Ah, minha menina, não, você merece coisa melhor." Aquela afirmação sempre me fazia sentir solitária, porque indicava um fim para o nosso romance, mas também dava a entender que dentro de mim havia uma promessa da qual eu não era consciente, como um tumor incrustado na carne, preparando-se para aflorar. Naquele momento, tive medo do futuro e me aconcheguei ao peito firme do meu amado, buscando algum sinal de suavidade feminina, um pouco mais de carne para nela me apoiar. Mas não havia nenhuma. O corpo do senhor Brown era rígido como uma árvore.

Ainda desperta na noite dos chicotes e correntes, meditei sobre a minha vida até aquele momento. Eu era uma mancha. Não via futuro. Não tinha planos. Não havia exemplo que eu quisesse seguir. Não queria ser enfermeira, nem comissária de bordo, nem secretária; não queria trabalhar no Meatpacking District nem ser dona de casa. Só queria andar sem destino. Caminhava pelas ruas sem parar. Observando as pessoas. Tinha uma mente voraz; queira, queria, queria. Queria me enfronhar na vida das pessoas. Seguia casais que andavam pelas ruas, carregando compras e molhos de flores, os filhos pendurados nos braços. Seguia empresários voltando do trabalho. Ia atrás de mulheres elegantemente vestidas, que andavam resolutas pela rua e levantavam o braço chamando táxis. Todos eles em passos acelerados, todos correndo, todos apressados. Todo mundo na cidade de Nova York parecia ter um objetivo, exceto eu. Eu era levada por uma necessidade sem objetivo, sem meta. Procurava amor, eu acho, embora não me parecesse isso então. Naquela época, eu me sentia dura e fria como uma faca na neve.

Cavaleiro

Uma vez segui um rapaz. Os cabelos dele eram uma teia emaranhada de cachos louros, que caíam sobre os ombros estreitos e encurvados. Lembrava-me o cabelo de espigas de milho. O frio era insuportável, mas ele usava apenas um terno de riscas de giz e um lenço de caxemira. Tênis. Saí do trabalho, o vi passar por mim e o segui o percurso todo, desde a rua Orchard até a rua 23 com a Primeira Avenida. Ele entrou num café. Entrei atrás dele. Sentou-se ao balcão. Eu me sentei ao lado dele. Pediu sopa de ervilhas. Pedi chocolate quente. Olhei para o rosto dele. Era mais velho do que imaginava. Tinha pelo menos 25 anos. O nariz era vermelho. Percebeu meu olhar e se virou. Tinha um rosto pálido, testa alta e feições nórdicas, como um cavaleiro, me parecia. Olhou direto para mim e teve um calafrio.

— Gelado. — Ele soprou as mãos abauladas.

— Você não está suficientemente agasalhado — comentei.

— Achei que ia entrar direto num táxi. Sempre esqueço que eles mudam de turno a essa hora. — Os olhos dele revistaram meu corpo. — Você está toda agasalhada.

— Vou a pé para casa todo dia depois do trabalho — observei.

A sopa dele chegou, depois, meu chocolate quente. Ignoramos um ao outro por alguns instantes.

— O que é que você faz? — perguntou. — Se não se importa...

— Sirvo mesas — respondi.
— É um trabalho duro.
— Você já...?
— Não.

Eu sabia que caminharíamos até sua casa. Não estava pensando em transar; ele ia ser meu namorado, era só. Já estava imaginando nosso apartamento. Teria aquelas luminárias redondas, de papel, como balões, em todas as luzes e prateleiras cheias de livros. Ele era nitidamente uma pessoa que lê. Então, depois que terminou a sopa, deu um adeus bem-educado e saiu; minhas faces queimaram de humilhação e derrota.

Kitty

Eu sabia que Kat não era a pessoa certa para tia Trish. Percebi que se aproveitava dela, mas, a despeito disso, me sentia atraída por ela. Concluí que era má como eu. Pessoas boas como tia Trish me deixavam ansiosa, porque eu sabia que um dia descobririam que eu era uma filha da puta destrutiva. Kat me comprava roupas, jeans apertados, blusinhas de tecidos esvoaçantes, sapatos de salto plataforma e brincos de argolas grandes. Sentia-me lisonjeada com sua atenção. Quando tia Trish me via com aquelas roupas, estalava a língua e enrubescia, mas não deixava escapar nem uma única palavra contra Kat. Tudo que dizia era: "É melhor não usar essa roupa quando for visitar seus pais." Essa era a maneira de dizer que eu devia lhes fazer uma visita. Meu pai telefonava com frequência para saber como eu estava, e então Suky entrava na linha. Eu sentia uma falta enorme dela, mas quando ouvia sua voz drogada, a violência aflorava em mim. Minha voz sumia; eu era brusca, rude, terrível com ela. Então desligava o telefone, chorava e dizia soluçando no meu travesseiro: "fui má, muito má." Nesse momento, tia Trish me alisava a cabeça até eu adormecer.

Kat ficava irreconhecível quando ia para o trabalho usando um terninho barato e sapatilhas, os cabelos grossos eriçados, os lábios escorregadios de brilho e as pálpebras de um azul iridescente. Parecia um travesti. Mas numa manhã, depois que Trish saiu, quando eu lavava os pratos do café, limpava a mesa e varria o chão, Kat ficou me observando, ainda de robe, os braços cruzados. Senti-me pouco à vontade e apreensiva. Desde aquela noite no clube, quando colocou o pé sobre a cabeça do homem acorrentado e fitou Shelley nos olhos, percebi que ela era um tanto perigosa. O romance que ela estava escrevendo — eu o havia lido, claro. Era repleto de sexo. Praticamente era só o que havia nele. Era um livro sobre uma jovem chamada Kitty e suas aventuras com outras mulheres. Kitty saía à caça de prazer. Quando via uma moça com quem simpatizasse, lançava-se sobre ela. Não importava se sua presa fosse uma mulher casada de 50 anos ou uma criança de 12. Ela sempre conseguia o que queria. Eu lia à noite, quando me deitava, as últimas páginas escritas. O livro causou tal impressão sobre mim que decorei uma passagem inteira:

Kitty olhou para a senhora Washington. Embora já não fosse mais jovem, tinha olhos pretos esfumaçados e um pescoço longo, os seios eram fartos e os cabelos lustrosos. Não havia possibilidade de Kitty passar mais uma noite como hóspede na casa de campo daquela mulher sem enfiar-lhe um dedo na boceta.

Passei a entender Kat logo que comecei a ler seu romance. Eu vira parte de um filme pornô uma vez; dois dos meus irmãos, os Gêmeos Idiotas, levaram-me a New Haven para comprar presentes de Natal para a família. Tínhamos nossas economias no bolso — em nossa família religiosa, tínhamos o hábito de economizar as mesadas durante todo o ano para comprar presentes para os irmãos. Logo que descemos do trem, Rob e Griffin, com 13 anos, me levaram pela mão e disseram que íamos assistir a um filme e *depois* comprar os presentes. Eu tinha 8 anos. Conseguimos entrar no cinema somente porque nossa altura permitia que passássemos por baixo da bilheteria sem ser vistos pelo cobrador de ingressos. Meus irmãos compraram um pirulito para me manter ocupada, e eu, na minha inocência, fiquei sentada chupando aquela bala enquanto surgiam os créditos iniciais.

Na primeira cena, uma mulher de camisola de seda estava deitada num sofá. Bateram à porta. Ela abriu. Era o homem que fazia consertos. Em vinte segundos, os dois estavam atracados no sofá, em movimentos bruscos. Naquele ponto, Griffin, o irmão à minha direita, tinha a mão dentro das calças, e eu lhe dei um tapa na cabeça. A batalha que se seguiu, com nós três nos atacando, os braços agitando-se como um polvo louco, eu arranhando e mordendo os gêmeos, e eles cuspindo no meu rosto e me dando cabeçadas, atraiu um lanterninha, que nos expulsou dali em seguida, dizendo impropérios. Saí daquele incidente com um nariz sangrando e a certeza de que era preciso atingir o ponto com rapidez em filmes obscenos. E Kat certamente fazia isso. Seu *alter ego*, Kitty, não perdia um segundo. Mal chegara à luxuosa mansão de campo e já estava apalpando a copeira e insinuando-se para a anfitriã.

A princípio, pensei que estava lendo o manuscrito escondida de Kat. Mas acho que ela deve ter notado que ele mudava de lugar, porque depois da primeira vez, fez questão de deixá-lo numa pilha arrumada ao lado da minha cama. Todos os dias de manhã, ela olhava para mim e piscava. Pobre tia Trish. Não sei o quanto ela sabia sobre Kat. No entanto, como não ia saber? Havia a amiga obscena de Kat, Shelly, a "atriz", que, apesar de estar "morando em São Francisco" entrava e saía do apartamento a cada duas ou três semanas; havia a maneira totalmente sexy e um tanto espasmódica de Kat andar e falar — sem mencionar o que ela estava escrevendo... Bom, acho que a questão era, Trish amava Kat e queria acreditar que era correspondida nesse amor.

Naquela manhã, quando me ajoelhei sob a mesa, limpando as migalhas embaixo da cadeira de Kat, ela me observou em silêncio por um longo tempo. Então finalmente disse:

— O que você quer ser quando crescer?

Apoiei-me sobre os quadris, levantei a vista para ela e dei de ombros.

— Bom — disse ela —, você é boa em quê? — O pensamento voltado para o senhor Brown fechando os olhos na praia, a perplexidade estampada em seu rosto enquanto eu o tocava devagar e de forma deliberada me veio à mente.

— Nada — respondi.

— Você tem que ter algum tipo de talento.

Dei de ombros.

— Nem todo mundo tem talento.

— As pessoas que não têm talento em geral são boazinhas — observou Kat. — Você é boazinha?

Vi Suky, reclinada no sofá de Trish como se tivesse sido baleada. Fiz que não.

— Bom, então, é melhor que tenha algum talento — disse Kat.

— Por que está tão preocupada comigo? — perguntei.

— Eu tenho esperança em você, minha querida. — Em seguida, foi até o banheiro para se transformar na secretária de alguém. Quando voltou, fingiu lhe ter ocorrido uma ideia naquele momento. Precisava de algumas fotos indecentes para ilustrar o seu romance. Queria que eu fosse sua Kitty.

Considerei a proposta por alguns segundos. — Eu lhe pago, se o livro for publicado.

— Está bem — concordei.

Ficar nua era a parte mais fácil. Foi às roupas que eu resisti. Kat as vinha guardando no armário do escritório numa caixa de papelão grande marcada "Suprimentos de cozinha". Havia calças de montaria com o gancho cortado, um uniforme de aeromoça onde os seios eram cobertos apenas por adesivos minúsculos, um macacão colante emborrachado. Era absurdo. Eu não parava de rir. Principalmente porque Suky fizera aquilo comigo basicamente desde a minha época de bebê: ela me vestiu de May West aos 3 anos e Jayne Mansfield aos 7. Suky guardava todos aqueles trajes numa caixa de madeira, que chamávamos de "caixa da diversão". Mesmo agora, que Suky me deixou — tendo parado de respirar de maneira educada, respeitosa, e sem confusão, numa noite de neblina — até agora, acho que aqueles álbuns bizarros e meio assustadores estejam guardados em algum lugar no porão de Chester. As páginas podem estar se desintegrando, desgastadas pelo ácido do papel barato, mas se alguém abrisse um daqueles álbuns com capas imitando couro, ficaria surpreso de não encontrar fotografias de quatro meninos e uma menina, da família feliz e saudável do pastor local, e sim as de uma única criança, uma menina loura, de olhos caídos, com um vestidinho e um boá de plumas, olhando para a câmera. Pippa com um ano, 2, 3, e 5, dos 7 aos 14, as expressões no seu rosto mudando à medida que o tempo passava, desde uma alegria inocente passando para um olhar emburrado, e finalmente um ódio intenso. Portanto, eu tinha um talento inato. Kat não conseguia acreditar. Eu não tinha nenhuma timidez diante da câmera. Enfrentava-a como se fosse uma pessoa que eu conhecia e antipatizava. Afinal, foi isso o que ela disse. Disse que eu era "Kitty perfeita". Kitty, ela explicou, era o lado selvagem de todas as mulheres. Era destemida.

— Você não gostaria de ser corajosa? — perguntou enquanto recarregava sua velha Cannon.

— Acho que sim — respondi.

— Você é durona por fora, mas por dentro é um marshmallow. Se fosse corajosa não choraria toda vez que desliga o telefone quando fala com sua mãe. Esqueceria o passado. Olharia para a frente.

— É isso o que você faz?

— Ah, minha querida. Sou uma garota de Plutão. Sou eu que assusto.

— Então como se juntou a tia Trish?

— É, eu sei. Mas ela me ama. É minha mãezinha. Nem tudo tem que fazer sentido, *baby*.

Na manhã seguinte, ela saiu do banheiro usando um moletom e boxeando no ar. Nada de trabalho naquele dia; havia telefonado, dizendo que estava doente. A campainha tocou. Shelly irrompeu porta adentro, sua voz naturalmente amplificada ecoando em seu tórax amplo. Deu um "Alô!" texano exagerado, depois começou a bisbilhotar a coleção de discos de tia Trish, pegando um álbum de Carole King numa atitude zombeteira.

— Nem perca seu tempo — disse Kat, apanhando uma caixa de papelão que estava debaixo do piano elétrico. — Escolha entre os meus.

Elas colocaram *"Knock on Wood"* e dançaram ao som da voz de Otis Redding cantando *"I better knock... on wood, yeah..."* A dança de Shelly era obscena; ela lançava repetidamente os enormes quadris para a frente, contraía o rosto de uma maneira horrível, levantava os braços, os seios grandes e duros empinados no suéter. — Vamos começar logo com isso! — berrou. Kat esvaía-se na cadência da música, os olhos encapuzados, turvos, íntimos. Segurou meu pulso suavemente, atraindo-me para si. Comecei a dançar ao som da música, ciente, de alguma forma, de estar dando às costas a tia Trish e entrando num círculo sombrio, venenoso. Senti uma alegria desafiadora com o meu descaso.

À Shelly coube o papel da senhora Washington, a mulher rica que Kitty seduz na mansão de campo. Portanto, aquela sessão envolveria alguns *ensaios*. Num rasgo de criatividade, adotando um novo ar de importância, Kat cuidou da iluminação, escolheu as roupas, estabeleceu a cena: eu, de calcinhas brancas grandes, sutiã preto pontudo e sapatos pretos extravagantes de salto alto. Estou roubando as pérolas da senhora Washington. A senhora Washington entra, usando roupa de montaria. Tem um ar autoritário. Furiosa com meu crime, decide que eu mereço uma surra. Pousávamos para uma fotografia, mas Kat nos dirigia como se fosse a cena de um filme. Shelly ficou tão furiosa quando me encontrou que na verdade chorou de ódio. Kat se deleitava com a apresentação dela.

Mas, nesse ponto, apesar de ter conduzido tão bem esse preâmbulo, nossa diretora se confundiu com um dilema técnico: quando a senhora Washington me desse as chicotadas, como iríamos fazer para a cena parecer real sem me machucar? Kat sugeriu que Shelly pegasse o açoite de borracha, convenientemente mantido sobre a cornija da lareira, e o lançasse a um ponto imediatamente acima da pele das minhas nádegas de modo a parecer que estava me espancando. Shelly tentou, mas sua pontaria falhou, pode-se dizer assim.

Ela me bateu com tanta força que deixei escapar um grito. Um vergão vermelho surgiu na minha bunda; estiquei o pescoço para ver. No início, Kat correu em minha direção para ver se eu estava machucada. Mas alguma coisa na minha expressão de espanto deve ter revelado que eu estava bem.

— Podemos tentar de novo? — perguntou ela baixinho. Eu fiz que sim.

Então, deixamos a ilustração do livro de Kat um pouco de lado. No início, eu não podia acreditar no que estava ocorrendo. Quer dizer, não me leve a mal; se eu cortar meu dedo, eu grito "ai", como todo mundo. Mas havia alguma coisa nas circunstâncias ali: o cenário, a forma elaborada como eu era amarrada à mesa, ou à cama, ou ao aquecedor. A dor era diferente da que se sente numa topada. Se durava muito tempo, se eu era espancada ou açoitada por um tempo bastante longo, minha pele gelava e formigava, eu conseguia suplantar a dor, desligando-me da realidade do momento, e entrava num outro lugar, onde não conseguia realmente ver nada em foco. O que eu sentia ali era serenidade, silêncio, vazio, euforia. Aquela sensação me fazia lembrar os mais felizes renascimentos, de pessoas que eu vira na televisão, quando elas reviravam os olhos e levantavam os braços para o alto, desligadas da mente, em estado de bem-aventurança. Esse êxtase específico restringiu-se às poucas semanas que passei com Kat e Shelly. Nunca mais consegui suplantar a dor daquela forma. Nem me permiti isso.

Febre

Eis algo em que não pensamos: uma tarde, tia Trish voltou para casa do trabalho com febre. Passou a chave na tranca, ouviu Gladys Knight em volume altíssimo vindo do seu quarto, entrou apressada e me encontrou algemada à cama com a saia rosa de uma anágua de crinolina sobre a minha cabeça, sendo chicoteada por Shelly, enquanto Kat nos fotografava, gritando:

— Maravilha! De novo. Para. Pronto! Lindo! — Tia Trish estava ali parada, lívida, trêmula e horrorizada, quando me virei e a vi.

Eu me mudei naquela tarde, enquanto tia Trish dormia em consequência da gripe, depois de ter chamado a polícia e visto a mulher que amava desaparecer de seu apartamento. Eu não suportaria estar ali quando ela se acordasse; estava muito envergonhada.

A única pessoa que conhecia em Nova York, além de tia Trish, era Jim, o diabético sem o dedinho do pé. O apartamento dele era num subsolo no Brooklin com um jardim de tamanho considerável. Morava ali de graça, porque seu velho amigo Roy, um traficante de drogas de uns 50 anos, armazenava um pouco do seu suprimento no armário de cozinha de Jim e em vários outros lugares no apartamento. De vez em quando, Jim também vendia drogas para Roy. Kat me levara àquele lugar algumas vezes. Jim sempre servia bolinhos de manteiga e café e entregava a Kat um saco marrom quando ela ia embora. Essa ocupação secundária, junto à pensão por invalidez por causa da diabetes, permitia a Jim levar uma vida de artista socialmente intensa. Embora bem abaixo da linha de pobreza, ele sempre tinha algum dinheiro em mãos, e me recebeu em sua casa modesta como a uma rainha.

Tive a sensação, quando coloquei minha mochila no chão brilhoso de Jim, da cor de romã, que estava escorregando pela beira do que eu conhecera como mundo e flutuando num espaço perigoso. Tia Trish era minha família. Jim era um território desconhecido, uma vida nova. Suky enlouqueceria se soubesse. Minha euforia tinha uma dose generosa de culpa. Telefonaria para ela em breve. Faria isso. Mas, por enquanto, me sentei à mesa da cozinha de Jim, bebendo um café forte, coado numa cafeteira dupla manchada de tinta, e comendo um pedaço de bolo amanteigado. O café quente derreteu o delicioso biscoito doce na minha boca. Olhei pela porta de vidro dos fundos, que dava para o jardinzinho isolado por uma cerca composta por portas velhas pintadas.

Tudo no pequeno apartamento havia sido planejado de alguma forma, ou era adorável ou bizarro ou mesmo educativo. As prateleiras estavam cheias de livros sobre todos os assuntos desde pinturas rupestres a design de foguetes: *Os hábitos das freiras ao longo das eras; a arte dos hologramas revelada*. Passei horas naquela primeira tarde folheando livros, aprendendo sobre os pintores, em geral, de Piero della Francesca a Bonnard, Manet a Pollock. A obra de Jim era empilhada de maneira organizada, voltada para a parede. Timidamente, ele desvirou uma peça para me mostrar. Era uma colagem feita de inúmeros pedaços de papel, entradas de cinema, recortes de jornais, etiquetas de avisos, todos combinados para formar uma paisagem. Era obsessivamente construída, mas a composição me lembrava os livros de pintura por número que eu costumava colorir quando criança. Até descobrir as figurinhas escondidas nas pedras ou nas moitas de arbustos — desenhos incongruentes de moças de propaganda de cerveja, arrancadas das garrafas, o homem no frasco de Mr. Clean, uma garota nua de algum calendário. Jim fazia uma cópia das imagens e as reduzia, para que parecessem duendes demoníacos à espreita numa cena campestre agradável construída com refugos.

Jim raramente vendia seus trabalhos, não tinha uma galeria, mas era ferozmente dedicado. Acordava tarde — 11h ou meio-dia — em seguida fazia sua elaborada toalete, que incluía colocar uma camada leve de base Elizabeth Arden sobre a pele amarelada e cobrir os poucos fios que tinha no topo da cabeça com graxa preta de sapato. Só então começava a trabalhar, procurando nas caixas pedaços de papel, retalhos, barbantes, cabelo — tudo para compor suas paisagens, que vibravam com cor e textura. Em troca do aluguel, alguns dias de manhã eu tinha de ir procurar material e vasculhar o lixo na rua, nos porta-revistas, o escarlate perfeito, o mais pungente azul-celeste.

Às 15h, eu ia trabalhar. Encontrara um outro restaurante, na mesma rua de Jim, para aperfeiçoar minha perícia em servir. Quando saía, às 21h, Jim tinha recém-entrado no ritmo. Eu me impressionava com sua habilidade de trabalhar o dia inteiro, fazer uma pausa para preparar algum prato de massa criativo para nós dois, depois voltar ao trabalho por mais seis ou sete horas e, finalmente, de madrugada, fumar um baseado e ir dormir. Fazia isso dias seguidos, depois descansava alguns dias e dormia. Ele ficou surpreso na primeira noite que cheguei em casa do trabalho exausta, parei ao lado dele enquanto encaixava um pedaço de papel de seda rosa-salmão no retângulo de papelão na mesa e disse:

— Você me dá um pouco?
— Um pouco de quê? — ele perguntou.
— Anfetamina.

Jim olhou para mim, surpreso, mas sorrindo.
— Como é que você sabe disso?
— Sobre isso eu sei bem — respondi.
— Você está com quantos anos? — Ele franziu a testa.
— Dezessete.
— Já terminou o ensino médio?
— É para isso mesmo que quero. A prova é na próxima quinta-feira. Preciso estudar.
— Pode tomar um pouco — concordou ele. — Mas não exagere. Na quinta-feira você vai estar fora de si. — Ele então me deu um comprimido branco redondo, que guardava num potinho de cerâmica deformado sobre uma prateleira, ao lado do sal. Tomei. O comprimido fez efeito rápido, como o cheiro da amônia. Tudo na sala entrou em foco excessivo; tudo parecia extremamente limpo e brilhante. Nunca me sentira tão desperta, tão animada, tão cheia de propósito desde o dia em que tomei dez dos melhores de Suky, quando estava no final do ensino fundamental. — Uma coisa que você não pode fazer — explicou Jim. — É começar a falar. Se começar, quando toma essa droga, não para mais.

Fui para o meu quarto improvisado (um sofá-cama, isolado do restante da sala por um pedaço de seda rosa-velho) e li dois livros inteiros, um de história e outro de matemática.

Conceitos até então incompreensíveis deslizaram para dentro da minha mente como manteiga derretida em massa de panqueca.

Saí da minha toca para dizer a Jim como havia ficado incrivelmente inteligente, ele deu uma resposta qualquer e fomos dar uma volta. Falamos durante seis horas seguidas, conversamos com tamanha agudeza sobre coisas tão profundas que nos surpreendeu o fato de ninguém na história do mundo tê-las mencionado antes. Jim fez até algumas anotações, nossas ideias eram mesmo brilhantes. Por fim, desabamos. Quando acordamos, horas mais tarde, ao lermos os apontamentos que ele fizera durante nosso improviso e descobrirmos que continham pérolas de sabedoria tais como "o linguado é um peixe que se alimenta no fundo do mar, portanto, não deve ser comido com cenouras ou outros legumes de crescimento subterrâneo ou se estará sujeito a sofrer de depressão: A NUTRIÇÃO É TUDO", fiquei perplexa, mas Jim apenas balançou a cabeça como quem concorda e deu um sorriso lastimoso. Quando abri os livros de história e matemática que devorara, não reconheci quase nada, exceto o que já havia estudado da maneira antiga, sem a indução de drogas, então voltei ao meu velho método de estudo. Passei no exame supletivo.

Surpreendentemente, Jim tinha uma namorada: uma mulher sueca chamada Olla. Tinha cerca de 40 anos, era artista, muito amável com Jim e parecia não se importar com minha presença. Saíamos juntos algumas vezes, nós três, para museus ou cinemas. Jim e Olla me instruíram sobre pintura, sua história e importância. Passei a reconhecer diferentes períodos e pintores. Eu ia às galerias e comecei até a formar minha própria opinião sobre a arte nova.

Jim me dissera tantas vezes que era inofensivo que concluí que sexo não fazia mais parte de sua vida. Ele relaxava no apartamento com os pés para cima e sem meias. O espaço vazio do dedinho do pé o fazia parecer curiosamente irreal, como um boneco imperfeito. Mas Olla estava sempre beijando-o, elogiando-o, levando-o gentilmente para o quarto por mais ou menos uma hora, enquanto eu ficava no jardim, ou lavava os pratos, ou saía para um passeio. Eu gostava de Olla, e estava determinada a parecer o menos ameaçadora possível. Depois do senhor Brown e de tia Trish, não queria arruinar a vida de mais ninguém, e também não queria acabar na rua.

Choque

Ainda não sei a razão do que aconteceu em seguida. Não compreendo. Quer dizer, eu estava indo relativamente bem. Tinha um trabalho, um lugar para morar, amigos, e havia concluído o ensino médio.

Tudo começou numa noite, com uma quantidade pequena de anfetamina. Estávamos saindo para dançar: eu, Jim, Olla e um monte de amigos deles, boêmios assíduos, nos seus 40 anos, sem um ou outro dente. Eu quase nunca ia a lugar nenhum, então aquela era uma noite especial para mim; não queria ir me arrastando, exausta depois do trabalho. Dancei a noite toda e, pela manhã, simplesmente não admitia a ideia de ir dormir e acordar com a cabeça explodindo e os pensamentos lentos. Então tomei mais alguns comprimidos, para manter o estado de felicidade. Jim não sabia. Não contava seu suprimento. Fui trabalhar alta e coloquei os pratos de ovos florentinos e *waffles* belgas sobre as mesas com tal rapidez que o creme chantili e o molho holandês respingaram nos meus braços. Alguns fregueses também precisaram de ajuda para limpar os respingos, mas pelo menos foram atendidos com rapidez.

Naquela noite, decidi sair sozinha e ver o que acontecia. Antes de deixar o apartamento, me dirigi, na ponta dos pés, até o lugar onde ficava guardado o pote de cerâmica disforme com os comprimidos, como uma criança roubando M&M's. Já estava levitando fazia 48 horas. Começava a me sentir onipotente. Peguei a linha 2 do metrô para Manhattan sem fazer ideia do meu destino, pulei do assento e desci na rua 14. O ar quente misturado ao odor de fezes se espalhava pela plataforma quando saltei correndo do trem. Ouvia dentro da minha cabeça um assobio alto e metálico. Meus movimentos eram fluidos, precisos, como os de uma máquina perfeita. Minha mente parecia estar sem mácula, esterilizada, meus pensamentos brilhavam como aço inoxidável. As pessoas e os automóveis à minha volta, em contraste, pulsavam num padrão irregular e vacilante, paralisados por um instante, e em seguida passando por mim em câmera lenta, como se o tempo tivesse se tornado elástico como uma bala *toffee*. Um cenário brilhante se repetia em minha mente com a precisão de uma navalha; pretendia encontrar aquela moça grávida de cabelos louros que segurava a própria coleira, aquela que vira quando fui ao clube com Kat e Shelly, para salvar-lhe a vida. Eu a localizaria em seu nojento andar agachado e a atacaria como uma milícia, extirparia sua existência pervertida, lhe compraria uma refeição substancial, a levaria para casa para morar com Olla e Jim. Moraríamos juntos, nós cinco, uma família. Seu bebê teria tez clara, olhos violeta e índole angelical.

Procurei nas imediações, tentando encontrar o clube para onde Shelly nos levara. Tudo de que conseguia me lembrar eram os cinco degraus que nos levavam ao subsolo e uma porta de metal. Finalmente, encontrei o clube. Uma mulher suada, de olhos vivos, na bilheteria de plexiglas levantou a vista do seu livro. Não sabia de nada sobre a moça grávida. Disse que aquela era a sua primeira noite de trabalho ali e que não conseguia suportar o maldito calor.

Empurrei para o lado a franja de plástico pesada, enfiei a cabeça e entrei na biblioteca sem janelas. O teto era muito baixo. Não havia música no local. Luzes roxas e vermelhas piscavam sem som. Quando entrei no recinto, as poucas almas que perambulavam pela sala me lançaram olhares famintos, como convivas entediados numa festa enfadonha, avaliando um novo convidado. Eu me perguntei se estava caminhando de maneira estranha. A música começou a tocar — um ritmo intenso. Dirigi-me ao fundo da sala, um tipo de caverna, também repleta de livros e dividida em cubículos. Sobre um estrado, uma mulher de meia-idade, de espartilho de couro, dançava para um coroa. A porta de um dos cubículos abriu-se; uma figura masculina saiu e desapareceu rapidamente, cabisbaixa. Uma moça magra, de cabelos claros, permaneceu no quartinho, de costas para mim, abotoando a blusa. Permaneci ali, esperando. Ela se virou e olhou para mim na expectativa. Era jovem, mas tinha um rosto inchado e flácido.

— Pensei que fosse outra pessoa — disse eu, dando-lhe as costas.

De volta à sala principal, Lisa e Stan estavam organizando seu número. Talvez a moça grávida aparecesse mais tarde. Ela gostara de Stan e Lisa. Lembra-se de como ela ficara paralisada, de olhos abertos sem piscar, a mãozinha segurando o cabo da própria corrente, será que seu dono a abandonara? Os refletores foram acesos, iluminando o casal. Dirigi-me a eles e fiquei bem dentro do foco de luz, exatamente onde vira a moça grávida ficar. Eu me aproximei tanto que quase conseguia tocá-los. Outras pessoas também se aproximaram, esperando pelo início do espetáculo, olhos vidrados, famintos e vazios.

Lisa deitou-se numa cama baixa. Seus olhos foram vendados com uma faixa de couro preto. A barriga nua era pálida e flácida, a carne côncava pendurada entre os largos e gigantescos ossos dos quadris como uma rede de dormir. Os seios grandes espalhavam-se de um lado a outro do tórax. A pele ao redor dos mamilos era cheia de marcas. Algumas pareciam arranhões de gatos. Outras eram salientes, como queimaduras, ou cicatrizes brancas antigas. Stan inclinou uma jarra metálica contendo cera derretida e derramou um fio fino sobre a pele de Lisa com a precisão de um alquimista. Quando a cera atingiu a pele da moça, ela se retraiu e virou a cabeça para o lado. Eu olhava, perplexa, junto às outras pessoas enquanto a poça de cera se tornava branca e dura. Mais tarde, quando Stan ajoelhou-se para desatar a venda, Lisa lhe dirigiu um olhar de adoração com aqueles olhos cor de safira desfocados e disse com um movimento de lábios:

— Te amo.

Senti-me envergonhada de presenciar aquele momento súbito de intimidade. Os outros observadores haviam se dispersado. Eu permaneci ali, incapacitada de me mexer, os flashes de luzes pulsando na minha visão periférica. Lisa sentou-se como se estivesse sozinha, calcanhares juntos, as pernas se abrindo, e começou a arrancar a cera dos seios. Stan me dirigiu um olhar curioso e em seguida abaixou-se para tirar sua chapa de aquecimento da tomada.

Um homem se aproximou de mim em seguida. Tinha quadris estreitos e era efeminado; seus lábios eram carnudos e tinha um halo de cachos escuros. Os três primeiros botões de sua camisa de seda apertada estavam abertos revelando um peito moreno sem pelos.

— Ei, você está bem? — perguntou. Respondi que procurava por uma pessoa. Ele nunca vira a moça grávida. Sorri e conversei com ele, sentindo-me muito charmosa ao andar bem rapidamente balançando os braços. Tudo o que me lembro de nossa conversa é que o homem efeminado me disse que a maioria das pessoas achava que ele era gay, mas que era hétero... *com um certo desvio*. Disse isso diversas vezes. Chamava-se Mandy. Não me lembro como cheguei a pedir-lhe para me levar de carro até Connecticut, mas lá estávamos nós, de madrugada, na Rodovia 84 em direção a Danbury em seu Camaro cor de telha. Mandy me contou sobre sua vida: como estava no negócio de automóveis com o pai, como havia aparecido em sete dos comerciais do pai, começando aos 3 anos de idade. Eu mal escutava. Estava com medo de ver Suky.

Interrompemos nossa viagem para fazermos xixi numa parada para caminhões nas cercanias de Danbury. Ele pegou no porta-luvas uma bolsinha chinesa com um dragão bordado, abriu o zíper e a manteve aberta para que eu pudesse ver: um pó branco num saco plástico. Sentindo-me um pouco desanimada, aspirei uma carreira irregular do pó branco num folheto brilhante de propaganda de automóveis. Quando inalei a droga com uma nota de um dólar, senti o impacto químico ácido na garganta; ao mesmo tempo li: "200 dólares de desconto na compra de um caminhão Nissan!"

Havia a foto de um homem atarracado no folheto. Estava ao lado de um caminhão vermelho. Usava bigode e tinha os lábios carnudos de Mandy. O pai de Mandy, sem dúvida, sorria para mim. Senti uma certa pena do homem, diante do uso que estava fazendo do rosto dele. Percebi o engano que cometia no momento em que aspirei a cocaína. Combinada a todos os comprimidos de anfetamina que havia tomado nos dois últimos dias, a droga bateu na minha mente como dentes férreos. Cada ruído soava como perigo para mim. O perfil de meu chofer, com o nariz aquilino e a boca carnuda, parecia maligno. Imaginei-o esquartejando-me alegremente como a um carneiro e jogando os nacos pela janela durante todo o percurso até a casa de Suky. A cada sinal de trânsito, me imaginava abrindo a porta e fugindo.

Chegamos a Delton Green às 6h40.

— Já fiz muita loucura — confessou Mandy —, mas essa é a maior de todas. Você disse que seu pai é um pastor protestante? — Fiz que sim. — Pois é. Essa é a maior merda de todas. — Fez menção de sair.

— Ah — disse eu. — Pode esperar um pouquinho? Aí eu... venho buscar você... se...

Ele aumentou o volume do rádio e afundou no assento, balançando a cabeça concordando com um ar de incerteza. Pensando no que eu acabara de prometer, me dirigi à porta lateral da casa. Os primeiros pássaros cantavam. O ar da manhã era agradável e limpo. Apanhei o bloco de plástico oco ao lado do tapete da entrada, retirei a chave prateada, presa a um quadrado de velcro, e virei a chave na fechadura.

A casa estava silenciosa e aquecida. Dirigi-me à cozinha. O relógio fazia tique-taque. O som era alto. A casa cheirava a fermento e a açúcar, como sempre. Senti uma fome repentina. Olhei para a cesta de pão. Havia nela três rosquinhas de canela. Peguei uma, dei uma dentada e triturei o açúcar arenoso com os dentes. Era tão bom estar em casa. Um grande alívio. Ouvi um barulho na escada. Olhei. A decadência de minha mãe era alarmante. A tez pálida era luminosa, quase translúcida, a pele em torno dos olhos, escura, e os cabelos ruivos, escorridos e pegajosos. Ela perdera peso. Começou a gritar, depois colocou a mão na boca e chorou.

— Graças a Deus — disse ela.

— Terminei o ensino médio, mamãe. — Minha voz soou totalmente estranha. Devo ter falado muito alto.

— Shsss. Seu pai.

Falei baixinho, dizendo como havia me saído bem no exame, exagerando os resultados, acreditando em mim por um instante. Ela me abraçou. Apenas deixei que o fizesse, os meus braços caídos ao lado do corpo. Mas, logo em seguida, a envolvi com meus braços e a apertei contra mim. Ela parecia tão frágil, assim como um pássaro.

Abraçamo-nos por um longo tempo. Depois a fiz colocar os pés em cima dos meus. Ela deu umas risadinhas, envergonhada, mas insisti para que fizesse aquilo, exatamente da maneira como eu costumava colocar os meus pés sobre os dela quando eu era pequena. E dançamos. Seu rosto estava muito próximo ao meu. Percebi as novas rugas em torno de seus olhos. A pele das pálpebras estava caída. Seu hálito era de menta. Ela me olhava com uma afeição profunda, na nossa velha intimidade, como se fôssemos as duas únicas pessoas no mundo, como se tivéssemos acabado de nos casar. Olhei para o relógio. Alguns segundos para as 7h. Quase na hora da primeira dose do dia. Ela nunca esquecia. O ponteiro dos minutos entrou no lugar exato, embaixo do 12. Sete horas. Suavemente, ela começou a me soltar. Então, a raiva despontou dentro de mim. Mantive os braços firmes. Ela pôs a mão no meu antebraço, me empurrando um pouco.

— Está bom, querida.

— Você tem algum compromisso? — perguntei. Ela deve ter visto um olhar assassino no meu rosto, porque pareceu assustada.

— Me solte — disse no seu tom agudo arrastado.

Então encostei meu rosto no dela.

— Olhe nos meus olhos. Você está vendo alguma coisa? — Ela lutava para se soltar de meu abraço; segurei-a pelos ombros, empurrando-a contra a parede; não sabia o que estava fazendo com ela, mas a odiava tanto que desejei matá-la.

— Eu sou igualzinha a você, Suky, está vendo? Estou alta como você gostaria de estar agora, sua drogada!

O rosto dela se retorceu numa careta de ódio e indignação. Mostrou os dentes, a saliva se formou no canto da boca, os olhos estreitaram-se, e ela me chamou de mentirosa, fugitiva, viciada. Parecia, de fato, estar se transformando num animal. Foi aterrador. Ela queria tomar seu comprimido. Eu a mantinha presa contra a parede. Ela dizia com voz sibilante:

— Vá embora, vá embora, vá embora, vá embora! — Seus ossos eram tão frágeis que eu poderia tê-los esmagado. Agarrei um punhado de cabelo da minha mãe e lhe segurei a cabeça para trás. Seus olhos se esbugalharam, amedrontados, na expectativa. Eu não tinha ideia do que fazer em seguida. Então a beijei na boca. Alisei os bicos dos seios dela. Senti como se estivesse cortando-lhe a garganta com uma faca. Olhando para trás, tudo isso parece excessivamente dramático, mas, aos 17 anos, com uma tempestade de cocaína e anfetamina circulando em minha cabeça, eu achava que estava deixando tudo às claras: estava dizendo a minha mãe que ela havia me tratado como uma amante e um bebê, sua propriedade, mas não como uma pessoa, nunca como uma pessoa. Acho que entendeu a mensagem. De qualquer forma, começou a gritar. Ela só gritava, gritava, e Des desceu correndo a escada de robe marrom, rosnando como um urso. Aquele era o meu sinal. Corri direto para o Camaro de Mandy, lágrimas escorrendo-me pelo rosto, limpando a boca como se estivesse cheia de merda.

Quando chegamos a Nova York, eu estava encolhida como uma bola, olhando pela janela. Mandy já não me aguentava mais, o que era compreensível. Ele me deixou na entrada do túnel Lincoln, dizendo:

— Você é um baixo astral, cara. — E seguiu para Nova Jersey, onde as garotas são radiantes. Fui caminhando até o metrô e cheguei ao apartamento de Jim quando ele e Olla estavam se levantando da cama. Ficaram aliviados ao me ver. Não fizeram nenhuma pergunta. Tomamos café e comemos biscoitos amanteigados, e Olla carinhosamente separou um de seus lindos vestidos de verão para eu usar quando acordasse. Colocou-o sobre uma cadeira, onde eu pudesse vê-lo, para me animar. Deitei a cabeça em seu colo, enquanto ela me alisava a fronte. Senti o travesseiro macio de seus seios no meu ouvido. Dormi e dormi, e quando abri os olhos, me parece agora, haviam se passado três anos, eu tinha 20 anos e morava em Orchard Street

Breve catálogo de pecados

Eu me lembro dos anos seguintes àquele beijo que dei em Suky em blocos fragmentados, como se vistos numa televisão com péssima recepção. Consigo trocar os canais com a frequência que desejar, mas as narrativas são sempre incoerentes. Tudo o que entrevejo são os apertos em que me meti. Não como, nem por quê. Vejo um ator finlandês deitado junto a mim, muito magro, como um menino, exceto pelo falo, que está ereto, oscilando magnificamente. Vejo sua namorada, Oxanna, sentada a meu lado num restaurante, enquanto o rapaz nos entrega, a cada uma de nós, um ramalhete de rosas. Vejo-me numa rua, sendo esbofeteada por uma mulher de cabelos pretos curtos e semblante lívido. Enxergo-me deitada numa mesa. Um homem usando uma aliança está de pé entre minhas pernas abertas (em algum ponto aí, devo ter perdido a virgindade). E na estática branca da televisão, vejo comprimidos — comprimidos cor-de-rosa, comprimidos brancos, comprimidos azuis — em queda na tela. É isso, entendo, claro, tomei todos os tipos de comprimido que me chegavam às mãos; não é de estranhar que não me lembre de nada. Espere, consigo enxergar um cinzeiro cheio de pontas de cigarro sobre uma mesinha de centro. Um homem — Sergei — prende um cigarro entre os lábios grossos e sensuais, acende-o e inala forte, com um prazer verdadeiro, os olhos negros salientes bem abertos. Vejo a mulher desse homem, Amelia, também russa. Ela é loura, muito magra, com uma expressão de cansaço. Trabalho para essas pessoas. Ensino inglês à filha do casal. O nome dela é Anya. O olhar de Sergei é intenso, enfático. A pele em seus braços é muito macia, morena e sem pelos. Seu corpo tem uma forma quase cômica — barriga volumosa, pernas curtas e musculosas. É trotskista e violoncelista. Ele toca para mim. Ondas de música densas e sombrias surgem de seus dedos. Acho o som poderoso, melancólico, hipnótico. Às vezes passo a noite aqui para não ter de pegar o metrô de volta para o centro. Nessas ocasiões, Sergei lê *A revolução traída* para mim, em voz alta. Vejo-me ajoelhada diante do sofá, o pênis de Sergei em minha boca, enquanto sua mulher e filha dormem no quarto ao lado. O que pode ser pior do que isso?

Nesse ponto, as imagens tornam-se tão indefinidas que não consigo distingui-las. Vejo minhas mãos presas às costas. Esforço-me para me enxergar, fico preocupada, que diabo estou fazendo agora? Surge de repente uma imagem colorida nítida: vejo pessoas segurando copos de plástico cheios de vinho, falando. Vejo-me de botas de cadarço de couro, os cabelos louros platinados, um casaco enlameado. Minha pele está pálida, há círculos escuros sob meus olhos. Estou aqui com amigos, ah, sim, tudo está ficando nítido, enxergo melhor agora, espere, estou na tela, estou de pé a meu lado, é incrível como tudo isso é real, escuto vozes — é a abertura de uma exposição de arte. Essas são as pessoas a quem eu costumava servir margaritas no El Corazón! Lembra-se? Aquelas que tinham as mãos manchadas de tinta. O que é que estão fazendo aqui? Meu namorado, Craig, o magricela de rosto inexpressivo, está ao lado de uma pintura sua, um quadro hiper-realista, que retrata uma pia cheia de pratos sujos. Há um ponto vermelho ao lado do quadro. Nossos amigos se juntam a nós. Jed, um escultor de Nebraska, meio-*sioux*, um homem muito alto, que usa botas de trabalho pesadas, os pés afastados, e um casaco de lã quadriculado um pouco aberto, parabeniza Craig.

— Você é um cara de uma puta sorte; Gigi Lee é uma grande colecionadora. — Jed dirige o olhar para uma bela mulher nos seus 40 anos, de seios incrivelmente grandes e uma cintura minúscula, usando um macacão colante, os cabelos pretos longos caindo até a cintura. Seu rosto encantador tem um ar de extremo cansaço, e a boca voluptuosa curva-se para baixo nos cantos, como se tivesse sido emprestada de outra pessoa. Jed, o *sioux*, agora põe a mão nas minhas costas, na altura da cintura. Será que entendi errado? Será *Jed* meu namorado? Terry, a moça baixa do El Corazón, com um abdome macio à mostra, de sapatos de saltos altos grossos e boca vermelha brilhante, parecendo uma figura tirada de um desenho, diz:

— Ela é uma herdeira.

A beldade de macacão colante caminha em nossa direção, um bando de maltrapilhos, e olha para Craig com um sorriso malicioso.

— Adorei meu quadro. — Ela tem um sotaque italiano pesado.

Craig pigarreia.

— E eu... fiquei feliz por você ter comprado.

— Sou Gigi Lee.

— Eu sei. Prazer em conhecê-la. — Craig lhe dá um forte aperto de mão.

— Você gosta de pintar à beira-mar? — pergunta ela.

— Geralmente pinto no estúdio — diz Craig. — A partir de fotografias.

— Você tem que ir à nossa casa de praia; podia fazer um belo quadro dela — sugere Gigi. Em seguida, vira-se para nós para cumprimentar o restante do grupo: — Vocês todos podiam ir neste fim de semana. Passem a noite lá! — Craig nos apresenta. Gigi nos cumprimenta com um aceno de cabeça, seu narizinho repuxado, como uma tartaruga que se recolhe ao casco. — Herb! — ela chama. Um homem mais velho surge do meio de uma grande quantidade de pessoas. Ele deve ter uns 50 anos. Pele morena, apresentando rugas profundas, nariz aquilino e olhos azuis límpidos, ele tem uma expressão alegre, franca. — Quero que eles todos vão para a festa. — Gigi abre os braços.

— Quanto mais, melhor — diz Herb com indiferença, de forma provocadora.

— É neste fim de semana. Vocês vão poder ir? Se não tiverem carro, podem ir de ônibus.

— Eu tenho carro — informa Craig. Eu digo que sim. Craig descobriu uma mina de ouro, um grande negócio. E a expectativa de comida e bebida de graça é algo que nenhum de nós deixa escapar.

Estamos todos no carro de Craig, um Riviera conversível 1967 grande, cor de creme, com assentos vermelhos. O automóvel pertencera à tia falecida de Craig, Ginny. Começo a me lembrar que Terry, a moça de boca vermelha e sorriso malicioso, e eu dormimos tanto com Craig, o inexpressivo, com Jed, o escultor *sioux* elegante, e ainda o maçante Calvin, o pintor abstrato e corpulento. Não me leve a mal; essa não é uma situação de amor livre. É uma rotatividade. Nós duas nos revezamos como namorada de um ou outro desses três caras, a qualquer momento. Ocasionalmente, uma terceira garota é trazida de fora para o grupo, mas em geral somos só nós duas, eu e Terry; então um dos rapazes fica solteiro por um certo tempo e se torna neutro, praticamente mais uma mulher, que sai com nós duas e reclama da carência afetiva, até o momento oportuno na conversa em que uma de nós fica a sós com ele. Olhos nos olhos, e lá vamos nós; ele se torna um homem de novo. Naquele momento é um outro que fica solteiro. Conseguimos manter esse jogo, de dança das genitálias, por mais de um ano, sem muito ciúme, com nossa amizade intacta. Mas tudo isso está a ponto de mudar, pelo menos para mim. Enquanto recosto a cabeça no assento de couro vermelho de tia Ginny, o vento soprando em minha boca, não tenho a mínima ideia de que estou para sair de uma vida e entrar direto em outra.

    A casa era à beira-mar; essa fora toda a indicação que Gigi conseguiu nos passar com sua vaga orientação. Seguimos devagar ao longo da cerca que escondia as enormes residências, procurando o nome deles. Finalmente encontramos: "Lee", pintado em letras azul-claro, numa caixa de correio branca. Dobramos na entrada de seixos e seguimos em direção ao prédio mais estranho que eu já vira. Era uma enorme caixa de vidro com uma parede metálica. No interior da caixa havia um chalezinho amarelo, antiquado, com uma porta vermelha — uma casa dentro de outra casa. Chegamos no meio da tarde; havia diversos automóveis estacionados na entrada da garagem. Quando nos aproximamos da casa dos Lee, vimos sofás de couro branco na moderna residência exterior. Batemos na grande porta metálica da casa de vidro. Um homem de meia-idade, de expressão melancólica, atendeu. Parte da camisa estava para fora das calças. Ele nos recebeu com um certo sotaque da Europa oriental e nos perguntou se queríamos chá gelado. Dissemos que sim. Ele tomou aquela resposta como uma má notícia e desapareceu. Uma mulherzinha taciturna e sorridente, de uniforme verde-claro, apareceu apressada carregando uma bandeja de copos cheios de um líquido âmbar. O europeu oriental pegou algumas de nossas mochilas e dirigiu-se à escada.

— Pode deixar — disse Craig.

— Nós mesmos levamos — acrescentou Calvin.

O homem os interrompeu com uma mão levantada.

— Por favor. — Ele se conduzia de forma tão estranha que ficava difícil dizer se não estaria brincando, como se alguém o tivesse desafiado a se passar por mordomo durante uma tarde. — O senhor e a senhora Lee estão na praia com os outros hóspedes. — Ele apontou para as portas envidraçadas que davam para o mar. — A senhora Lee disse que podem ir para lá, se quiserem, ou podem relaxar aqui mesmo. Como preferirem.

— Obrigado — agradeceu o maçante Calvin, pegando um punhado de amendoins de uma concha grande sobre a mesinha de centro e levantando a vista para uma pintura abstrata de três metros no vão da escada. — Maldito Dieter Carlson — rosnou com a boca cheia. — Ele está em toda parte. E nem sequer sabe pintar.

O inexpressivo Craig se aventurara até a varanda. Eu o segui e fiquei a seu lado. Senti-me como se estivesse na proa de um enorme navio, encalhado na praia. O céu surgia do horizonte, um domo sobre nossas cabeças; nuvens ocasionais, perfeitamente formadas, pareciam fixas na vastidão azul. Tudo abaixo — a água reluzente, a areia branco-dourada — era banhado de calor e luz.

— Já pensou ter uma casa como esta? — perguntei.

— Ela é nossa, amor. — A mão de Craig desceu pelas minhas costas. — Acabei de comprar, se lembra?

Debrucei-me sobre a balaustrada e inspecionei a praia. Diversas pessoas faziam um piquenique ao longe. Uma mulher de maiô vermelho e cabelos pretos longos, Gigi, caminhava na beira da água. Diversas pessoas estavam deitadas em toalhas de praia multicoloridas. Tomei um gole do chá gelado e doce. O melhor que já havia tomado na vida.

— Não devíamos ter convidado tanta gente assim com essa cozinheira nova — disse eu.

— Eles vão estar tão bêbados, que nem vão notar a comida — comentou Craig com uma fala arrastada e convincente. Assumiu o papel de um homem rico com facilidade. Na verdade, estava em vias de se tornar um grande sucesso; em dez anos seria um dos artistas mais bem pagos de sua geração.

Os outros apareceram na varanda.

— Vou descer até a praia — informou Jed, naquele momento, o descasado da turma. — Talvez encontre ali uma mulher solteira, precisando de um homem de verdade.

Terry e Calvin fumavam em silêncio. Nesse instante, Gigi nos dirigiu o olhar e acenou. Nós todos descemos os degraus de madeira lascada, que conduzia a um caminho estreito na descida da duna. Continuei com a fantasia de proprietária, respirando o ar salgado e olhando para trás, para a casa de vidro brilhante, com um ar de dona.

— Temos que mandar consertar aqueles degraus — disse Craig num tom de voz abafada. Mas quando chegamos à praia, deixamos de lado a brincadeira.

Gigi estava de bruços, deitada sobre uma toalha azul, o maiô vermelho-cereja colado àquele corpo fantástico. Seus cabelos pretos, caídos em ondas suaves e sinuosas sobre as costas, secavam ao sol. À nossa aproximação, apoiou-se nos cotovelos, os seios juntando-se no colo.

— Olá! — nos cumprimentou. Um jovem esbelto e bronzeado estava sentado ao seu lado. Tinha o nariz afilado e saliente, como o de um falcão, que parecia repuxar-lhe a pele do rosto, deixando-a bem esticada. Ele nos lançou um olhar surpreso por baixo das sobrancelhas pretas espessas. Deve ter nos tomado por alienígenas, aquele grupo de insones, vestidos de preto, o rosto pálido dos drogados, ali naquele trecho caríssimo de litoral.

— Esse aqui é Sam Shapiro, o romancista — Gigi anunciou. — Sam, esse é Craig Simms, o pintor de quem estava lhe falando. E esses são seus amigos, vamos ver... — Craig nos apresentou a todos de novo. Gigi deu um sorriso vago, sem prestar muita atenção. Eu estava atraente naquele vestido, de botas e meias. — Vocês trouxeram roupa de banho? — Gigi perguntou. Eu estava de maiô por baixo da roupa, mas não tinha coragem de mostrar meu corpo pálido àquela deusa. Gigi levantou-se e pegou Craig pelo braço. — Venha. Vamos discutir a proposta.

Eles saíram. Jed sentou-se na areia, as pernas abertas, a capa de chuva preta e antiga estendida atrás dele, os cabelos de ébano brilhando nas costas, contemplando o mar.

— Está um puta calor. — Terry tirou a camiseta. Seu sutiã roxo cobria-lhe os seios macios e grandes que tremulavam como montes de pudim.

Sam sorriu.

— Não ligue para mim — disse.

— Eu não ligo. — Terry reclinou-se para trás, apoiando-se sobre os cotovelos enquanto lhe lançava um olhar de soslaio.

O maçante Calvin acendeu um cigarro.

— Então vai ter uma festa hoje à noite? — comentou.

— Na casa da Gigi, sempre tem alguma festa — disse Sam.

Eu me levantei e fui até a água. Quando parecia que ninguém me observava, tirei o vestido maltrapilho, comprado numa loja de artigos de segunda mão, desamarrei as botas, tirei as meias e deixei tudo numa pilha bem arrumada. A parte de cima de meu biquíni não combinava com a de baixo. Esperava que as pessoas pensassem que era intencional. Meus cabelos louro-platina, queimados pelas dúbias habilidades de Terry como cabeleireira, estavam presos em dois pequenos coques no topo da cabeça. Entrei na água, olhando para baixo, para meu corpo branco e magro. A água estava fria. Molhei a parte de trás dos joelhos, depois mergulhei sob uma onda e dei algumas braçadas. Quando fiquei de pé, estava a menos de um metro de dois homens que entravam na parte rasa da água e conversavam. Reconheci um deles como Herb Lee, o marido de Gigi. Ele tinha um charuto na boca. O outro homem usava óculos de aros pretos grossos. Seus cabelos eram revoltos e grisalhos.

— Não entendo como você pode achar — dizia ele — que eu devia juntar tudo na primeira parte.

— É como eu lhe disse — respondeu Herb numa voz profunda e nova-iorquina, embora um tanto aristocrática. — Aquelas *são* cenas da infância.

— Mas eu estou indo e voltando no tempo. Essa é a estrutura da coisa! A narrativa é *fluida*.

— O que eu estou dizendo é que você deve deixar as sequências adquirirem mais força. Menos *staccato*. Você quer que seja uma leitura agradável, não quer? — Eu havia me aproximado mais deles e escutava a conversa deslavadamente. Herb virou-se e me cumprimentou. — Olá. Você está com o nosso grupo?

— Estou com o Craig... você comprou o quadro dele. Nos encontramos na exposição...

— Ah, claro, desculpe, esse é o Max Kessler, Max essa é...

— Pippa Sarkissian.

— Que tipo de nome é esse?

— Sueco e armênio.

Max Kessler afastara-se e lutava contra a correnteza para chegar à praia, arrastando os pés ao atravessar a subcorrente, a sunga preta grudada às pernas e os ombros encurvados.

— Seja muito bem-vinda, Pippa. — As marcas de um sorriso no rosto se aprofundaram levemente, os olhos claros brilhando como quem está, ao que parecia, se divertindo com a própria vida. Parado nas ondas, com o charuto preso entre os dentes, tinha um ar travesso e anárquico, como um primo distante de Poseidon, dominando seu trecho do mar.

— Obrigada — respondi, mergulhando de volta na água.

Quando o sol começou a se pôr, aproximando-se da linha do horizonte e cobrindo o mar com um reflexo dourado tremulante, o mordomo e a empregada desceram até a praia, carregando uma cesta de vime grande, cada um segurando-a por uma alça, com os rostos vermelhos. De dentro da cesta, o barulho de garrafas batendo prometia. Muitos outros convidados haviam se juntado a nós para alguns drinques antes do jantar. Todos se alegraram com a chegada do mordomo.

— Viva Jerzi! — gritaram. Diante dessa recepção, o soturno mordomo permitiu-se uma leve demonstração de sorriso contraindo os cantos da boca. Enquanto ele organizava o bar, os hóspedes se apressavam em fazer seus pedidos.

— Peçam o que quiserem — disse Herb — que ele sabe preparar.

— Você pode preparar um Maiden's Prayer para mim? — perguntou Trudy, a mulher de Max Kessler, também escritora, usando na cabeça um lenço decorado, preso firme sobre os cabelos, sua boca um talho fúcsia. O mordomo fez um aceno solene concordando e pegou uma garrafa de gim de dentro de uma das cestas e uma jarra de creme. Cointreau.

— Eu não acredito! — exclamou Trudy, experimentando a bebida, os olhos fechados de prazer.

— E Pippa Sarkissian? — quis saber Herb. — O que é que ela vai querer?

— *Crème de menthe* — respondi.

— Uma garota antiquada, por trás de tudo isso. — Herb riu.

Gigi lançou a cabeça para trás.

— Creme de menta não é um coquetel, é um licor.

Herb voltou-se para ela.

— Álcool absoluto para você, meu bem?

— Um copo grande, por favor — disse Gigi em tom jocoso, girando o corpo e sentando-se de frente para Herb, as pernas longas dobradas graciosamente embaixo do corpo. Não sei como, mas ela havia conseguido trocar de roupa e agora usava um diáfano vestido coral frente-única e estava maquiada. Eu nem a havia visto sair. Herb pegou uma garrafa de champanhe e lhe serviu uma taça. Fiquei pensando se a provocação mordaz era verdadeira ou não. Gigi bebeu e suspirou, olhando à sua volta com olhos semicerrados, como uma leoa satisfeita. O céu começava a ficar rosa. — Depois disso — comentou Gigi — todo mundo pode se aprontar para o jantar, e os outros convidados vão chegar.

De volta à caixa transparente, Craig e eu subimos a escada metálica, seguimos pelo hall que dava para o resto da casa e fomos para nosso quarto, descrito alegremente por Gigi como "a terceira porta". O perfume de jasmim era forte e doce. As cortinas estavam fechadas. Acendemos as luzes. Duas lâmpadas idênticas lançaram um brilho quente sobre uma cama de aço inoxidável, um acolchoado branco e fronhas de linho bordadas. E, colocados sobre a cama, de forma organizada, estavam todas as nossas roupas, nossos livros e, dentro de uma bolsinha, as drogas que havíamos trazido para o fim de semana: um punhado de comprimidos, um bloco de haxixe e uma colher tostada, que Terry e Jed sempre carregavam, só para garantir, embora nenhum deles fosse viciado.

Craig fez uma careta.

— O idiota do mordomo.

— Ele é um brincalhão. — Pulei em cima da cama e abri a bolsinha. Craig se jogou em cima de mim, me provocando com o cotovelo. Eu não estava com disposição para um grande desempenho sexual, então o fiz gozar com a minha boca, depois escovei os dentes, tendo decidido ir sóbria para a festa, exceto por um comprimidinho de Valium, o que não era nada, só me acalmava e deixava um pouco entorpecida. Não queria dar àquele odioso mordomo o prazer de me ver doidona. Mas, também, não queria que Herb me visse drogada. Não admitia isso, mas, no fundo, já alimentava o desejo de que Herb gostasse de mim.

O inexpressivo Craig ainda estava tomando banho. Era extremamente vaidoso, então levava uma vida para se aprontar para qualquer coisa. Desci sozinha, meus passos ecoando na escada metálica. Sam Shapiro estava ao lado de Herb. Eles olhavam para fora da imensa parede de vidro, conversando, com copos de bebida na mão. Ao me escutarem, ambos se viraram e olharam para cima.

— A namorada do artista — disse Herb. Eu estava usando uma saia velha de bailarina com um corpete azul e minhas botas de cadarço. Batom vermelho-vivo, unhas pretas brilhantes. — Venha para cá. Conversar com a gente.

Eu me sentei no sofá. Sam e Herb sentaram-se diante de mim. Olhavam-me como se eu fosse um espécime de uma tribo de pigmeus recém-descoberta.

— Então, Pippa — começou Herb. — Como é normalmente seu café da manhã?

Sam deu uma gargalhada, um riso estrondoso e irritante.

— Em geral não como nada — respondi.

— Ela por acaso parece que toma café da manhã? — perguntou Sam.

— Bom, aí está o seu primeiro erro. — Herb balançou um dos dedos em minha direção paternalmente.

— Você vai direto para o estúdio, então? — quis saber Sam.

— Não tenho um estúdio.

— Você deve ser uma artista, vestida dessa maneira — disse Sam.

— Não sou.

— Você faz o que, então? — indagou Herb.

Dei de ombros.

— Trabalho numa loja de roupas

— Você deve ter algum tipo de ambição — observou Herb.

— Por quê? — perguntei. Ele parecia surpreso, como se tivesse notado alguma coisa estranha no meu rosto.

— Bom, eu lhe dou os parabéns — disse. — Você deve ser a primeira pessoa a entrar nesta casa que não tem alguma ambição, frustração ou qualquer outra coisa. Até o mordomo está escrevendo um conto. Ele me deixou a par da novidade ontem.

Gigi saiu às pressas da cozinha, enrubescida e irritada. Herb levantou-se e foi até ela rapidamente. Falaram em sussurros por alguns instantes. Ele pôs a mão sobre os ombros dela. Ela enxugou as lágrimas da face. Sam olhou para mim e arqueou as sobrancelhas, cochichando:

— Cuidado com a mulher dele

Os outros convidados foram chegando aos poucos durante a hora seguinte. Gradualmente, ficou claro que Herb e Gigi tinham gostos diferentes em relação às pessoas. Os amigos de Herb eram intelectuais, uma turma séria e irônica. As mulheres, pelo que demonstravam, não tinham mais ilusões e não as tinham havia anos. Os homens se olhavam de frente e permaneciam juntos, conversando compenetrados sobre assuntos importantes. A gangue de Gigi era mais jovem, decadente. Havia um diretor de teatro que chegou usando um macacão atoalhado; uma atriz que, ouvia-se aos cochichos, havia trabalhado com Warhol; e um playboy nada convencional, herdeiro de uma famosa gravadora. Craig e o restante de nós havíamos sido convidados para fazer a balança pender para o lado de Gigi.

Quando escureceu, pequenas tochas bruxuleavam ao longo do caminho que levava à praia. A casa cintilava à luz de velas. Eu ia de um lado a outro, com um refrigerante na mão, escutando fragmentos de conversas. Sobre as mesas, via-se uma comida magnífica. Sentada à mesa com alguns convidados, todos já servidos, Gigi, de vez em quando, retirava de uma gavetinha da mesa uma sineta de prata. O sininho emitia um belo som. Sempre que o fazia soar, o mordomo, ou a empregada, aparecia, e Gigi solicitava mais uma garrafa de champanhe, ou algo especial que exigia uma certa elaboração no pedido. Ela olhou para a empregada e com uma expressão de criança mimada.

— Alfonsa, peça a Maria, por favor, por favor, para ela fazer uma mussezinha de chocolate, só para a gente sentir o gostinho?

Alfonsa sorriu, olhando para as esmeradas sobremesas que estavam diante da patroa e saiu. Pobre cozinheira.

Eu observava Herb aqui e ali, trocando ideias com os homens sérios ou ouvindo, com um sorriso indiferente, as conversas dos amigos extravagantes de Gigi. Tinha a estranha sensação de saber o que ele sentia; interpretava sua fisionomia. Sabia quando estava desinteressado, impaciente, ou satisfeito. Mas, depois de um certo tempo, o perdi de vista. Sam Shapiro aproximou-se de mim na varanda onde eu estava com o inexpressivo Craig e Terry. Os dois estavam rindo e se abraçando, e fiquei imaginando que eles fariam um belo par. Estava cansada de Craig, com aqueles olhos inchados, o rosto sem expressão e os cabelos louros e lisos sempre arrumados na cabeça. Ele era o mais talentoso do grupo, mas era frio e, na cama, havia nele uma tal falta de entusiasmo que me desencorajava.

— Bela noite! — exclamou Sam. Eu me virei para ele e pensei o que sentiria se o beijasse. Era óbvio que seus pensamentos eram semelhantes aos meus. Mas, no meio da conversa, pedi licença e saí. Pensei, enquanto andava pela casa contemplando todas as estrelas visíveis no céu noturno através do enorme telhado de vidro, que a verdade era que eu não estava mais a fim de ninguém, nem de nada. Queria dormir durante sete meses. Estava esgotada. Exausta. Entediada. Acho que estava deprimida, mas não pensava em coisas desse tipo naquela época. Percebi que havia uma luz acesa no chalezinho amarelo. Fiquei pensando se poderia entrar ali, ou se seria domínio particular de Gigi e Herb, o lugar onde eles viviam sua relação misteriosa. A porta estava entreaberta. Espiei pela janela. A televisão estava ligada, exibindo um jogo de futebol americano. Homens de capacete caíam uns sobre os outros e terminavam amontoados. No sofá, com os braços estendidos no encosto, lá estava Herb. Abri a porta e entrei.

Ele levantou a vista. Quando me viu, seu rosto contraiu-se num sorriso.

— Exatamente a garota que eu queria encontrar. Você gosta de futebol?

— Gostava... tenho quatro irmãos.

— Sente aí. Refresque as lembranças. — Ficamos assistindo ao jogo durante alguns minutos. Furtivamente, observava seu perfil. O nariz longo e a testa larga, os cabelos grisalhos espessos, surgindo do rosto como uma onda, o faziam parecer um imperador. Jamais vira um homem que transparecesse tamanha autoridade. Ele me ofereceu pistache e uma Coca-Cola, de um refrigerador próximo à televisão.

— Essa é a casa mais incrível que já vi — observei.

— Não é uma casa, é um buraco do inferno — disse Herb. — Nenhum móvel é confortável, fora este sofá. É como morar num aquário.

— Então por que é que você mora aqui?

— Minha mulher. — Ele fez um gesto que abrangia o chalezinho, a casa e o mar ao longe. — Não dá para viver assim. Não que eu seja pobre. — Assistimos a um outro jogo. Quando apareceu um comercial, ele virou-se para mim. — Então, garotinha. Não acha que está na hora de mudar de vida?

— O que você quer dizer com isso?

— Não é desanimador ser tão sem objetivo? Quer dizer, sei que é jovem, mas uma pessoa assim tão doce...

— Não sou uma pessoa doce.

— As pessoas podem ser experientes e doces. Estou falando de uma qualidade inata. Faz muito tempo que não vejo isso em ninguém. — Fiquei abalada ao perceber lágrimas me subindo aos olhos. Herb varria meu rosto com seu olhar, como se estivesse faminto por minhas emoções. Naquele exato momento, a porta se abriu, e Gigi correu em direção a Herb, rindo e puxando-o do sofá. O grupo estava indo à praia.

— *Andiamo*! — Ela o arrastou pelos braços, e ele saiu quase correndo, desajeitado, como um bode andando sobre as patas traseiras.

Uns corriam, outros saltitavam e outros se arrastavam em direção à praia. Terminei o namoro com Craig de forma brutal a caminho da praia. Expliquei que precisava de um tempo na relação amorosa. Não que nossa relação fosse amorosa. Ele ficou um pouco mal-humorado depois disso, mas Terry fez o possível para confortá-lo, e em meia hora ele já estava se despindo com meus outros amigos. Pareciam iscas de anchova, todas aquelas pessoas, algumas totalmente nuas, outras meio vestidas, entrando na água. Eu permaneci vestida e fiquei pensando nos tubarões. Sentia-me melancólica. Algo havia despertado em mim. A cerca de cinco metros de distância, vi Herb, também vestido, observando a mulher, enquanto ela se divertia de calcinha e sutiã, parecendo Afrodite surgida do mar vestida em lingerie. Nunca vira uma mulher com formas tão perfeitas. Quando me virei para Herb, ele olhava em minha direção. Não tinha certeza, mas parecia que tinha os olhos em mim.

Na manhã seguinte, jogamos tênis. Éramos eu e Craig contra Gigi e Jed. Herb ficou por perto observando, uma toalha em volta do pescoço. Ele já havia jogado contra Sam Shapiro. Gigi se envolveu no jogo. Sempre que marcava um ponto, dava um pulo, exultante. Quando perdia a jogada, corria para Herb e colocava a cabeça em seu peito. Num dado momento, depois de perder dois lances seguidos, atirou a raquete no chão, virou-se e saiu correndo para a casa. Herb prestava atenção a tudo. Com seu andar lento e descontraído, caminhou até a quadra, apanhou a raquete da mulher e deu o saque

* * *

De volta à rua Orchard, Terry agora juntara-se ao inexpressivo Craig, então fiquei com o seu quarto, que ela pintara de um tom avermelhado numa crise de ciúmes, anos antes de eu ser adotada pelo grupo. Nos velhos tempos em que o Lower East Side era um bairro judaico, aquele sobrado havia sido destinado à fabricação de cintas para mulheres e era cheio, sem dúvida, de mulheres e crianças de olhos encovados, costurando desvairadamente, ombro a ombro, por um salário miserável. Mas os tempos haviam mudado. O bairro agora era um reduto dos hispânicos, de alguns artistas na busca desesperada por um aluguel barato e, claro, dos drogados.

Quando acharam aquele lugar, Jed, Craig e Calvin puseram, eles mesmos, as divisórias, criando um espaço com vários quartos e estúdios. As janelas altas e empoeiradas permitiam a entrada de bastante luz. O recinto era iluminado, mas imundo, com uma toalha úmida permanentemente pendurada na porta de vidro do boxe mal-acabado, e fios de cabelo grudados ao sabonete lascado e descolorido. A cozinha era na sala e tudo que tinha era uma chapa de aquecimento elétrico em cima de um refrigerador pequeno. Quando se andava descalça, a poeira grudava nos pés. O ar cheirava a cigarro, tinta a óleo e ao poliuretano que Jed usava para laminar suas esculturas: animais empalhados armados em molduras elaboradas e almofadadas, pintadas com destreza no estilo de Tiepolo. Minhas roupas e cabelos cheiravam a esse coquetel de odores.

Desde a mais recente mudança de aliança romântica, Craig andava um tanto reservado comigo. Acho que se ressentiu com o término abrupto do nosso namoro na ida para a praia, na casa de Gigi e Herb. Em geral, nossas trocas eram realizadas de forma tácita e bem mais suave, não como a separação de um casal comum. Talvez tivesse se sentido insultado pelo meu gesto descabido, o que dava a entender que ele havia se importado, o que não era o caso. Jed e Calvin, ambos esperaram que me mudasse para a cama de um deles, como eu normalmente teria feito, mas estava cansada demais. Na semana seguinte ao retorno da casa de Herb e Gigi, dormi a maior parte do tempo, quando não estava no trabalho. Acho que estava tentando evitar meu próximo namorado. Dormi tão profundamente naqueles dias que dava a impressão de eu poder simplesmente sair flutuando em algum sonho e morrer.

Quando Herb me telefonou, eram 13h e eu não tinha que ir para o trabalho até as 21h. Ninguém mais estava em casa, a secretária eletrônica estava desligada e o telefone tocava sem parar. Finalmente me levantei, saí aos tropeções e me sentei no chão recostada na parede, enquanto atendia ao telefone, murmurando "alou", e lutando para acender um cigarro que encontrara num maço amassado embaixo da mesa. Meu pescoço estava pegajoso, minha vista fora de foco. Estava quase incoerente de sono. Ele me convidou para o café da manhã. Mesmo meio consciente, eu sabia que não devia sair com ele, bem casado como era, mas não conseguira tirá-lo da mente desde o dia em que me disse que eu era doce. Para lhe provar o contrário, talvez, aceitei.

Herb me tratou como um amigo. Demonstrou o carinho de um tio. Pediu ovos e café à vontade para mim e brincou dizendo que era esbanjador. Eu disse que ele era um velho chato. Depois desse dia, nos encontramos muitas vezes. Perambulávamos pela cidade, rindo e conversando. Ele me achava divertida. Junto a Herb, me sentia reconfortada. Uma vez, caminhamos até chegar à Avenida Madison. Ele me levou a uma loja caríssima e me fez experimentar um vestido preto formal. O tecido era leve e macio sobre a pele. O vestido me deixou extraordinariamente bonita. Eu o tirei. Então, como num sonho, enquanto passava um a um os casacos de seda nas araras, como as contas de um ábaco, ele me comprara o vestido. Comprou sapatos, também, muito altos, de saltos finos, com tiras ao redor do tornozelo. Sabia que não devia aceitar essas coisas e a verdade era que as achava um tanto ridículas. Eram flagrantemente sensuais para o gosto que adquirira naquele loft — não havia humor nem personalidade. Mesmo assim, me deram bastante prazer. Naquela ocasião, Gigi estava viajando, fora à Itália. Herb me convidou para um jantar na sua casa.

O elevador pequeno recendia a perfume de gardênia, misturado a um leve odor de alho frito. Sentei-me no banco de couro. Senti o frio na parte de trás das minhas coxas, que estavam nuas, porque usava o vestido formal que Herb me dera. Cobri meu corpo com o casaco velho que estava usando e dirigi a vista para as paredes, que eram acolchoadas com um tecido de linho pesado, da cor de ametista. Imaginava-me de mudança para o elevador — onde poderia colocar a cama, uma pia, um tapete pequeno — quando a porta se abriu diretamente no apartamento de Herb. E lá estava ele, seu semblante de imperador contraído num sorriso, os braços compridos abertos.

— Linda! — exclamou. Saí do elevador meio desequilibrada nos saltos altos que Herb me comprara naquela tarde. Ele me abraçou. Usava um suéter marrom macio. Dava a sensação de estar tocando um coelho. Seu perfume lembrava o cheiro de limão. Quando me soltou, olhei em volta. Era um apartamento antigo, disse ele. Construído antes da Segunda Guerra Mundial. Gigi decorara o lugar em vermelho, azul e amarelo. — É um pouco como uma casa para crianças com doença mental.

Sentamo-nos nas extremidades do sofá vermelho-papoula, tímidos por estarmos sozinhos no apartamento dele. Uma pintura grande de Yves Klein, com gravuras de mulheres nuas em azul sobre a tela crua, estava pendurada na parede à nossa frente. Herb foi até a cozinha e voltou com uma garrafa de champanhe. Bebemos. Eu estava com muita fome; senti o álcool me subir à cabeça imediatamente. Fiquei pensando no que Suky diria se me visse naquele momento, tomando champanhe, em *trajes caríssimos*, como costumava dizer. Que mistura de alegria e ciúme se combinaria dentro dela! Terminei minha taça, ele me serviu outra e pegou um saco de batatas fritas.

— Dispensei a empregada, então acho que vai ser somente eu hoje. Não vai ter o serviço que merece.

— Tudo bem — disse eu. Pensava apenas em seu tórax largo, sua voz de barítono, reconfortante, o jeito folgado de suas calças *côtelé*, o senhor Brown usava calças assim. Seria por isso que eu estava ali? Pensei. Por causa das calças *côtelé*? Subitamente, fui tomada pelo sono e senti vontade de me deitar. Comi muitas batatas fritas.

— O jantar está quase pronto. — Ele se levantou. — Não se desespere.

A sala de jantar era toda em branco: mesa Lucite, piso de mármore, cadeiras de plástico translúcido, lustre de cristal. Herb puxou uma cadeira para eu me sentar, em seguida pôs uma tigela grande de massa com molho de tomate entre nós dois.

— Espero que o molho esteja bom. Não cozinho nada desde os 30 anos. — Foi a comida mais deliciosa que eu jamais comera. Comi como se estivesse faminta. Ele colocou mais no meu prato. — E então, Pippa. Devo dizer algumas coisas de que gosto em você?

— Diga — respondi, com a boca cheia de espaguete.

— Vamos ver. Você não é exibida, mas acho que é um bocado esperta. Leva uma vida bastante original, para esta cidade. Está nela pela experiência, não é? — Dito dessa forma, totalmente perdida soava como uma coisa boa. — Você é bonita, mas discreta em relação a isso. Nem sequer parece saber como é atraente. E... eu não sei bem, parece que há uma certa tristeza, e eu gosto de tristeza. Com moderação.

— Gosto de suas calças *côtelé* — comentei.

— Só isso?

— Não. Gosto de seu rosto. Sua voz. Eu... isso vai parecer muito estranho.

— Diga.

— É como se eu sentisse o que você está sentindo. Quando está triste, ou nervoso, ou feliz... sinto no meu corpo, em meus dedos.

— Que coisa extraordinária. — Herb se sentou e olhou para mim por um instante. — Não quero nunca que você se reprima quando estiver comigo. Quero conhecer você, Pippa. Quero saber quem você é. Me conte uma coisa sobre você. A coisa mais importante.

Pensei um pouco sobre aquilo. Então, tirei meu casaco, me levantei, peguei meu prato com espaguete, coloquei-o no chão frio de mármore ao lado da cadeira dele, fiquei de quatro em minhas roupas elegantes, e levei a boca ao prato, comendo como um cachorro. Sabia que ele ia ver as marcas que Shelly e Kat haviam deixado nas minhas costas. Nunca me senti tão nua, nem antes, nem depois. Após alguns segundos, ele me pegou pela cintura, colocou-me no colo, mergulhou seu guardanapo no copo de água e limpou meu rosto. Seus olhos úmidos brilhavam.

— Não, não, não. Não acredito. Quem fez isso com você?

Herb me levou para um quarto. Não era o dele; ele me disse que aquele não era o quarto dele. Disse que eu era uma rainha.

— Não sei quem colocou esse feitiço em você, minha querida. Mas se eu prestar para alguma coisa é para lhe mostrar como você é maravilhosa. — Quando ele colocou a mão no meu abdome, senti uma dor profunda, latejante, não dor, mas desejo, desejo em meu ventre. Essa é a única maneira como consigo descrevê-lo. Fiquei tão molhada que molhei o vestido e os lençóis. Aquela foi a primeira noite em que eu realmente fiz amor. Não foi uma transação, o meu prazer e o prazer dele, "e aqui está seu troco, senhora", foi simplesmente algo sem palavras, sem pensamentos e completo, como duas ondas que se chocam e se tornam a mesma água.

E foi assim que enterramos Gigi Lee e chutamos a areia sobre seu corpo perfeito com nossos pés descalços, enquanto nos entrelaçávamos em sua cama de hóspedes.

Mantida

Herb alugou um apartamento de sala e quarto para mim na Sétima com a Lexington, num edifício com portas metálicas brilhantes e um porteiro chamado Nathan. Sentia-me como uma estranha na parte sul da cidade; vestia-me inadequadamente para tudo, até para comprar leite. Mas, a cada dois ou três dias, Herb me trazia uma roupa nova, até que deixei de me sentir malvestida. Só achava que estava assumindo a identidade de outra pessoa. Herb me pegava todas as tardes no meu novo trabalho, numa loja sofisticada de calçados na Avenida Madison, e me acompanhava até o meu pequeno apartamento. As paredes eram de um branco puro azulado. Havia uma mesa de pinho na cozinha e um sofá preto na sala. Eu mantinha o lugar imaculado. Queria que a casa fosse como um vazio, um lugar para uma pessoa se transformar em outra. Não tomava comprimidos. Não me metia em encrencas. Herb me disse que eu era sua verdadeira mulher; que finalmente havia me encontrado.

Quando me disse isso, fiquei eufórica, sem querer acreditar, rindo.

— Você é louco, por acaso? Isso é a última coisa de que precisa.

— Vejo algo em você. — Ele olhou para mim com firmeza e retirou os cabelos dos meus olhos. — Alguma coisa que você não vê.

— De qualquer maneira — afirmei, sombria —, você já tem uma mulher.

Ele se recostou nos travesseiros.

— Se eu tiver que viver com aquela louca por mais uma semana, eu me enforco. Há anos espero que ela tenha um caso amoroso para poder dar o fora. Mas ela não tem. A vaca.

Eu ansiava por dizer sim, mas tinha medo de Gigi e tinha medo do que eu poderia fazer a Herb. Eu praticamente magoava todas as pessoas que amava. Como podia confiar em mim mesma a ponto de me casar?

Pivô

A campainha tocou, o que era um mau sinal. Não havia pedido nenhuma entrega e Herb tinha as chaves. Ninguém mais sabia onde eu estava. Perguntei quem era e ouvi a voz de Gigi. Um pavor me subiu pelos punhos. Respondi que estava descendo. Achei que estaria mais a salvo na rua. Enquanto vestia o casaco, ouvi uma batida na porta. Pensei em fugir pela escada de incêndio, mas depois abri a porta. Lá estava ela, belíssima, como algo saído de *A Doce Vida*, de vestido preto e casaco de peles, os cabelos longos escuros e franja, aquela boca caída, voluptuosa, o rímel em excesso ao redor dos olhos trágicos. Andou pela casa sobre o salto agulha, sem dizer nem uma única palavra, examinou a cozinha, espionou o quarto e o banheiro. Depois parou e me olhou com atenção. Eu usava uma camiseta sem mangas e calças de moletom e tinha os cabelos ralos presos num rabo de cavalo. Parecia sua massagista, ou talvez sua professora de tênis, mas não sua substituta. De forma alguma.

— Sua puta — xingou ela. Que maravilha aquilo.

— Não sou uma puta — retruquei.

— Não é uma puta que é paga pelo sexo? O que é que você chama isso, então? Eu sabia, desde o primeiro minuto que botei meus olhos em você. Sabia que você não prestava... uma predadora, e do pior tipo, do tipo inconsciente. As coisas simplesmente "acontecem" para você, não é? E sem perceber, rouba meu marido!

Tentei ver se havia uma arma dentro do casaco aberto. Achei que se estivesse desarmada, eu poderia me defender.

— Desculpe — consegui dizer.

— Ele me disse que ama você — informou Gigi.

Não sei como terminou agarrando-se aos meus joelhos. Olhei para baixo, e ela estava ajoelhada, o casaco estendido nas costas como a cauda de uma rainha anã.

— Você pode continuar aqui, se encontrar com ele, ter um caso amoroso, mas não tome ele de mim, por favor, não tome ele...

Não me lembro do que falei. Acho que foi algo como:

— Está bem, não tomo —, porque ela foi embora como um borbotão de fumaça.

Não consegui fazer sexo com Herb depois daquilo. Sabia que devia me mudar, mas realmente não tinha dinheiro suficiente para o seguro de fiança locatícia de nenhum apartamento, a menos que encontrasse uma pessoa para dividir as despesas comigo, e não conhecia mais ninguém. Não podia voltar para Jim, nem para Trish nem para Suky, nem mesmo para o loft. Quer dizer, podia ter voltado, mas sabia que isso causaria um desastre. Herb foi muito compreensivo. Insistiu para que eu ficasse no apartamento sozinha, mesmo que isso significasse que ele teria de ir para um hotel, porque seria muito doloroso continuar com Gigi, agora que ela sabia. Ele me telefonava e dizia que me amava dez vezes por dia, me enviava flores e me mandou um colar. Recusava-me a falar com ele. Quando voltava para casa do trabalho, me encolhia na cama e tentava não pensar em me drogar. Havia uma igreja católica na rua e, embora não fosse católica, ia lá frequentemente. Não tanto para a missa, mais para me sentar, rezar e pedir perdão e mais perdão. Tudo o que fiz na vida foi causar desgraça e infelicidade, e continuava a fazer a mesma coisa. Escrevi um bilhete para meus pais dizendo que estava bem, que tinha um lugar para morar e que eles, por favor, não se preocupassem e que provavelmente era melhor eu ficar afastada de agora em diante, considerando-se as circunstâncias. Pretendia não colocar meu endereço no envelope, mas terminei colocando.

* * *

Um dia, pela manhã, Herb entrou no apartamento, me arrancou da cama, me vestiu, me enfiou no seu Jaguar e me levou para a sua casa de praia para que eu pudesse dar uma caminhada na areia e respirar à beira-mar. A caminho da casa de boneca emoldurada em vidro, me deixei transbordar de carinho por Herb, com a mesma inebriante certeza que tomara conta de mim enquanto o observava na festa de Gigi: a de que o conhecia, o compreendia e desejava sua companhia. Ele foi, portanto, muito esperto em me fazer retornar àquele lugar.

Quando voltamos, já era noite. Estávamos numa estrada rural estreita. Os faróis do carro bateram em cima de um veadinho na beira da estrada. Tinha as pernas dobradas por baixo do corpo e as orelhas empinadas. Herb parou o carro no acostamento. Saímos. Quando nos aproximamos, percebemos que a criaturinha estava assustada, tremendo, mas não correu; arriou as orelhas e baixou a cabeça.

— Talvez a mãe tenha sido atropelada — sugeri.

— Está com as pernas quebradas — Herb observou. — Do contrário, teria fugido.

— Será melhor levar a um veterinário? — perguntei.

Herb levantou o corpo trêmulo do veadinho. As duas pernas traseiras penderam, inúteis e sangrando; as pernas dianteiras fizeram um movimento patético como um galope no ar.

— Um veterinário não vai poder fazer nada — disse ele.

— Não podemos deixar o bichinho aqui — insisti.

Herb colocou o animal no chão com muito cuidado e voltou para o carro. Eu me sentei a seu lado. Ele ficou em silêncio por um longo tempo. Inspirou fundo e depois expirou.

— Feche os olhos e os ouvidos — pediu.

— Por quê? — perguntei.

— Faça isso — Ele recuou o carro por uns cinco metros. Pelo para-brisa, fiquei olhando para o veadinho, com um brilho branco fantasmagórico causado pelos faróis. Herb engrenou a marcha e pisou no acelerador. Eu gritei, mas ele não desviou. Apertei os olhos, senti o impacto quando atingimos o animal. O carro havia parado. Herb deu ré, saiu e foi ver se ele estava morto. Em seguida, voltou para a estrada e nos conduziu de volta à cidade.

Permanecemos em silêncio na volta para casa. Quando paramos em frente ao meu prédio, ele me olhou.

— Ele teria morrido de fome ou congelado, ou teria sido devorado — explicou. — Sabia?

Eu fiz que sim com a cabeça. Ele dormiu na minha casa naquela noite. Bem cedo pela manhã, acordei com o som de seu choro. Desvirei-o e lhe enxuguei as lágrimas. Eu o amei naquele momento. Ter a coragem de fazer uma coisa que lhe

causa tanto mal. Um ato estranho de bondade. Foi naquele momento que tive a certeza absoluta.
— Vou me casar com você — declarei.
— Vai mesmo? — Ele parecia confuso.
— Como não?

Bala

Herb me telefonou de uma cabine telefônica da Park Avenue.
— Eu disse a ela que vamos nos casar.
— E como foi?
— Horrível, e depois... menos horrível.
— Então venha para casa — disse eu. Ele foi. Fizemos ovos mexidos, assamos umas rosquinhas, assistimos a programas ruins na televisão deitados na cama até as 3h da manhã. Estávamos muito felizes.
— Você precisa ter um pouco de cuidado — avisou Herb — com Gigi.
— O que é que você quer dizer? Ela vai tentar me matar?
— Não, não, não. Mas ela é explosiva. E está se sentindo desprezada. Então se a campainha tocar e você estiver sozinha aqui, é melhor não atender.
— E se eu estiver esperando entrega de algum restaurante?
— Não faça pedidos se eu não estiver aqui.
Algumas semanas se passaram. Herb gradualmente levou todas as coisas dele para o apartamento: caixas de livros, alguns pôsteres emoldurados de filmes antigos e o seu guarda-roupa que, embora fosse limitado, era de alta qualidade. Os papéis do divórcio estavam sendo preparados. Gigi permaneceu a distância. Vivemos num casulo de contentamento. Quase não visitávamos ninguém. Somente Sam Shapiro, o aliado de confiança de Herb, compartilhava de nosso segredo. Algumas vezes por semana, nós três saíamos, e Sam

nos presenteava com histórias sobre sua desastrosa vida amorosa, ou reclamava de seu último romance.

Numa dessas noites, Sam chegou ao apartamento antes de Herb. Reclinou-se no sofá preto bebendo um copo de suco de abacaxi e observando reflexos alaranjados e tremulantes do sol poente aparecerem e desaparecerem em quadrados na parede. Seu rosto jovem, firme, como o de uma ave de rapina, brilhava com humor e curiosidade.

— Não tem nada alcoólico? — me perguntou.

— Nada — respondi. — Mas posso preparar um sanduíche.

— Tem certeza de que está limpa? — perguntou, me olhando de soslaio ceticamente.

Eu ri.

— Não acredita?

— Há duas linhas de pensamento em relação a mudança nos seres humanos. Sim e não.

— O que você acha?

— Basicamente... não. Mas espero estar errado. Para o meu próprio bem. — Seu tom irônico era melancólico.

— O que mudaria em você, se pudesse? — dirigi-me a ele, com suavidade, mas de forma impulsiva, eu sabia.

Ele pensou por alguns segundos.

— Seria menos observador. Estou cansado de ser o espectro do banquete. Sabe, Pippa, sou um daqueles seres que não existem em sua totalidade. Vivo das outras pessoas. Mas todos os escritores são vampiros, Herb não lhe disse isso?

— Ainda não.

— Se eu encontrar a garota certa, ela me tornará real.

— Você acredita mesmo nisso?

— *Você é* real. — Olhou para mim com desejo sincero. O rumo da nossa conversa poderia ter mudado ali, naquele momento; Herb poderia ter chegado e encontrado um casal jovem apaixonado. Mas não me deixei levar. Eu realmente havia mudado, percebi. Não iria mais seduzir nem ser seduzida. Nem mesmo por aquela criatura voraz ali, tentando como estava evocar uma paixão verdadeira do íntimo de seu ser sempre reflexivo e observador. Desviei a vista e me levantei, consciente de que algo mudara dentro de mim, alguma porta interior que se fechara. Estava, finalmente, apaziguada.

— Então, Drácula, vou terminar em um de seus livros agora? A pequena transviada que se endireitou? — perguntei.

— Não acho que se enquadre em nenhuma das histórias que tenho na cabeça. — Ele voltou a seu tom misterioso usual.

— Por quê?

— Você é muito... na verdade, não sei. Eu ia dizer primitiva, mas não é isso. Esse sorrisinho triste, mas realmente aprecia a vida. Atraente, mas levada... você é uma mulher fatal, inexperiente, estranhamente calma, quase distante... Não se deixa pegar facilmente, Pippa. — Ele sorriu do próprio trocadilho.

Naquela noite, no táxi em direção ao centro, e sentada no cinema, me senti particularmente segura, acomodada entre aqueles dois homens, protegida por sua solicitude e desejo. Herb tomou a paixão de Sam como uma lisonja. Não se deixou afetar de maneira alguma. Sabíamos que eu era a garota de Herb.

Então, um dia, o telefone tocou. Herb atendeu.

— Alô — disse, surpreso e ansioso. Escutou por um longo tempo, fez algumas interpelações. Quando desligou, disse: — Não é realmente extraordinário?

— O quê?

— A Gigi nos convidou para ir almoçar na casa da praia.

— Por quê?

— Ela quer que a gente vá lá e mude a situação.

— *Mudar a situação*?

— Quer ser civilizada, quer ser sofisticada e mostrar que não se importa de me perder. Não sei.

— Você quer dizer que quer *ir*? E o que você falou sobre não abrir a porta para não receber uma facada no peito?

— Não, não, a voz dela estava totalmente diferente. Calma. A Gigi tem um lado racional, que funciona nas horas mais estranhas. — Balançou a cabeça, rindo. — Aposto que ela tem alguém. Tem que ser isso. Vai apresentá-lo nesse almoço. Tudo na Gigi gira em torno da vaidade.

Então, no sábado seguinte, fomos até a praia. A proteção de vidro da casa brilhava ao sol. Dentro dela, a cabaninha estranha parecia estar à mostra num museu do futuro. Ao lado dela, poderiam ter colocado o seguinte letreiro: "Esta é a reconstrução de uma residência do início do século XX, completa com arte e utensílios de cozinha." Herb saltou do carro. Eu permaneci no assento como se magnetizada, meus membros pesados como chumbo. A pele no meu rosto era pesada, como barro. Sentia-me muito sonolenta.

Os passos de Herb sobre o cascalho soavam rápidos, otimistas. Escutei a mala abrindo. Abri a porta, coloquei a cabeça para fora e olhei para trás onde ele estava, tentando ver o que estava fazendo.

— Posso ir até a praia um instantinho? — perguntei. Achei que se me deitasse na areia, conseguiria retomar minhas forças. Enxergava somente a parte superior do rosto de Herb; a porta da mala obscurecia o restante. Quando fechou o porta-malas, tinha na mão sua raquete de tênis. Agarrava-se ao convite para um almoço conciliatório de Gigi um tanto demais, pensei. Não resistia à ideia de terminar de forma civilizada seu segundo casamento. O primeiro, dissolvido com ressentimentos havia mais de trinta anos, ele dispensara como uma união insípida de dois intelectuais principiantes que confundiram a paixão por *Assim falou Zaratustra*, com amor.

No momento em que Herb ia me responder, Gigi saiu da casa. A leve brisa moldava o tecido fino da sua túnica laranja ao corpo escultural, fazendo-a parecer um busto da Vênus Alada. Ela abriu os braços, depois pensou melhor e colocou as mãos na cintura.

— Bem-vindos — disse. Tive então de realmente sair do carro.

Entramos na casa. O perfume doce e forte de jasmim me atingiu como o calor, penetrou o meu cérebro e reavivou a lembrança da minha primeira visita — a visão de Herb e Gigi na praia, o chá suave e gelado, o leve sentimento de propriedade que sentira quando olhei para a praia da varanda. É preciso admitir: desejei a vida de Gigi naquele momento. Não era o dinheiro — não, não exatamente isso. Era que o dinheiro fazia tudo parecer perfeito. Dava a sensação de segurança. O perfume das flores frescas num quarto de hóspedes. O sabor suave do chá gelado preparado por outra pessoa. Era o oposto do caos, o oposto de tudo que eu conhecera até aquele momento. Enfim, queria ser protegida.

Sim, confesso: queria o que Gigi tinha, e de forma cega e impensada, mas inexorável, me empenhei em conseguir.

Quando entramos, Jerzi, o mordomo, dirigiu o mais sarcástico dos olhares a Herb, suas pálpebras arriadas, o semblante impassível, uma sobrancelha arqueada. Herb deu de ombros e se concedeu um leve sorriso. Sentado no sofá de couro branco-glacial estava Sam Shapiro, com um ar de surpresa e desconforto. Eu me virei para Herb, que cumprimentava seu jovem e tenso amigo com um forte aperto de mão e uma expressão de curiosidade estampada no rosto. Estariam Sam e Gigi juntos? Isso seria bom demais. E a maneira como ela deslizou os dedos sobre a mão de Sam quando lhe entregou um drinque, o seu sussurro audível ao pedir-lhe que pegasse o queijo e o salame na cozinha, quando logo Alfonsa estaria fazendo isso — tudo o levava a pensar assim. Herb prestou atenção especial a Sam, dando-lhe um tapinha nas costas e perguntando-lhe sobre seu último romance, assunto sobre o qual os dois haviam conversado na véspera, somente para demonstrar que não se importava de ele *estar* dormindo com a mulher que logo se tornaria sua ex-esposa.

Gigi não conseguira olhar de frente para mim. Sempre sorrindo, agitada, um tanto ansiosa, parecia satisfeita por estar tendo uma atitude tão original. No entanto, havia algo orquestrado em seus movimentos, gestos e expressões, como se imitasse a si mesma. Fui tomada pela inquietação. Herb sorria, dentes cerrados, determinado a passar por aquela provação para que conquistasse o que desejava. Sam parecia querer desaparecer. O chalezinho ocre no centro da sala tinha as persianas brancas fechadas em sinal de decoro, como se de olhos baixos de constrangimento. Percebi que não havia falado ainda. Na verdade, parecia que não me cabia nenhuma fala naquela peça que ali representávamos. Apenas existir era mais do que suficiente para mim. Afinal, eu era a razão de estarmos todos reunidos daquela forma. Eu precisava de falas tanto quanto Helena de Troia. Pippa, a Destruidora.

Foi servido um champanhe; cada um de nós bebeu uma taça. Gigi serviu uma segunda taça para Herb, lançando-lhe um olhar maliciosamente indiferente, o narizinho encolhendo-se no rosto, como ocorria sempre que estava a ponto de sorrir, mas não o fazia. Seria possível que estivesse flertando com ele? O champanhe me deixou com um enorme peso na fronte. Mais uma vez, queria me deitar, dormir, desaparecer dali. Preferia que resolvessem tudo sem mim. Alfonsa parecia preocupada enquanto dava os últimos toques na mesa posta para quatro. Trocou várias vezes a manteigueira e o saleiro de lugar, os olhos movendo-se de um lado a outro da mesa como se estivesse fazendo uma leitura dinâmica.

— Pode servir a comida agora, Alfonsa — ordenou Gigi, repreendendo-a suavemente, como se falasse a uma criança esquecida. Conduziu-nos à varanda com um gesto do braço.

— Respirar um pouco de ar puro antes de comer.

— Aqui dentro também tem oxigênio. — Herb adotou a velha atitude provocativa que tinha para com ela. Gigi deu uma risadinha, e durante alguns instantes achei que tudo ia se desenredar; abandonaríamos a cena como estava escrita e voltaríamos a nossos antigos papéis. Herb e Gigi: um casal unido pelo matrimônio; eu: a órfã adotada, mantida como um belo animalzinho de estimação, um tipo de representante da Ordem dos Desamparados; Sam: o amigo brilhante que assombrava sua própria vida como um fantasma, caçado por seu talento e abrigado, como eu, na casa de dois benfeitores inteligentes. Eu quase desejava que fosse verdade. Teria sido mais seguro dessa forma. Olhei para Herb. Ele me pareceu extremamente velho, vindo de um outro mundo. Queria que me abraçasse, para transpor a teia que eu tecia à minha volta, para nos tornar reais de novo.

Gigi entrou para supervisionar a comida. Imediatamente, nós três suspiramos.

— Bom, essa é uma situação estranha — comentou Sam.

— Sinto muito por você ter sido envolvido nisso — desculpou-se Herb.

— Eu não sabia o que estava acontecendo até vocês chegarem — disse Sam.

— Escute, é um peso tirado da minha cabeça. — Herb colocou a mão nas minhas costas.

— O quê? — perguntou Sam.

— Você e a Gigi.

— O *quê*? Ela me convidou para o almoço! É só *isso*!

— É o que *você* diz — observou Herb, sorrindo da nova situação em que Sam se via.

Sam me examinou com apreciação e sacudiu a cabeça em descrédito.

— A garota misteriosa — brincou.

Naquele momento, Gigi abriu as portas de vidro e nos conduziu para dentro. Nosso almoço foi posto na mesa como uma terrível oferenda a algum deus da vingança. A cabeça de uma novilha nos fitava de maneira trágica; um leitão rijo tinha a boca escancarada na qual fora enfiada uma enorme maçã. Entre essas monstruosidades, uma tigela de batatas douradas com perfeição e uma salada brilhante pareciam terra de ninguém.

— Esse almoço é em comemoração a se pôr tudo em pratos limpos — anunciou Gigi enquanto nos sentava à mesa, Herb à sua direita, Sam à sua esquerda, e eu à sua frente. Naquele momento, percebi que Herb ficou tenso. — Quer dizer, do mesmo modo que comemos costeletas e coisas desse tipo e nunca pensamos nas caras daqueles que foram mortos.

— É uma sorte ninguém aqui ser vegetariano — comentou Herb.

— Na América — continuou Gigi — vocês são muito realistas. Quer dizer, grandes gestos não têm lugar entre vocês. Essa aqui é a verdade como eu a vejo. Um porco por uma vaca. Uma troca justa.

— Quem é quem? — Sam não se conteve e perguntou.

Gigi deu de ombros com lágrimas nos olhos.

— Desculpe. — Sam cravou os olhos no próprio prato.

— Vamos parar com isso e almoçar — sugeriu Herb com voz branda, pegando uma faca de trinchar. — Quem quer porco?

— Primeiro, um brinde. — Gigi levantou a taça. Os raios do sol penetravam pela parede de vidro por trás dela e refletiam no cristal; uma estrela de luz brilhou em sua mão. — À transformação.

Nós todos erguemos nossas taças respeitosamente e bebemos. Então ela abriu a gavetinha da mesa, a gavetinha secreta onde guardava a sineta e retirou um objeto preto, brilhante, menor do que um ratinho. Era sólido e perfeito na palma de sua mão.

— Gigi. — Herb se levantando. — Me dê isso. — Ele estendeu o braço. — Me dê isso agora.

Ela sorriu para ele, um sorriso estranho, de satisfação, vitória.

— Não é engraçado — comentou ela — o modo como os homens sempre se casam com mulheres cada vez mais fáceis de dominar, até terminarem com uma imbecil? — Sam empertigou-se na cadeira, o rosto lívido demonstrava seu pavor. Gigi apoiou o cotovelo na mesa, o punho relaxado, a pequena arma preta pendurada na mão como a corola pendente de uma flor murcha. Em seguida, virou-se para mim. Esperei pela bala. Fiquei imaginando se seria no peito ou na cabeça. Eu me vi correndo em direção à porta, baleada nas costas. Com os olhos em mim, Gigi abriu os lábios como se fosse falar e enfiou o revólver na boca. Herb pulou sobre ela, segurando-lhe pelos ombros, enquanto o projétil explodia. Ao puxá-la de encontro ao peito, a cabeça dela caiu sobre a mesa, e um spray fino de sangue, na forma de um enorme leque japonês, espirrou dos seus cabelos negros encaracolados, salpicando sobre ele, sobre todos nós, como lava brotando de um vulcão enfurecido. O vidro atrás dela ficou vermelho como rubi. Herb inclinou-se sobre a esposa como se petrificado, o rosto coberto de sangue. Alfonsa gritava, correndo de um lado para o outro de forma inconsciente. Numa lentidão apavorante, o corpo escorregou pela mesa, pela cadeira, e caiu inerte no chão.

Eu, então, saí correndo daquela caixa envidraçada cheia de sangue, passei pelas portas de vidro, segui pela varanda, desci a escada de madeira apodrecida, seguindo pelo caminho estreito, os galhos dos pinheiros prendendo meu vestido como se fossem garras. Cambaleante, cheguei à praia; a areia me fazia escorregar e era grossa como uma toalha. Tirei os sapatos para continuar correndo, a areia escaldante queimando as solas dos meus pés, e me joguei na água gelada. Tudo de que me lembro é que queria ir para o fundo, bem para o fundo, na parte da água mais escura e mais gelada, onde pudesse limpar o sangue. Acho que estava gritando; um homem veio correndo em minha direção, acompanhado de um cachorro branco. Depois que mergulhei, ele me puxou para a superfície e me perguntou o que havia acontecido enquanto o cão nadava desesperadamente ao meu lado, latindo. Não conseguia responder. O que *havia* acontecido? Fora um suicídio, ou um assassinato? E se tivesse sido um assassinato, quem o teria cometido?

A casa

Um mês antes do casamento, Herb me convenceu a convidar meus pais. Achou que se eles não estivessem presentes, a cerimônia poderia não parecer real para mim. Não falava com Suky havia anos. Desligara-me dela completamente e, embora achasse que minha mãe deveria sentir-se secretamente grata por isso, ela de alguma forma me encontraria, apareceria em meu apartamento de olhar límpido e livre das drogas, pronta para ir às compras, ou sair para um milk-shake. Mas não aconteceu assim. As notícias que recebia da família vinham na forma de cartas informativas de meu pai, que me contava sobre os consertos do encanamento e do aquecedor, as façanhas de meus irmãos, e outras novidades. Elas sempre terminavam com "Sua mãe lhe manda um beijo". Interpretava essa frase como um insulto; Suky fizera sua escolha e não era eu. O conselho de Kat, esquecer o passado, olhar para a frente, somente para a frente, a longo prazo se tornou bastante eficaz. Gradualmente, parei de chorar por minha mãe. Esvaziei o sentimento que vinha de suas lembranças até que ele pendesse inerte na minha mente, como um porco suspenso por um gancho na vitrine de um açougue.

Meu irmão mais velho, Chester, às vezes me telefonava para se certificar de que eu estava bem, e ocasionalmente nos encontrávamos na cidade. Às vezes me dava algum dinheiro. Depois que desapareci, Chester cursou Medicina. Era médico agora. Mantinha a maneira de falar sombria e contrariada da juventude, mas isso lhe dava um ar de autoridade, um homem em quem se podia confiar. Fiquei surpresa ao ouvir sua voz quando finalmente reuni coragem para telefonar para a casa dos meus pais.

— Ela não está em condições de ir a um casamento — informou ele.

— O que é que você quer dizer? — perguntei.

— Ela está doente.

— O que é que ela tem?

— É complicado.

Herb e eu fomos a Connecticut no fim de semana seguinte. Des fez o que pôde para me convencer a não ir, mas eu precisava vê-la. Ao nos aproximarmos do Green, percebi que a pintura da casa estava descascando. Fiquei pensando em quando meu pai teria de se aposentar. Tocamos a campainha da porta da frente, o que me pareceu esquisito; nunca usara a porta da frente quando morava ali. Mas passara a ser uma estranha. Chester veio nos receber. Eu o abracei. Por trás dele, estava Des, parecendo menor do que antes, as bolsas sob os olhos avermelhadas, os cabelos grisalhos. Sempre fora calmo, mas agora dava a impressão de um homem resignado. Beijou-me na risca dos cabelos e me conduziu à sala de estar.

Ela estava sentada em sua poltrona predileta, usando um aconchegante casaquinho acolchoado e um vestido tão grande para ela que parecia pertencer a outra pessoa. Definhara de tal forma que restava dela muito pouco do seu antigo tamanho. Sempre miúda, ficara pequeníssima, uma coisinha de nada, com tornozelos que mais pareciam pulsos, os cabelos puxados para trás num rabo de cavalo bem preso, estilo Lucille Ball, os olhos brilhantes. Assemelhava-se a um objeto para mim. Minha mãe desaparecera. Herb ficou chocado, percebi. Era preciso muito para fazê-lo perder aquele seu ar de contentamento distante; Suky conseguiu sem tentar.

Ela sorriu educadamente quando entramos. Seu sorriso havia sido restaurado.

— Aceitam um chá, vocês dois? — Era ainda a mesma voz, aquela voz sulista, aguda, estridente, com um leve assobio provocado pela dentadura. Os músculos de uma das faces se contraíam involuntariamente. Tive vontade de sair correndo.

— Aceito, sim, obrigado — respondeu Herb. Sentou-se na beirada do sofá e observou a casa de Suky com admiração. Ela sorria para ele de forma cordial, enquanto Chester servia o chá; em seguida, ao tentar tomar o chá, as mãos dela tremiam incontrolavelmente. Herb virou-se para Des e lhe perguntou sobre o preço dos imóveis na região. Haviam subido? Quanto? E a sua paróquia? Diminuindo? Crescendo. Que interessante. Mantiveram essa conversa durante uns cinco minutos. Então houve um intervalo.

— Sou uma pessoa de sorte — comentou Suky. — Tenho quatro filhos maravilhosos.

— Cinco, mamãe — corrigiu Chester.

— Cinco filhos — repetiu Suky, sem convicção e com ironia. — O que me passou pela cabeça? — Então riu, olhando para mim, achei, com um ar furtivo totalmente destituído de calor humano. Não era possível que não gostasse mais de mim. Eu fora a paixão da sua vida! Seria possível que eu não significasse mais nada para ela, assim como ela para mim? Onde diabos ela estava? Onde estava a minha mãe? As lágrimas pingaram durante toda a visita, mas ninguém parecia perceber, e eu as esfregava como se sentisse coceira nos cantos dos olhos.

Depois, quando Des a ajudou a subir a escada para ir descansar um pouco, Herb e eu ficamos no saguão de entrada acenando-lhe um adeus, como se ela estivesse embarcando no *Queen Mary*. Na metade do caminho da sua lenta subida, ela parou, bem espigada. Des olhou para ela na expectativa. Eu sabia que se viraria e olharia para mim. Tinha de fazer isso. E quando o fez, através daquele seu olhar vazio, um fragmento de emoção, pungente como um estilhaço de vidro, penetrou em meu coração. Senti um ímpeto de subir correndo a escada e abraçá-la naquele minuto. Meus músculos começaram a se mover. Mas algo me fez ficar. Não conseguia. O momento passou. Ela virou-se e subiu o restante da escada. Des segurava-lhe o braço magro com a ponta dos dedos, como se fosse a haste fina de uma orquídea.

De volta à sala, me joguei no sofá com as pernas bambas. Chester nos disse num tom de voz baixo que lhe aplicava pequenas doses de anfetamina em combinação com vitaminas em pequenos intervalos. Precisava das injeções para viver. Ela se subalimentara durante anos, lastimou-se, balançando a cabeça com tristeza. Pensei em Sally, minha avó gorda. E em Suky, sempre ao lado do fogão, comendo uma tigelinha de pudim de arroz, nunca se sentando conosco à mesa por mais do que alguns minutos. Começara a tomar os comprimidos para não ter vontade de comer, para ter toda aquela energia, para poder ser a mãe perfeita, a esposa perfeita. Então a droga tornou-se sua personalidade. E eu fora tão má com ela!

Eu voltaria na semana seguinte, prometi a mim mesma. Voltaria e me sentaria com ela e conversaria sobre uma coisa e outra. Então lhe daria um abraço. Só não estava ainda preparada para isso. Não era o momento certo. Aconteceu que, fiquei tão ocupada preparando o casamento que tive de adiar minha visita. Nunca mais a vi. Em um mês estava morta; foi encontrada na cama, me disseram, com um prato de torradas intactas sobre a barriga murcha. E agora, se eu pudesse ter uma coisa, uma única coisa, eu pediria para passar uma tarde com minha mãe. Gostaria de lhe dizer o quanto ela é amada apesar de tudo, por causa de tudo. Eu gostaria de ter a chance de ser carinhosa.

Noviça

Meu vestido de casamento foi rosa-claro. Eu o via como branco, tingido com uma gota do sangue de Gigi. Nas fotografias de nosso casamento, pareço uma criança ao lado dele. Casamo-nos na igreja. Ainda consigo sentir o cheiro de poeira no ar, vê-la em suspensão no reflexo de luz laranja e azul que atravessava os vitrais circulares por trás da cruz. Senti-me como uma noviça fazendo os votos. Casar com Herb era adquirir uma pele nova, minha última chance de bondade. Sabia que se fizesse alguma tolice, decairia para sempre.

O início

Durante os sete anos que Gigi fora casada com Herb, ela não se preocupara em mudar seu testamento; quando morreu, os milhões que lhe pertenciam retornaram aos seus pais e ao seu império farmacêutico italiano. Herb ficou aliviado e surpreso ao saber disso. Teria sido, é claro, aviltante herdar a fortuna de uma esposa rejeitada; mas por que ela nunca havia mudado o testamento?

— Sempre foi paranoica — foi a resposta de Herb. Talvez ela estivesse certa.

Nenhum dos amigos de Herb o abandonou depois que Gigi se suicidou. Somente os velhos camaradas da mulher, uns poucos europeus, que Herb considerava enfadonhos e pretensiosos demais para o convívio social, afastaram-se dele — não que fizessem falta.

Quase todas as pessoas que Herb conhecia consideravam Gigi uma desequilibrada, como ficou demonstrado, e, embora todos achassem que o que acontecera tinha sido uma tragédia, sentiam-se aliviados por saber que Herb se livrara do fardo de uma mulher excêntrica e cada vez mais inconveniente. O que achavam de mim... Bom, eles me incorporaram ao grupo, assim como se adicionam passas a uma receita de bolo que não as requer, mas que também não será estragada por isso. Herb poderia ter se casado com uma lhama, e seu círculo de amigos a teria aprovado. Era um homem verdadeiramente carismático. Tinha um certo poder no mundo editorial, mas eram seu magnetismo dinâmico, seu apetite feroz pela vida, sua conexão com um período maior, titânico, pré-neurótico da vida literária americana, em que se bebia uísque escocês no jantar, se escreviam frases isentas de apologia e destruíam uns aos outros, inconscientemente, com uma ingenuidade infantil, que mantinham as pessoas sob sua influência.

Eu me apeguei ao casamento, segurei-o como a um bebê, alimentei-o, mimei-o. Nenhum homem foi amado como Herb. Ele se maravilhava com a genialidade da própria escolha quando eu lhe buscava os chinelos, massageava suas têmporas com óleo perfumado, passava metade do dia cozinhando. Eu ainda não sabia muito bem como ser essa nova pessoa. Não sabia administrar uma casa, cuidar de um homem, ser fiel. Mas, como uma dançarina que aprende uma nova série, contei com a repetição para treinar meu cérebro. No início, fiquei perdida naquele papel, considerando-me uma impostora ao forjar cheques com meu novo nome, escolher a decoração do nosso novo apartamento, vender a casa dentro da casa, e achar um lugar mais modesto e mais afastado, no interior, para os fins de semana. Não sabia muito bem comprar roupas nem planejar um jantar. Continuava fazendo de conta, brincando de me vestir, de atender ao telefone com um tom cadenciado, assim como fazia quando tinha 10 anos e me casei com Joey, um marido invisível. Trabalhei na minha nova identidade durante anos, até que a rotina de uma vida como mulher de Herb se tornou tão natural para mim quanto andar.

No entanto, foi somente quando fiquei grávida dos gêmeos que realmente passei a ficar segura de mim. Essas duas criaturas mexendo-se no meu interior eram um fato real.

Tinham sangue, olhos, destinos. Ao contrário da mãe, nasceram perfeitos, homem e mulher, completos. Achei que havia algo de mágico em serem um menino e uma menina gêmeos. Era um presente, um sinal. Dediquei-me a eles com a alegria de uma penitente. E, gradualmente, nas noites em que ficava acordada entre Ben e Grace, quando eles, dormindo, agarravam-se aos meus cabelos com suas mãozinhas macias e mornas, respiravam no meu pescoço, enlaçavam-me com seus braços gordinhos e pernas fortes sobre o meu ventre, comecei a mudar de forma mais profunda. Os membros de meus filhos cresciam a meu redor como raízes; tornei-me parte deles. Comecei a querer o que para eles me parecia necessário. Usando Suky como modelo às avessas, forçava-me a comer alimentos saudáveis, raramente bebia e não tomava remédios.

À medida que os gêmeos cresciam, ficou claro que tinham personalidades opostas. Ben era meigo, curioso, inteligente. Gostava de todos os esportes, era um bom aluno e, aos 13 anos, depois da escola, trabalhava no setor de correspondência na editora de Herb. Era um garoto responsável e sensato.

Grace era irritadiça, agressiva, uma líder. Parecia estar sempre em alerta, atitude que se revelou preocupante aos 5 anos de idade, quando deixou um garoto inconsciente com um bastão de softball, por ter roubado as balinhas SweeTart de seu irmão. Nos três primeiros anos de vida, recusava-se a vestir qualquer roupa. Ainda tenho uma cicatriz no pulso de uma dentada que me deu quando tentei pôr nela um vestido de festa; íamos a um casamento. Por fim, tive de contratar uma baby-sitter e deixá-la em casa, porque tudo o que queria usar era um colar de contas. Todos os pentes da casa tinham dentes quebrados, das tentativas de desembaraçar aqueles cabelos louros grossos e desalinhados, que cresciam em cachos rebeldes adornando seu rosto inteligente e luminoso. Grace sentia tudo com uma intensidade alarmante. Às vezes era tão possessiva em relação a mim que seu afeto parecia um saco plástico sobre meu rosto. Devo admitir, meu sentimento por ela chegava a ser igualmente violento, e em algumas ocasiões me assustava, porque me lembrava de Suky e de seus abraços sufocantes, da forma como me beijava, fazendo-me rir de tal forma que eu terminava chorando, sentindo-me esmagada e achando que ela realmente me mataria. Com Ben, não havia esforço. Eu o adorava, ele me adorava, e pronto. Mas com Grace, era um caso de amor, completo, com ímpetos de raiva, brigas que terminavam em lágrimas e reconciliações carinhosas.

Uma noite, quando Grace tinha 8 anos, observei-a na surdina. Colocara os gêmeos na cama uma hora antes e fui, na ponta dos pés, verificar se estavam bem. Espiei pela porta que se encontrava entreaberta. Ben dormia um sono profundo. Grace, no entanto, acendera a luz do abajur e estava dançando. A camisola branca e o ninho maluco de cabelos louros brilhavam sob a luz incandescente. A dança era tanto selvagem quanto graciosa. Ela sussurrava uma música, ou um feitiço, enquanto rodopiava incessantemente como um dervixe, as mãos formando arabescos no ar. Enquanto a observava, fascinada, pela abertura da porta, pensei: *O que precisaria para transformar essa criaturinha selvagem em alguém que se deixaria açoitar?* Naquele instante, percebi que tudo o que queria para minha filha era que ela fosse o mais diferente de mim possível. Precisava protegê-la.

Em silêncio, me retirei, preparando-me para o sacrifício que estava por vir. Daquela noite em diante, comecei a tê-la debaixo das vistas — tentando com todas as minhas forças manter alguma neutralidade, evitar o drama em nosso relacionamento, ser o mínimo possível como Suky — e ao mesmo tempo mimá-la sistematicamente, de forma deliberada e refletida. Desestimulava-a a ajudar em casa, incentivava-a a praticar esportes competitivos, alimentava a tendência que tinha de se vestir como um garoto, brincar como um garoto. Queria que ela fosse como um homem — tivesse as expectativas de um homem — aquele sentimento de ser a herdeira do mundo. Desejava quebrar a cadeia de servidão que unia as mulheres da minha família.

Meu sistema funcionou. Grace cresceu com arrogância, charme, otimismo e total autoconfiança. O fato de ter passado a me desprezar foi um lamentável efeito colateral da educação que lhe dei, mas acho que isso seria inevitável. Achava-me patética, uma escrava, um fracasso. Eu ficava a serviço das crianças dia e noite. Não tinha um trabalho, e a ajuda que recebia para os serviços caseiros, afora a limpeza, era muito pequena. Durante toda a adolescência de Grace, esperei pelo dia em que percebesse o que eu fizera por ela. Olharia então de novo para mim com um amor radiante, como fizera, havia muito, depois que aprendeu a ler sozinha e me perguntou: "*Agora*, você gosta mais de mim do que do Ben?" Mas esse momento nunca chegou. A necessidade que tinha de mim evaporara.

Quando os gêmeos eram pequenos, eu tinha um sonho recorrente, no qual eu era servida numa enorme travessa e meus filhos me comiam. Eles sempre gostaram de costeletas; roubavam as minhas com dedos fortes e gordurosos e as consumiam vorazmente com molho de churrasco. O estranho era que eu estava consciente no meu sonho, e sorria. Eu só pensava na quantidade de proteína que meus filhos estavam ingerindo.

Apesar de toda a minha devoção no início de meu casamento, havia momentos quando, como um lobo domesticado por humanos, me vinham à mente os meus velhos costumes e me sentia cerceada. Um belo homem caminhando na rua e a visão de adolescentes sob efeito de drogas no parque algumas vezes me abalavam o equilíbrio; via-me vacilar na borda da minha nova existência e imaginava a emoção de beijar um homem que mal conhecia, ou o forte impacto da anfetamina entre os meus olhos. Mas nunca me desencaminhei. Herb também percebia a seriedade dos nossos votos, mas recusava-se a lançar qualquer sombra de culpa sobre nosso casamento, obstinadamente vendo o suicídio de Gigi como natural, quase inevitável, resultado de sua doença. Deliciava-se com a sua segunda dose de paternidade. Decepcionara seus primeiros filhos, medíocres, raivosos, então na casa dos 30 anos. Eu era sua passagem para a felicidade, uma nova vida, uma segunda oportunidade de juventude. O fato de termos construído nossa felicidade em cima do desespero de outra pessoa — eventualmente esquecemos. Vivíamos como se merecêssemos nossa sorte.

Miranda

No entanto, eu vivia atormentada por uma insegurança enlouquecedora em relação ao amor de Herb por mim. Quase invariavelmente, o mesmo devaneio nocivo inundava-me a mente enquanto passeava com as crianças pelo parque, empurrando-as no carrinho, tentando niná-las depois do almoço. Os detalhes da fantasia eram diferentes, mas o ímpeto era o mesmo: descubro uma carta. Acho um lenço. Encontro uma calcinha. Topo com Herb e sua amante em nosso apartamento. Deparo-me com eles na casa da praia. Encontro-os no parque enquanto passeio com os gêmeos. Ela é sempre morena, alta, de seios volumosos, mais inteligente do que eu. Choro. Lamento. Acuso. Confronto. Ele me deixa.

Envolvia-me de tal forma com essas cenas de traição e abandono que às vezes quase não conseguia saber onde estava. Um dia, caminhando pelo Central Park, me imaginei numa discussão acalorada com Herb, enquanto sua linda amante se cobria com os lençóis de meus convidados, quando uma senhora de seus 60 anos se aproximou de mim.

— Senhora Lee? — olhei para ela confusa. A mulher tinha um nariz afilado e olhos pequenos, escuros e amigáveis. Era inglesa. Foi então que percebi lágrimas escorrendo-me pelo rosto. Sorri envergonhada e enxuguei-as. Ela se apresentou como Miranda Lee. A primeira mulher de Herb! Vira uma fotografia minha ao lado de Herb numa comemoração beneficente. Quis me cumprimentar. Tornara-se uma psicoterapeuta. Eu devia ter pegado seu cartão. Em vez disso, conversamos num banco do parque, enquanto os gêmeos dormiam. Era uma mulher inteligente, com senso de humor, principalmente no que dizia respeito a Herb. Quando o mencionava, era com uma expressão condescendente, divertida, como se ele fosse uma criança travessa. Transmitia solidão, mas não do tipo saturada de amargura. Aquilo parecia ser apenas mais um fato em sua vida, algo que ela aceitava e que até mesmo prezava. Conseguira organizar a vida consideravelmente depois do divórcio. Era bem-sucedida no trabalho, tinha dois filhos que eram seus amigos queridos, mantinha uma vida social intensa, frequentava a ópera.

Quando nos despedimos, ela disse que eu era uma pessoa adorável. E depois observou: — Se cuide, Pippa. — Fitou-me nos olhos quando disse isso. Fiquei abalada com aquela advertência e me senti levemente insultada, por Herb e por mim; mesmo assim, o que ela disse ficou na minha cabeça. Depois daquele dia, bani do pensamento a fantasia da relação amorosa de Herb. Foi preciso bastante disciplina, mas consegui afastá-la quase todas as vezes que começava a surgir em minha mente, até que um dia parei o hábito por completo. Condicionei-me a confiar nele.

Neve

Lembro-me de um inverno, na casa de campo de uns amigos quando as crianças eram pequenas, em que todos saíram para descer de tobogã, menos os gêmeos e eu. Ficara em casa com eles a manhã inteira, achando que eram muito pequenos, aos 2 anos, para andar no que quer que fosse a tal velocidade. Mas Herb entrou, os olhos brilhando, as faces enrubescidas do frio, e disse que as outras crianças do grupo estavam se divertindo muito e que elas eram apenas um pouco mais velhas do que as nossas. Será que eu não gostaria de ir também com os gêmeos? Herb raramente se animava para qualquer atividade ao ar livre, então eu disse que sim, tudo bem. Equipei Ben e Grace com macacões para a neve, casacos bem grossos, luvas, chapéus e botas, e eles saíram gingando na minha frente. O céu estava claro e azul; a neve brilhava. Herb entrou na parte traseira do tobogã, segurando a corda. Na frente dele veio a destemida Grace, aconchegando-se ao pai, depois eu, e na minha frente, Ben, meu queridinho Ben. As pernas longas de Herb eram como grades de ferro ao longo da fila formada pela família, quando um de nossos amigos nos deu um empurrãozinho. Tão rápido — eu não imaginava que fosse tão veloz — e a neve! Eu não conseguia ver nada, havia neve voando no meu rosto, eu estava cega, fora de controle, agarrando-me a Herb, Grace presa às minhas costas — eu estava aterrorizada, voando pelo espaço com Herb berrando, guiando, e Grace gritando de alegria, nós todos soltando gritinhos na tela branca sem imagem, até que, finalmente, deslizamos no lago congelado, na base da colina, e aos poucos fomos parando. Nós todos rolamos para fora do tobogã. Recuperando o fôlego, com as mãos e os joelhos no chão, levantei a vista e olhei para Herb: seu rosto estava todo coberto de neve, suas sobrancelhas pareciam picos de montanhas nevadas, as bordas felpudas dos capuzes dos gêmeos estavam brancas e brilhavam, os olhos claros espreitando por trás de seus rostos açucarados. Nós nos olhávamos e ríamos, ríamos sem parar, virando-nos uns para os outros, um círculo de pessoas que pertenciam umas às outras, e a ninguém mais. Aquele foi o momento em que senti que nos tornávamos uma família, uma unidade separada do mundo. Foi quando me tornei Pippa Lee.

Parte Três

Cocô de leão e batatas

Na noite seguinte ao almoço com Moira, Pippa sonhou que estava andando num centro comercial deserto, mascando um chiclete que perdera o sabor. As escadas rolantes estavam paradas; havia portões de metal giratórios fixados na frente de todas as lojas. Pippa tirou o chiclete da boca e passou a procurar um lugar para jogá-lo fora. Encontrou uma lata de lixo, livrou-se da goma de mascar e ficou imaginando como conseguiria persuadir alguém a abrir o quiosque de artigos de tabacaria para comprar cigarros quando ouviu uma respiração grave e forte ao seu lado. Virou-se e viu um leão imenso. O animal lambia serenamente uma poça de sorvete de morango no chão. A juba era espessa e tinha pelos dourados entrelaçados ao tufo espesso, avermelhado. Pippa ficou aterrorizada.

O leão a ignorou. Deu alguns passos estrondosos e pulou graciosamente dentro de um enorme vaso de plantas que continha uma palmeira artificial. Abaixado, com as costas arqueadas e o enorme traseiro estremecendo, o leão cagou na terra falsa. Parecia envergonhado e vulnerável. Pippa sentiu pena dele. Terminado o serviço, saiu depressa do cachepô gigantesco, como se rejeitando a humilhação, e desceu veloz as escadas rolantes imóveis, fluindo como um rio, mais uma vez um predador invencível. Descobrindo um saco plástico convenientemente enrolado à sua mão, Pippa caminhou em direção ao cocô descomunal e apanhou-o zelosamente, como fizera mil vezes em Gramercy Park quando saía para andar com Milo, o cachorrinho galês que morrera de pneumonia nos idos de 1996.

— Senhora Lee? — Ouviu a voz vindo do quiosque de artigos de tabacaria. Caminhou até o portão de ferro e olhou para dentro.

— Eu queria cigarros — dirigiu-se em voz alta à escuridão.
— De que tipo? — perguntou a voz.
— Aqueles brancos ali.

Por trás do balcão da loja de conveniência de Marigold Village, Chris Nadeau observava Pippa, que estava de camisola segurando uma batata assada grande, tirada da lixeira e tinha uma sacola plástica de mercado sobre uma das mãos, o olhar fixo em algum ponto atrás da cabeça do rapaz.

— Marlboro Lights? — perguntou ele de forma solícita. Ela não respondeu. Ele se inclinou sobre o balcão e suavemente deslizou os dedos pelo braço dela. Pippa sentiu o seu toque como um choque, vindo do portão de metal do quiosque de artigos de tabacaria, mas aquilo foi o suficiente para arrancá-la do sonho. Olhou para baixo, para a camisola, a batata no saco e os pés descalços. Ao levantar a vista em direção a Chris, os olhos dele cheios de curiosidade e preocupação, sua mente aos poucos se voltou para o que acabara de perceber.

— Ai, meu Deus! — sussurrou.
— Quer que eu leve você para casa? — perguntou Chris.

Ela assentiu com um movimento de cabeça, entregando-lhe a batata.

Quando chegaram à casa dela, as primeiras luzes do dia começavam a permear a escuridão, como uma gota de tinta que colore um copo d'água. Um pássaro cantou. Pippa não fez menção de sair da caminhonete.

— Senhora Lee — disse ele. — Pippa? — A delicadeza do rapaz a surpreendeu. Sentiu lágrimas escorrerem-lhe pelas faces.

— Desculpe. Isso é a última coisa de que você precisa, não é? Primeiro sua mãe, e agora eu.

— Não é a mesma coisa — replicou Chris.

— É que eu sou sonâmbula. Isso é recente. Algo deve estar errado... comigo. O mais estranho de tudo...

— O quê? — incentivou ele.

— É que eu me sinto tão jovem — continuou Pippa. — Como se fosse uma pessoa muito jovem.

— Bom, por aqui por essas redondezas, você é jovem — observou ele.

— Não é isso que quis dizer. Quando eu era jovem... sempre me via no meio de algum tipo de drama... e quando fiquei mais velha e formei uma família, gradualmente fui saindo do centro, sabe, me afastando para o lado, e outras pessoas passaram para o centro; quando se tem filhos é esse tipo de coisa que acontece. E me acostumei com isso. Agora estou vivendo esse drama estranho, no qual sou a protagonista, e me sinto muito louca, mesmo sabendo que é um problema comum, que neste exato momento milhões de americanos estão lustrando seus aparelhos de som enquanto conversam.

Ele riu, e ela também.

— Você é uma pessoa diferente — disse ele.

— Não, não sou — retrucou Pippa. — É o que estou tentando lhe dizer. O que tem de diferente é que ando me comportando de forma estranha.

— Pode acreditar — replicou Chris.

— Talvez fosse melhor não contar a ninguém... sobre isso — pediu ela.

— Está bem — concordou ele.

Ela o observou e percebeu seus olhos pela primeira vez. Escuros como o fundo de um lago, brilhavam com a honestidade indefesa dos olhos de um cão.

— Bom, obrigada... e boa noite. — Ela saiu e fechou a pesada porta do carro.

Herb estava dormindo. Nu, as pernas enroladas nos lençóis, os braços jogados ao lado do corpo, o tórax redondo e cabeludo exposto, ele parecia ter sido jogado na praia pelas ondas, como Ulisses na ilha de Circe. Mas, para Herb, a aventura estava acabada, pensou Pippa com tristeza. Desejava que o futuro não fosse tão previsível, que aquela casa não fosse a casa da morte. Que não fosse apenas uma questão de tempo até o dia em que ele estivesse recebendo a morfina intravenosa, e uma enfermeira ficasse num canto lendo uma revista. Oitenta anos de idade. Quanto tempo mais ele teria?

Herb abriu os olhos e a viu agachada a seu lado.

— Por que está chorando? — Parecia irritado. Sabia o que ela estava pensando. Virou-se para o outro lado e adormeceu. Ela estava convencida de que ele tinha razão. Precisava deixar de ser tão sentimental. Precisava de um médico, também. De remédios, provavelmente. Detestava a ideia, nunca nem sequer tomava aspirina se pudesse evitar, mas passara a dirigir dormindo, pelo amor de Deus. No café da manhã contaria a Herb. Diria a ele, e ele resolveria, proporia alguma coisa direta e lógica, e então ela faria o que ele sugerisse. Não estava com sono, então tomou um banho, vestiu-se e fez café.

Finalmente, às 9 horas, ele se levantou mal-humorado. Tomou um gole de café e fez uma careta.

— Isso é mijo — disse. Sem uma palavra, ela levantou-se, pegou a xícara dele, despejou o café fora e moeu um novo punhado de grãos. Ele permaneceu ali remoendo algo. Quando lhe serviu uma segunda xícara, ele provou e disse:
— Vamos comprar uma cafeteira nova.
— Essa é nova.
— Vamos comprar uma que faça um café quente. Temos condição para isso, vendemos todas as nossas propriedades.
— Vou procurar uma. Talvez no *Consumer Reports*... — Herb levantou-se, foi para o sofá e começou a ler o jornal. Pippa sabia que era melhor não tentar conversar com ele quando estava naquele estado de espírito.
— Precisa de alguma coisa do mercado? — perguntou ela.
— Não, obrigado.
— Então até a hora do almoço. — Ela saiu e ficou pensando no que ia comprar. Um belo melão, se achasse um maduro. E *prosciutto*. Dirigiu-se à entrada da garagem e avistou o carro de Herb, sozinho. Onde estaria o seu? Fora roubado? Passaram-se segundos antes de ela se lembrar que estava estacionado à frente da loja de conveniência. Provavelmente com as chaves na ignição! Virou-se para entrar em casa, mas parou. Herb ficaria louco com a história do carro. Já estava mal-humorado o bastante. Como ela iria até a loja de conveniência? Poderia ir andando, mas estava muito quente, e Herb poderia passar por ela a caminho do escritório. Depressa, deu a volta na casa e olhou para além do lago. A caminhonete amarela de Chris estava estacionada na entrada da casa. Ela ficou pensando quando começaria o turno dele. Ainda não eram 10h. O que diria a Dot? Saiu então em direção à casa dos Nadeau. Se Dot estivesse lá, faria de con-

ta que estava só dando uma passadinha, que tinha saído para uma caminhada. Se não estivesse...

Pippa chegou à casa. O cogumelo lançava uma sombra roxa sobre a grama. O carro de Dot não estava lá. Johnny passava as manhãs no clube de nautimodelismo — lembrava-se de Dot ter mencionado isso. Com um frio na barriga de ansiedade, Pippa tocou a campainha. Nenhum movimento lá dentro. Tentou a porta. Trancada. Não conteve o riso ao se ver seguindo pelo oitão até a janela aberta do quarto de Chris e espiar para dentro. O rapaz dormia. Pippa bateu na esquadria com a unha. Ele não se mexeu. Ela bateu no vidro. Ele virou a cabeça de um lado para o outro, como se quisesse afastar o som. Em seguida, sentou-se ereto e olhou para a janela.

— Chris — chamou ela. — Sou eu, Pippa. Desculpe incomodar você. — Ele esfregou os olhos, virou-se na cama e pôs os pés no chão. Estava usando sua camisa com "O quê?" escrito e colocou o lençol sobre o colo. — Espero por você na porta da frente — disse ela. Foi até a entrada e esperou. Aquilo era muito constrangedor, era inacreditável. Ele estava demorando muito. Finalmente, ouviu passos. A porta se abriu. Ele estava vestido, mas parecia exausto.

— Desculpe — disse ela.

— Tudo bem — arrastou a voz de sono. — Qual o problema?

— Meu carro — respondeu ela. — Deixei em frente à loja. Acho que as chaves estão nele. Eu... não tenho nenhuma maneira de ir até lá, e você é a única...

— Está bem. — Ele saiu da casa em direção a sua caminhonete. Ela entrou a seu lado.

— Eu não devia ter feito isso. É terrível, você vai passar o dia com sono.

— Não se preocupe.

Foram até a loja de conveniência. O carro dela ainda estava lá, com as chaves dentro.

— Ah, graças a Deus! — exclamou ela. — Muitíssimo obrigada.

— Quer tomar um café? — perguntou ele, bocejando. Ela percebeu que estava com muita fome.

Foram ao Friendly's, um chalezinho de madeira, que fazia parte de Marigold Village. Pippa pediu presunto com ovos.

— Estou passando por um momento muito estranho na minha vida — disse ela.

— Nós dois, você e eu — completou ele.

— É?

— Despedido de um trabalho que detesto, chego em casa e encontro minha mulher em cima do meu melhor amigo.

— Que horror! — exclamou Pippa.

— Os boatos estavam correndo rápidos e furiosos em Wendover, Utah, naquele sábado à noite. Mas eu venho pensando, talvez haja uma boa razão para esse festival de rejeição.

— É mesmo? Qual? — quis saber Pippa.

— Eu sou um idiota.

Pippa deu uma risada, mas logo percebeu que ele falava sério.

— Não sei por quê. Mas sempre fui.

— Humm! — exclamou ela.

— E você? Alguma razão para estar comprando batata às duas da manhã?

— Não sei. Acho que talvez eu... Desde que nos mudamos para cá... não tenho andado bem. Me sinto distante de

Herb e de nossa vida juntos, como se eu estivesse pairando sobre ela, observando a nós dois. Fico pensando se não tem a ver com minha idade e o fato de que eu... Estou sem saber bem quem eu sou atualmente; às vezes estou num lugar e me olho no espelho de repente, aí por uma fração de segundo penso: Quem é essa mulher de meia-idade? E em seguida: Ah, meu Deus, sou eu! É um choque horrível, posso lhe garantir. Mas isso não explica meu sonambulismo.

Ele não disse nada, só olhou para ela. Pippa sentiu o sangue subindo-lhe pelo pescoço até as faces. O tórax dela se cobria de manchas.

— Talvez seu cérebro esteja tentando lhe dizer alguma coisa. — O rosto dele, como sempre, permanecia inexpressivo. Ela percebeu as linhas suaves do Cristo tatuado insinuando-se pela gola frouxa da camiseta velha.

— Essa sua tatuagem deve ter doído demais — observou Pippa.

— Não me lembro.

— Meu pai era pastor protestante — informou ela.

Ele fez um movimento de atenção com a cabeça, depois passou a comer, com a vista baixa, olhando para o prato. Pippa o observava. O rosto estreito do rapaz era bastante angular, quase do formato de uma cunha, como se as faces tivessem sido buriladas independentemente do nariz quebrado e dos lábios rachados. Uma mão forte segurava o prato de forma protetora.

— Tentei entrar para o seminário uma vez — confessou ele.

— Você queria ser padre?

— Queria, mas... eu não era o tipo deles.

— Ainda sente vocação?

— Só a tatuagem.

— Você pode mandar remover.

— Seria preciso arrancar a toda a minha pele. De qualquer forma, é uma recordação.

— Então perdeu a fé?

— Deixei de acreditar que seja possível entender tudo.

— Estou curiosa para saber mais sobre você — disse ela. E depois ficou pensando se devia ter dito aquilo. Ele recostou-se na cadeira e olhou para ela, como se pesando alguma coisa na mente.

— Está bem — assentiu ele. E então começou a falar.

Chris

Quando Chris tinha 16 anos, tentou consertar a máquina de secar. Era um garoto habilidoso, sempre desmontando os aparelhos quebrados da casa e remontando-os até fazê-los funcionar. Chegara ao ponto em que Dot nem chamava mais o eletricista. Bastava pedir a Chris. Ele fizera um curso noturno em conserto de eletrodomésticos na prefeitura, e isso, junto a seu talento, dava à Dot a maior confiança na capacidade do filho de descobrir por que a secadora gemia como uma gata no cio sempre que era ligada.

Até aquele momento na vida, a única coisa que Chris sabia fazer era consertar máquinas. À tarde, depois das aulas, perambulava pelo bairro, à procura de equipamentos quebrados. À noite, saía de carro com um grupo de malandros da escola pelas ruas adormecidas, destruindo as caixas de correio ao passarem pelas casas, ou jogando basquete nas entradas de garagem até as luzes se acenderem e as pessoas chamarem a polícia. Numa noite de verão, ele e sua turma foram até o cinema mais próximo, espreitaram uma família do bairro que saíra para se divertir, voltaram para a casa daquelas pessoas, arrombaram-na, atacaram a geladeira e fizeram um churrasco no quintal. Na escola, Chris fitava a professora desatento, o polegar empurrando a borracha do lápis para a frente e para trás até que, inevitavelmente, ela se esmigalhava.

No dia em que sua mãe lhe pediu para consertar a secadora, Chris havia afastado a máquina da parede alguns centímetros e estava por trás dela, apoiado sobre um dos lados do corpo, uma perna dobrada, quando, ao juntar dois fios errados, seu corpo ficou teso e começou a vibrar, 110 volts de eletricidade atravessando cada uma de suas células. Estranhamente, o rapaz não ficou com medo, e sim extasiado pela energia que pulsava dentro dele. Apavorada, Dot libertou o filho da corrente, usando o cabo de madeira de uma vassoura. Os paramédicos chegaram logo em seguida. Chris estava inconsciente, mas vivo. Para reanimá-lo, levaram cinco minutos, que pareceram cinquenta, para Dot, que apertava as mãos contra o rosto, os olhos fixos e aterrorizados surgindo por entre seus dedos abertos durante todo o procedimento.

Quando Chris despertou, seu nariz cheirava a pelos e borracha queimados; sua mente recendia a Jesus. Pela primeira vez na vida era tomado pela emoção da certeza: primeiro, Deus era real como a carne; segundo, o Filho de Deus não era nem manso nem compassivo. Era terrível como uma onda gigantesca, inexorável como um raio. Era o Deus do amor, mas não da misericórdia. Seu amor era aterrador; soava como um milhão de asas batendo; foi como se tivesse sido sugado por um tufão. Isso, Ele reservava para os renegados, os anarquistas; aqueles que queriam arrasar a estrutura apodrecida de toda a ganância e falsidade humanas. Chris sentiu-se escolhido e avisado. Começou a ir à igreja diariamente e até levou para casa uma mulher e seus dois filhos que, por terem perdido o horário do abrigo local, encontrara mendigando na rua.

Dot, que não gostava nem que a própria família se sentasse em suas melhores poltronas, ficou horrorizada ao encontrar três estranhos sombrios e tímidos em sua sala de estar quando entrou carregando duas enormes sacolas de compras de mercado. Mas certamente não poderia expulsá-los; as crianças eram pequenininhas. Então, num silêncio carrancudo, preparou um jantar para eles, arrumou duas camas na sala de jogos, depois tomou três aspirinas e foi deitar-se banhada em lágrimas, insistindo para que Johnny dormisse com um revólver sob o travesseiro.

Dot e Johnny não eram católicos praticantes; frequentavam a igreja somente na Páscoa e no Natal. A fé radical que Chris revelava não era bem recebida em casa. Seu constante recolhimento para a leitura da Bíblia preocupava os pais e afastava-os. A tentativa de entrar para a ordem dos jesuítas — oferecera-se para tornar-se um "guerreiro de Cristo" — deixou-os um pouco alarmados, e depois humilhados, quando sua solicitação foi rejeitada após um exame psiquiátrico que o classificou como "fervoroso ao ponto da irracionalidade". (Depois que Chris foi entrevistado por uma banca para o teste vocacional, um irmão leigo inaciano observou: "Ele teria sido perfeito para as Cruzadas.")

Depois que foi rejeitado pelos jesuítas, Chris saiu distribuindo uma boa parte do dinheiro dos pais para os vagabundos de Jersey City, notas de 20 e de 5 tiradas da bolsa da mãe e da carteira do pai. Começou a se meter em brigas com os hipócritas nos bares; chegou a ser preso uma vez, por ter saído gritando "*Por favor, parem com essas mentiras!*" pelas ruas calmas do subúrbio onde moravam, às 2h da madrugada. Ao deixar a cadeia foi direto para uma loja de tatuagens e pediu para que lhe gravassem na pele, de forma permanente, um desenho do Senhor. O garoto estava deixando a mãe louca. O pai se sentia totalmente impotente diante do problema do filho.

— Se estivesse envolvido com drogas — comentou Johnny — poderíamos pelo menos colocá-lo numa clínica de reabilitação. Mas isso... — Ele levantou os braços e deixou-os cair para os lados, inertes.

Chris saiu de casa pouco tempo depois, no Thunderbird que o pai lhe dera ao completar 18 anos, na esperança de que um carro viesse a atrair a atenção de uma garota (ele vendeu o carro uma semana depois e doou a maior parte do dinheiro). Os pais não tentaram encontrá-lo depois que foi embora; tristes, simplesmente deixaram-no partir. Nos anos seguintes, Chris teve uma grande variedade de empregos, como eletricista, mecânico, assistente em um lava a jato, pelo país inteiro. Quando chegava a uma cidade, a percorria de ponta a ponta, procurando as áreas mais pobres e mais abandonadas que achasse. Ao chegar lá, buscava um apartamento para alugar, ou um quarto na casa de alguém. Ocasionalmente, vivia na parte traseira de sua caminhonete. Em seguida, procurava uma igreja — fosse qual fosse, católica, dos primeiros cristãos, metodista ou episcopal — rezava ali, oferecia seus préstimos para qualquer programa destinado aos necessitados que houvesse na comunidade e, depois de alguns meses ou talvez um ano, se mudava para outra localidade. Ao passar por Utah, conheceu uma moça católica, magrinha, de olhos brilhantes, com quem se casou. Rezavam juntos com frequência, transavam raramente e pouco conversavam. O pai de Chris, um dentista meticuloso, vivia frustrado; seu único filho era um nômade, um errante, um fanático religioso. Tinha esperanças de que um dia Chris voltasse para casa em Jersey, terminasse os estudos, encontrasse uma profissão. Mas não. O choque elétrico acontecera cerca de vinte anos antes. O filho era um fracasso.

Johnny e Dot, entretanto, não sabiam do pior: ao longo dos anos, Chris perdera a fé na Bíblia, como se perde a casca de uma ferida curada. O Deus que ele ainda percebia com uma certeza veemente superara o velho livro; era uma divindade vasta demais para ser contida num único sistema. Não era humildade nenhuma achar que se havia desvendado o código. Deixou de ir à igreja, mas não podia, depois de tudo, dizer aos pais que falhara como cristão. Então pulava de um lugar para outro no país, a mulher, uma estranha a seu lado, sua fé agora sem nome e sem forma, perseguindo-o, enchendo-o de ansiedade para ver a Face que se ocultava na escuridão, mas que ele sabia estar lá. Era um exilado, incapaz de aceitar a mais inócua e comum corrupção praticada pelo ser humano, de conseguir um trabalho regular, de se ajustar na sociedade, entretanto, não mais envolto na luz dourada do dogma. Via-se fora de um círculo luminoso, seguro e ardente — o círculo da Igreja. Se ao menos pudesse retornar a ele. Porém era tarde demais: não pertencia mais a lugar nenhum.

Pippa escutava a história de Chris extasiada. Quando o rapaz terminou, deu uma mordida na torrada.

— Em que está pensando? — perguntou ele.

— Nada.

— Me diga — pediu ele.

— Estou pensando que você parece tão inteligente e que é uma pena... que nunca tenha se estabelecido num trabalho de que goste. Isso ia fazer sua vida ficar tão mais fácil. — Por que dissera aquilo? Tantos pensamentos... de preocupação, identificação, admiração... lhe haviam passado pela mente enquanto Chris falava. Mas como sempre, dissera a única coisa que a fazia parecer uma dona de casa materialista.

Chris recostou-se no banco e olhou para ela. Surpresa, mágoa e depois raiva surgiram em seu rosto, numa sequência que Pippa achou inquietante.

— Muito bem — disse ele. — Bom, obrigado.

— Eu não quis ofender.

— Sugiro que volte para aquela vidinha que criou para você. Tenho certeza de que é muito feliz por trás de toda essa desolação.

Ela levou a bolsa ao tórax, deslizou pelo banco, o coração pulsando nos ouvidos. Ele havia voltado a comer.

— Você tem razão, sabe — comentou ela. — Você é um idiota.

— Eu não disse? — Chris deu uma garfada nas últimas batatas fritas e acenou com o garfo. — A gente se vê depois de dar uns peidos por aí — disse alegremente, enquanto comia o restante.

Ela já estava atrás dele mas de repente parou, virando-se, boquiaberta. Então dirigiu-se ao carro, tremendo. Mas assim que entrou, começou a rir. Riu tanto que teve de enxugar as lágrimas dos olhos.

Quando chegou em casa, fez *spanakopita* para Herb, enrolando a massa fina em torno do queijo feta e do espinafre. Depois foi relaxar numa cadeira reclinável no quintal, tomando um copo grande de suco de romã. Herb estava no escritório. Já passara das 13h, deveria chegar logo. Pippa olhou para a casa de Dot do outro lado do lago. A caminhonete amarela estava lá. Então viu a porta da frente abrir-se. Chris saiu e entrou no automóvel. Era a pessoa mais estranha que conhecera. Tão desagradável, e mesmo assim tão comovente. A caminhonete amarela deu partida na hora exata em que Herb colocou a mão sobre o ombro de Pippa. Ela se virou, assustada.

— Você achou que eu era um saqueador geriátrico? — perguntou ele.

— Eu estava só pensando — disse ela.

— Desculpe, banquei o rabugento.

— Tudo bem.

— Está tão quente que vou tomar um banho rápido, e aí podemos almoçar.

Pippa se levantou e colocou a *spanakopita* no forno e temperou a salada que havia preparado. Serviu o almoço na varanda.

— Não vai comer?

— Tomei café tarde — respondeu ela. — Com... se lembra do Chris, o filho da Dot?

— O desmiolado?

— Sim, encontrei com ele na frente da loja de conveniência e ele me convidou para um café.

— Que estranho! — comentou ele.

— Ele me disse que é um idiota.

— E é?

— Eu acho que ele é compulsivamente honesto, é só. O que o torna extremamente desagradável. Herb?

— Humm?

— Aconteceu de novo.

— O quê?

— Tive uma crise de sonambulismo. Saí dirigindo.

— Ó, Deus!

— Quando acordei estava na loja de conveniência. Chris trabalha à noite lá, na verdade, é por isso que conheço ele.

— Nunca ouvi falar de alguém dirigir dormindo. Como é possível?

— Talvez eu seja um caso extremo.

— É melhor examinar isso.

Dr. Schultz atendia somente pessoas idosas, foi a impressão que Pippa teve quando sentou-se na sala de espera. Quando não estavam apoiados em andadores, estavam usando calças folgadas brancas. Cinturas de elástico, sapatênis, camisas de tons pastéis. A simples menção de *calças folgadas* fazia Pippa se encolher. Quem fez a lei exigindo que os idosos se vestissem dessa maneira? Pippa lhes dirigiu um olhar raivoso por viverem além de sua utilidade. Por serem tão miseravelmente lentos. A velhice lhe causava aversão; essa era a verdade. Herb não era velho demais. Ainda não. Era velho, mas seu rosto ainda estava bem. Não tinha a boca aberta, os olhos vidrados, os movimentos imprecisos do verdadeiro idoso. Assustava-se com a perspectiva de perder o marido para essa brincadeira do tempo. Sabia que o amaria, que cuidaria dele e que, gradualmente, dependendo de quanto tempo durasse sua decrepitude, esqueceria sua força, sua invencibilidade e até sua ironia. Ai, Deus, era horrível. Pippa não queria viver muito. Apenas o suficiente, pensava. Só o tempo exato antes de virar a última esquina. A enfermeira chamou seu nome.

Dr. Schultz era um homem vigoroso. Sua cabeça calva era lustrosa, o branco dos seus olhos, luminosos. Parecia um atleta — um remador, talvez. Os músculos das pernas fortes se sobressaíam sob as calças ajustadas. Seus pés eram enormes. E tinha um ar alegre. Pippa ficou imaginando como ele se mantinha assim, vendo tantos corpos velhos e repulsivos todos os dias. Talvez fosse uma espécie de vampiro, pensou, sugando sua juventude da decrepitude dos outros. Ele lhe fez as perguntas de rotina. Data de nascimento. De que sua mãe morrera? O coração parou por quê? Porque ela tomou comprimidos demais. Não, pode deixar isso de lado. Pai? Aneurisma. História de câncer na família? Tia Trish. Coitada de tia Trish. Pippa sacudiu a cabeça. Sabia que estava mantendo afastado um pensamento. Não entrara no círculo de sua consciência ainda, o que quer que fosse, mas estava ciente de que era desagradável. Lançava uma sombra em sua mente, lhe fazia pigarrear, balançar a cabeça de forma inquieta, qualquer coisa que bloqueasse aquele pensamento — o quê? Qual era o problema?

— Então, senhora Lee. Em que posso ajudá-la?

Pippa teve um sobressalto, percebendo que desviara o pensamento enquanto ele a observava pacientemente.

— Ah — respondeu, sorrindo. — Eu.., eu ando tendo crises de sonambulismo.

Dr. Schultz anotou na sua ficha, a mão enorme em torno de uma delicada caneta de prata. Sua caligrafia parecia dentes tortos, pensou Pippa: letras pequenas apertadas umas contra as outras, inclinadas para a esquerda.

— Quando isso começou?

— Há mais ou menos um mês.

— Que remédios está tomando?

— Nenhum.

— E remédios para dormir?

— Nunca. Não tomo comprimidos. Até as vitaminas que tomo são líquidas.

Ele olhou para ela, surpreso.

— Você tem um histórico de sonambulismo?

— Algumas vezes, quando era criança. Mas isso... eu cozinho dormindo. Eu fumo, coisa que não faço, quer dizer, fumo um pouco agora, mas isso é... Saí dirigindo meu carro! Para uma loja de conveniência. Sonhei que estava num centro comercial e que havia um leão fazendo cocô num vaso de plantas, e aí eu fui limpar, mas quando olhei era uma batata. A princípio achamos que era meu marido, mas então colocamos uma câmera... — A voz dela se elevara; estava falando demais, sendo engraçada, como se estivesse contando uma piada numa festa. Não sabia por que agia daquela maneira. Faltou-lhe o ar. — ... aí, surpresa, surpresa, era eu!

O médico olhou para ela, pensativo.

— Não sou um especialista em sono, mas alguns de meus pacientes têm problemas com sonambulismo. Isso geralmente tem a ver com a medicação, ou... demência, o que obviamente não é o seu caso. Hum... você se importa se eu fizer uma pergunta pessoal?

— Não.

— Tem alguma coisa incomodando você, lhe causando estresse?

Lágrimas subiram-lhe aos olhos imediatamente. Irritada, afastou-as com o dedo mindinho.

— Não sei. — Uma imagem da praia, do dia em que Gigi morreu: manchas vermelhas no seu vestido branco, um lampejo de céu e depois, sob a água verde cristalina, a areia num torvelinho. Ela não queria voltar para a superfície.

— Posso prescrever uma medicação que vai fazer você dormir a noite inteira. Nem sempre funciona. Quer dizer, é um sonífero. Depende de sua tolerância.

— Ó, Deus, não posso começar a tomar comprimidos para dormir.

— Você pode dissolvê-los num doce de maçã. Ou colocar uma tranca no seu quarto e pedir a seu marido para esconder a chave. — Dr. Schultz deu um risinho irônico. — Eu sei que não parece muito científico, mas manteria você dentro do quarto. Escute, sonambulismo não é considerado um problema psicológico, é neurológico. Mas estresse pode ter uma certa influência, principalmente nos casos que ocorrem em adultos. Vou prescrever uma medicação. Mas me parece que você está precisando de um período curto de psicoterapia. Só para... colocar seus pensamentos em ordem. Você fez uma grande transição e... parece que tem muita coisa na mente.
— Ela estava com a mão na maçaneta, a ponto de abrir a porta quando ele perguntou: — Você tem algum *hobby*?
— *Hobby*?
— Sim. Uma atividade qualquer que goste de fazer... sozinha.
— Na verdade, não.
— *Hobbies* podem ajudar — afirmou ele.
Ela agradeceu e saiu, a imagem da calva lustrosa e dos olhos luminosos do médico registrados em sua mente.

Pippa jogou a bolsa na mesinha de centro. Herb levantou a vista do jornal.
— Ele basicamente acha que estou desequilibrada. Passou um remédio para dormir e me deu o nome de um psiquiatra. — Pippa brandiu no ar o cartão com o endereço. — Veja que não é um terapeuta. É porque o doutor Schultz acha que vou precisar de medicação... e de um chaveiro. — Deu uma risadinha. — Sugeriu que trancássemos a porta por dentro e que você escondesse a chave. Ah, e eu devo fazer tecelagem. — Ela pressentiu que estava prestes a ter uma crise histérica.

— Você quer dizer que todas as vezes que eu me levantar de noite para ir ao banheiro, vou ter que ficar procurando a maldita chave? Que médico! — Herb olhou para a mulher. Duas manchas vermelhas distintas surgiram nas faces dela e lágrimas de riso subiram-lhe aos olhos. Ela parecia tão cheia de vida.

— É estranho — comentou ele. — Desde que nos mudamos para este condomínio de idosos, você parece ficar cada dia mais nova.

Ela pegou o carro e voltou ao centro comercial para apanhar algumas fotos que mandara revelar e comprar frutas na Shaw. Havia ali legumes e frutas orgânicos. Pippa sabia como o mundo andava venenoso nesses últimos tempos. Celulares, telefones sem fio, computadores, micro-ondas, legumes, carnes, carpetes — o que se possa imaginar — lançam algum tipo de contaminação. Não era de admirar que todo mundo estivesse sofrendo de câncer. Pippa comprou seis ameixas pretas maduras e um cacho grande de uvas. Apanhou algumas fotos que pusera para revelar e entrou na fila, no estacionamento, em frente ao caminhão do peixeiro. O homem fazia aquele longo percurso de Maine até ali todas as quintas-feiras de forma que ela se sentia culpada se não comprasse alguma coisa. Naquele dia, compraria meio quilo de mexilhões e faria espaguete com molho de mariscos. Herb adorava esse prato. Estava quente no estacionamento. Ela tirou da bolsa o envelope com as fotos e começou a examinar uma a uma: Herb lendo, Herb comendo o cereal matinal, imagens da sala de estar. Algumas fotografias do mês anterior, quando Grace fora visitá-los pela primeira vez para conhecer o lugar, antes de viajar para Cabul, os olhos inteligentes da filha vermelhos do flash, a boca rígida.

— Olá — Pippa levantou a vista. Chris estava a seu lado. — Peixe para o jantar?

— É o que estou pensando — respondeu ela. Sentia-se aliviada por vê-lo e surpresa por estar aliviada.

— Sinto muito sobre o outro dia — desculpou-se ele.

— Ah... tudo bem.

— Eu sou um imbecil.

— Não se julgue tão mal assim — disse ela.

— Como vai?

— Ah, bem. Na verdade, não tão bem. — Pippa flagrou-se mais uma vez tomada pela emoção, e abanou o envelope com as fotos em frente ao rosto para dissipar aquele sentimento.

— Acabei de comprar umas cervejas. Quer me fazer companhia... depois que comprar seu peixe? — convidou ele.

— Posso fazer molho de tomate. — Pippa levantou uma das mãos como que dispensando o peixe e abandonando seu lugar na fila.

Foram caminhando até a beira do rio. A caminhonete de Chris estava estacionada lá. Ele parou diante de uma arvorezinha, quase toda coberta com uma densa teia branca.

— Olhe — Chris apontou. Pippa olhou de perto, viu lagartas movendo-se dentro de casulos translúcidos, dobrando e espichando seus corpos pretos. Havia centenas delas deslocando-se de um lado para o outro. Aquilo lhe causou arrepios. — Lagartas que tecem teias — explicou ele. — Elas estão em toda parte. Nunca vi tantas assim. Vai haver uma invasão de mariposas este ano. — Ele subiu no teto e lhe estendeu a mão; ela se segurou a ele e subiu também. Sentaram-se lado a lado e observaram o fluxo do rio, que como um músculo encrespava a corrente de água acetinada. Pippa ainda tinha as fotos nas mãos.

— Quem é essa? — Chris perguntou, apontando para a fotografia de Grace

— Minha filha. Ela me odeia.

Chris não disse nada. Tomou um gole da cerveja, e os dois ficaram apreciando o rio. O sol havia mudado de posição, e a água parecia metálica, uma faixa de um branco-prata puro, atravessando as árvores. Eles ficaram olhando até a claridade mudar de novo, e o rio reaparecer. Pippa lançou um olhar para Chris. Sentia-se estranhamente bem na companhia daquela pessoa.

— Aposto que não — disse ele.

— O quê?

— Odeia você.

— É só que... ela tem raiva de mim o tempo todo. Não sei por quê. Eu gostaria que fosse diferente. Sinto falta dela. Fico imaginando...

— O quê?

— Se não fiz tudo errado com ela.

Estava escurecendo, Pippa sentiu um calafrio. Chris tirou seu suéter e colocou-o sobre os ombros dela.

— Você provavelmente estava certa sobre mim — disse ele. — Eu deveria arranjar mesmo um emprego razoável. Alguma coisa que me garantisse o futuro.

— Foi tolice dizer aquilo — comentou ela

— Não. Foi... foi por consideração. Mas, minha conduta é inaceitável.

— Então, o que você, quer dizer, você... sai dirigindo por aí, mora em algum lugar, arranja um emprego e...

— Eu tento ajudar. — Ele tomou um gole da cerveja e mudou de posição. O metal do teto fez um ruído oco quando afundou.

— E aqui nesse lugar? A quem está ajudando?

Ele olhou para ela, seu rosto bruto, cheio de emoções, meio iluminado pelo sol em declínio, os olhos fundos e escuros. Pippa sentiu o estômago revirar como se houvesse perdido o equilíbrio e estivesse caindo.

— Vou embora em breve — informou ele.

Ela sentiu o ímpeto de segurar-lhe o braço, mas permaneceu parada.

— Por quê?

— Não posso ficar com meus pais para sempre.

— Vai para onde?

— De volta para o oeste, eu acho. Ou o sul.

Ele pulou para fora da caminhonete e a ajudou a descer. Levou-a de volta ao carro. Ela lhe acenou um adeus. Ele piscou.

Sempre que se despedia de Chris, ele tinha de lhe lembrar que era um ocioso. Ainda assim, ela continuava a lhe revelar seus sentimentos. Que diabos estou fazendo? pensou.

De volta para casa, Pippa fez espaguete. Durante a refeição, Herb parecia perdido em pensamentos. Olhava para o prato, como se ela não estivesse ali. Pippa o observava, sentindo-se muito mal. Tentava lembrar-se de quanto tempo fazia que estava havendo esse clima entre eles. Não era sempre, não. Geralmente riam muito. Quando foi que a relação começou a ficar árida assim?

— Entrei para a aula de cerâmica — informou ela.

— Bom — comentou Herb, sem levantar a vista.

— Por que você acha bom?

— O médico não disse que você precisava de um *hobby*? — Pippa sentiu um sentimento de desgosto assomar-se. *Idiota*, pensou. Irritada, levantou-se e foi para o quarto, deixando os pratos para Herb. Ficou imaginando se já havia feito aquilo antes.

Ele entrou.

— Você está bem?

— Minha mãe costumava se deitar na cama assim, com um prato de torrada na barriga.

— Eu sei — disse ele.

— Eu devia medir sua pressão.

Ele fez um gesto de impaciência.

— Está bem. Então está certo. — Fez menção de sair, mas ficou ali.

— Eu lavo os pratos mais tarde — disse ela.

Voltar atrás

Pippa gostava da sensação da argila molhada girando entre seus dedos, da forma como se elevava como uma onda quando a apertava, do disco cinzento da roda de oleiro circulando furiosamente entre seus joelhos. Fascinada por seu poder sobre a argila, Pippa deixava-a ficar muito alta e muito fina. O vaso entortava, deformava-se e em seguida tombava e implodia, girando caoticamente. Era a sua terceira aula, e todos os seus esforços foram um fracasso. O problema era que ela queria fazer um vaso com o gargalo alongado, não um recipiente pequeno e grosso como todos os demais na turma. Percebia que a professora, a senhora Mankevitz, uma mulher mesquinha de costas tortas e gosto exótico para bijuterias, a discriminava por isso.

— Senhora Lee? — chamava ela. — Estou vendo que ainda se recusa a ir progressivamente como o restante da turma.

Numa dessas ocasiões, Pippa sussurrou para si mesma, quando a professora lhe deu as costas corcundas:

— Ah, foda-se!

Pippa não teve a intenção de fazer aquela observação em voz alta, mas Dot girou a cabeça e olhou para ela como uma gralha que avista um seixo. A senhora Mankevitz parou, depois virou-se lentamente, os pingentes brilhantes, a cara de sapo pálida, a boca larga e desprovida de lábios contraída.

— O que foi que você disse?

Pippa enrubesceu. Cinquenta anos de idade e ainda fazendo tolices na sala de aula.

— É que não estou preocupada em fazer um vaso perfeito — explicou Pippa. Sentiu o sangue subir-lhe às faces, a garganta apertar. — Não preciso de mais tralha na minha casa. Tudo o que quero é sentir a argila.

— Bom, se tudo o que você quer é brincar com a argila. — A sra. Mankevitz pôs as mãos venosas nos quadris — sugiro que leve um pouco para casa e trabalhe com ela no chão da cozinha. Isso aqui é uma aula de cerâmica, e não uma escola montessoriana.

Pippa olhou para os colegas de turma à sua volta. Seis mulheres idosas e um homem velho barbado, todos a observavam com complacência e curiosidade, como se considerando a situação. Somente Dot manteve a vista baixa, a covarde. Constrangida, Pippa percebeu que estava sendo convidada a deixar a sala. Sentiu o suor sobre o lábio superior, a respiração alterada. Tremia. Limpou as mãos numa toalha, pegou o casaco, a bolsa e saiu.

Chegando ao estacionamento, não conseguiu entrar no carro. Não queria ir para casa. Não sabia o que fazer. Eram 23h. Chris estava dormindo. Herb estava no trabalho. Poderia ir até lá. Era estranho, Pippa refletiu, não ter pensado primeiro em Herb. Não era certo. Deveria lhe dar mais atenção. Dirigiu-se a pé ao escritório do marido, abriu a porta, subiu escada até a sala dele, bateu antes de entrar. Já tinha a primeira frase pronta: "Fui expulsa da aula de cerâmica." A frase lhe soou engraçada na cabeça; já estava debochando da sra. Mankevitz, de suas bijuterias de cigana, da maneira como a turma toda a encarou como se ela tivesse confessado um crime sexual. Herb cairia na risada quando ouvisse a história. Pippa escutou uma certa agitação lá dentro. Bateu à porta de novo.

— Quem é? — Herb perguntou.

— Sou eu — respondeu ela. Mais agitação. A porta se abriu finalmente. Herb estava diante dela, a roupa desarrumada, os cabelos despenteados.

— Você está bem? — perguntou o marido.

— Fui expulsa da aula de cerâmica — disse ela. Mas não soou engraçado de forma alguma. Soou patético. Pippa sentou-se no sofá e percebeu que havia sido coberto com uma toalha, mas não se deu importância àquilo.

— Eu mandei a professora se foder — explicou ela.

— Por que você fez isso? — perguntou Herb. A voz dele parecia muito cansada.

— Porque ela é uma vaca, foi por isso — respondeu Pippa. — O que é que essa toalha está fazendo aqui? — Houve um longo silêncio. — É porque você estava comendo e não queria sujar o sofá? — Ela tentou ajudá-lo.

— Não. — Ele colocou as mãos na cabeça.

— O que foi? — Houve um longo silêncio que durou um minuto.

Os olhos de Pippa vasculharam a sala até que ela viu uma calça jeans. E lá estava, entre as aselhas, o cinto com fivela de Moira, a estrela prateada que ela havia admirado. Pippa levantou-se, foi até a porta do banheiro e bateu. Em seguida, tentou a maçaneta. A porta se abriu, e diante dela estava Moira com o suéter azul-esverdeado com decote em V de Herb, sentada na beira da banheira, os braços cruzados na frente do tórax, as faces brilhando de lágrimas. Ela levantou a vista para a amiga.

— Ah, Pippa... o que foi que eu fiz?

Pippa ficou parada na porta com os olhos cravados na amiga, incapaz de recompor-se. Seus sentimentos dispararam confusos, como um rebanho de ovelhas espalhando-se diante de um caminhão que se aproxima. Choque, raiva, dor, descrença — eles se misturavam em todas as direções em seu íntimo. Não conseguia controlar nenhum deles. Sentiu a mão de Herb sobre seu ombro. Afastou-a, voltou para o escritório e sentou-se no sofá. Ele ficou à sua frente, com o cenho franzido. Moira estava soluçando alto no banheiro.

— Quando começou isso? — Pippa quis saber.

— Pouco tempo depois que nos mudamos para cá. — Herb suspirou. — Eu queria que fosse somente um romance passageiro, Pippa, mas não... é. Sei que é terrível para você. Quero que fique com o dinheiro. Você merece ficar com tudo.

— Fique com seu dinheiro. Vai se casar com ela?

— Ah, não sei. Na minha idade, seria ridículo. A única coisa que eu quero é viver, Pippa. É um direito meu. Você vem me enterrando nesses últimos anos. Sinto a terra na minha boca. Quase como se você estivesse desejando isso.

— Como é que você pode dizer uma coisa dessas?

— Você sempre disse que tem aversão à velhice. Por que eu seria uma exceção? Noto que você já está começando a sentir pena de mim, a ficar com medo de mim. Você já está de luto. Seja franca.

— É verdade, tenho medo que você fique velho. Que morra. É normal ter medo.

— Eu não quero ser normal e não quero luto por mim. Não sou um fantasma. Quero viver. Ninguém sabe quando vai morrer. Pode ser amanhã. Quero estar vivo. Vai à merda, por fazer eu me sentir um velho!

— Herb — ela disse num tom firme — você *é* um velho.
Ele se empertigou no sofá e olhou pela janela, como se perdido em pensamentos. Pippa o viu tornar-se um estranho diante dos olhos dela. A transformação era quase mágica em sua completude. Ao lado, no banheiro, Moira começou a urrar como um animal. Depois ficou em silêncio. Pippa escutou uma respiração pesada, um ruído e um baque. Herb e Pippa correram para ver. Moira estava no chão do banheiro, o sangue escorrendo-lhe pelos braços.

* * *

— Se suicidar com uma lâmina descartável; acho que ninguém fez isso antes — observou Pippa ao se ajoelhar no banheiro, enfaixando os pulsos arranhados de Moira. Moira, lágrimas e muco nasal escorrendo-lhe pelo rosto, estava sentada na tampa do vaso, com o olhar vago dirigido à parede.
Pouco à vontade, Herb ficou parado à porta.
— Ela estava desesperada — disse ele. Pippa lançou-lhe um olhar raivoso. Ele estava pálido e suado. — Ela gosta muito de você, você sabe disso — acrescentou, envergonhado.
— Você devia dormir um pouco — sugeriu Pippa num tom seco. Permanecia impassível. Ocorreu-lhe que talvez tivesse mesmo deixado de amar Herb sem perceber. Não. Não era isso. Lembrou-se de ter pensado nele com adoração naquele mesmo dia de manhã. Então, por que estava tão vazia de sentimentos? Fazia apenas uma semana que comprara suprimentos de primeiros socorros, movida pelo impulso, e os estocara no banheiro do escritório de Herb. Enquanto enfaixava os pulsos de Moira, algo se desprendeu de sua mente e se dissolveu, como um torrão de terra que despenca de uma represa.

De repente, sentiu-se inundada por uma sensação de alívio. Foi a culpa que se despregara, percebeu, e caíra bem em cima de Moira, esmagando-a e deixando-a em pedacinhos. Pobre Moira! Era isso o que a culpa fazia com uma pessoa. Sentiu o tempo voltar, voltar, voltar, até o momento em que a bala virou em sentido contrário, saiu do cérebro de Gigi, e Pippa era inocente de assassinato, inocente de traição.

A sorte de Pippa chegara ao fim. Era a vítima agora. Passara o bastão para Moira e sentia-se tão vazia! Calma, apaziguada, triste. Libertada de seu pecado, sentiu-se escapando, como uma sombra, não mais carne e osso, não mais presente. Levantou-se.

— Para mim basta. — Em seguida pegou sua bolsa do sofá, dirigiu-se à porta e desceu a escada. Seus passos eram silenciosos. Herb não precisava mais dela. Ninguém precisava mais dela. Ninguém!

Guinada

Havia somente um lugar para ir. Dirigiu até a casa dos Nadeau, desligou o motor e permaneceu sentada no carro. Na entrada da garagem viu somente a caminhonete de Chris. Foi até a janela do quarto dele e olhou para dentro. Ele estava dormindo. Ela arrastou o cogumelo de cerâmica até a casa, subiu nele, passou a perna por cima do parapeito, espremeu-se pela janela, mas um pé ficou preso sob a abertura. Teve de usar as mãos para soltar o sapato, pulando para manter o equilíbrio. Finalmente livre, virou-se e viu que Chris a observava, sorrindo, as mãos por trás da cabeça.

— Olá — disse ele.

Pippa deitou-se sob as cobertas ao lado dele.

— Meu marido está apaixonado por uma grande amiga minha. — Ela olhou para o rosto dele. O nariz quebrado, a boca caída e os olhos escuros, bem escuros, brilhando cheios de vitalidade ou perturbação, tinha de ser uma coisa ou outra, com olhos assim. Sentiu um ímpeto de ternura e desejo. Imediatamente, estavam se beijando. O hálito dele era agradável, natural, como um lago. Bateram na porta. Dot surgiu do nada, toda enrolada num robe branco atoalhado, um coelho grande e louro.

— Tudo bem? — perguntou. — Ouvi um ruído... — De olhos esbugalhados, Dot olhou para eles, choque e constrangimento estampados em seu rosto.

— Olá, Dot — Pippa a cumprimentou. Não sabia mais o que dizer.

O coelho louro pulou fora. Pippa olhou para Chris, o riso preso na garganta.

— É melhor eu ir falar com sua mãe. — Pippa ajeitou a blusa e foi até a cozinha.

— Eu não tive intenção de perturbar você — disse ela a Dot.

— Pippa. O rapaz tem 35 anos. Você tem... isso não importa. Não é da minha conta.

— Eu achei que não estivesse aqui.

— Meu carro está na oficina. — Sua voz estava embargada.

Chris estava esperando do lado de fora quando Pippa saiu para pegar o carro.

— Acho que vou fazer as malas — disse ela.

Pippa voltou para casa. O carro de Herb estava lá. Quando entrou, ele estava misturando Ovomaltine num copo de leite. Parecia exausto.

— Sinto muito ter acontecido dessa forma — começou ele.

— Eu também — retrucou Pippa. Ele foi até ela e colocou o braço ao seu redor.

— Desculpe. Perdi o controle da situação... você é muito importante para mim.

— É tão cansativo — comentou ela.

— O quê?

— Toda essa... situação. Vamos avançar essa parte rápido, até o divórcio.

Ela voltou ao quarto e colocou algumas coisas na mala. Por que ainda não sentia nada? A maior parte de suas melhores roupas estava ainda empacotada, então pegou algumas poucas calças jeans e suas botas favoritas. Camisas. Quais as roupas que uma pessoa precisa quando é jogada no lixão?

Ele tentou ajudá-la com a mala, mas Pippa o ignorou e foi depressa para o carro. Assim que se sentou no assento do motorista, percebeu que havia esquecido as chaves em casa. Xingou, bateu com força no volante e voltou correndo até em casa. A cozinha estava vazia. Procurou as chaves freneticamente. Tinha de sair dali antes que Herb entrasse de novo. Finalmente encontrou-as, largadas por trás da caneca de café. Quando tomou aquele café, às 8h da manhã, acreditava ser uma mulher bem casada. Ao pegar as chaves em cima do balcão da cozinha, avistou o sapato de Herb no linóleo. O pé dele estava dentro. Deu a volta na divisória de fórmica branca e viu o marido inconsciente no chão, uma mancha escura nas calças onde ele se urinara.

Herb ficou no centro de terapia intensiva do Ford Memorial Hospital, num box separado por uma cortina, cheio de máquinas piscando, uma máscara de oxigênio sobre a boca, um tubo plástico longo com uma agulha enfiada no pulso. Um líquido transparente pingava no tubo vindo de um saco plástico pendurado numa base metálica. Ben estava numa extremidade da cama. Viera de carro de Nova York. Os olhos do rapaz estavam úmidos por trás dos óculos redondos.

— Então, não estou entendendo. Você estava no carro e voltou, e quando chegou em casa ele estava no chão.

— Foi. — Pippa forçou a voz para modulá-la no tom maternal.

— Por que você voltou?

— Esqueci minhas chaves.

— Aonde você estava indo?

— Ben, eu realmente não vejo que...

— Só estou querendo entender tudo direitinho.

— Faz alguma diferença se eu estava indo ao mercado ou às compras ou...

— Ele parecia estar tão bem na minha última visita. — Ben estava chorando. Pippa abraçou o filho. Querido Ben. Quando pensou em Grace, que já estava vindo do aeroporto, sentiu um aperto no estômago. Mas tinha que ser. Grace precisava dar adeus ao pai.

O doutor Franken entrou. Poucos anos mais velho do que Ben, com um rosto redondo e um leve cecear, esse foi o médico que mandaram para confortar os pacientes e suas famílias, para tentar aliviar-lhes o abalo. Ele fizera diversas visitas para explicar, primeiro a Pippa, depois a Ben, e de novo aos dois, que Herb sofrera um derrame cerebral sério, que seu cérebro estava submerso em sangue, que estava sendo mantido por uma máquina que lhe fornecia oxigênio, que ia depender da família o tempo que ele permaneceria naquele estado e quando ele deveria ser liberado para a estratosfera. Mas, dessa vez, o doutor Franken tinha uma mensagem diferente a comunicar.

— A senhora Moira Dulles... acredito que ela seja uma amiga de vocês ou da família, não é?

— De meu marido — respondeu Pippa.

— Ela é sua amiga — corrigiu Ben.

— Não é mais — retrucou Pippa.

— Bom — continuou o doutor Franken. — Ela é paciente aqui, foi internada com dores no peito algumas horas atrás...

Pippa mal controlou o riso.

O médico levantou a vista.

— Desculpe — disse ela. — Continue.

— Acho que recebeu um telefonema, ou alguém contou a ela que seu marido teve um derrame cerebral.

— Hum, hum.

— Ela quer visitar o senhor Lee. Quer visitar seu marido. Agora. Na verdade, eu lhe fiz uma visita hoje, porque sou cardiologista. Ela está... extremamente abalada. Desculpe incomodá-los com isso, mas precisava consultá-los.

— Ela pode fazer uma visita de cinco minutos — informou Pippa.

Moira entrou no quarto e se jogou por cima de Herb como um saco de roupa suja. Ben olhou para Pippa, perplexo. Pippa girou os olhos.

Mais tarde, na sala dos visitantes, se viu servindo uma xícara de chá adocicado a Moira, que, com a bata do hospital e os pulsos enfaixados parecia estar pronta para um asilo psiquiátrico.

— Ah, Pippa. — Ela bebeu o chá quente. — É como se os deuses estivessem me castigando.

— Deixe de ser egomaníaca e beba seu chá.

— Por favor, por favor, por favor, me perdoe.

— Perdoar você por quê? — perguntou Ben, sentando-se em frente a Moira.

— Eu... eu não posso — disse Moira.

— Ben, seu pai e Moira estavam apaixonados. Era por isso que eu estava indo embora.

— O *quê*?

— Ah, Pippa, eu juro por Deus que me jogo de uma janela se você não me perdoar. Eu fui tão burra, tão cega, tão egoísta, tão... — Moira deixara a cadeira e estava ajoelhada naquele momento. — Por favor! — suplicou. As pessoas olhavam para eles por trás de seus jornais.

— Está bem. Eu perdoo. Levante — sussurrou Pippa.

Moira levantou-se e jogou-se no sofá mais próximo.

— Não perdoe — disse Ben.

— Você tem razão — replicou Pippa. — Não perdoo. — Reclinou-se e suspirou. — Por que eu sempre termino com uma louca?

— Como é que papai pôde fazer uma coisa dessas com você?

— Ele tinha medo de morrer. Apaixonou-se. Isso o fazia sentir-se vivo. Eu não estava... cem por cento presente no final. Não sei.

— Você nem se incomoda?

— Como é que posso competir com *essa* aí? — Pippa fez um sinal da mão em direção a Moira.

Foi então que Grace apareceu no final do corredor. Ela correu ao encontro deles; parecia jovem e assustada. Ben foi ter com a irmã e eles se abraçaram.

— Onde ele está? — perguntou Grace, lançando um olhar curioso para Moira.

Quando Ben levou a irmã para ver o pai no boxe cortinado, uma enfermeira disse baixinho a Pippa que alguém a chamava ao telefone. Ela foi até a recepção no setor de enfermagem.

— Ah, Pippa. — Era Sam.

— Olá, Sam.

— Não sei o que dizer.

— O que é que você ficou sabendo?

— Herb teve um derrame. Ele estava tendo um caso com Moira. Ela me telefonou e contou a história toda hoje à tarde. De todas as pessoas, você é a única que não deveria estar passando por isso.

— Bom... Obrigada.

— Só queria que soubesse que eu te amo.

— Também amo você, Sam.

— Eu realmente estou falando sério.

Ela inspirou fundo. Era tão estranho ouvi-lo dizer aquilo em voz alta. Expirando, disse:

— Ah, Sam...

— Mais tarde passo para ver você.

— Está bem. — Houve uma pausa. Nesse intervalo de tempo, Pippa viu sua vida com Sam deslizando inevitavelmente em sua direção, como um trenó sem freio: uma cerimônia íntima de casamento ao ar livre e um halo violeta de flores sobre sua cabeça. Na enorme cozinha campestre de Sam, Pippa inclinando-se para retirar do forno quente um grande pernil de cordeiro enquanto Sam ia de um lado a outro em seu escritório. A mulher de um artista, finalmente. Sentiu como se algo macio e pesado houvesse sido colocado sobre seu tórax. Talvez um saco de areia grande.

— Sam? — ela o chamou rapidamente.

— O que é?

— Eu não quero mais... fazer cordeiro assado. — Houve um silêncio. — Entende o que estou querendo dizer?

* * *

Horas mais tarde, Pippa entrou em seu carro acompanhada por Grace. Não havia lugar para os três passarem a noite no quarto com Herb, e Ben queria ficar. A ideia era descansar algumas horas e depois voltar ao hospital.

— Mas por que é o Ben quem vai ficar? — perguntou Grace.

— Não sei. Acho que é porque ele era quem mais estava querendo.

— Ah, é? — ironizou Grace. — E como, exatamente, você conseguiu medir isso? Você tem algum medidor de amor?

— Descansamos umas horinhas e depois podemos...

— Quem anda fumando nesse carro? — perguntou Grace, com uma expressão desconfiada no olhar.

— Não sei — disse Pippa vagamente, vendo que tinha sido pega.

— Eca! — Dirigiram em silêncio por um certo tempo. Depois num sussurro: — Foi o papai?

— Não, não...

— Se ele voltou a fumar, talvez seja por isso que... — Ela se encolheu toda, os joelhos de encontro ao peito. — Então ele teve morte cerebral, total?

— É o que eles disseram, minha querida.

Chegaram em casa. Pippa abriu a mala do carro e tirou de lá a mochila que preparara pela manhã. Estava muito leve. Uma mariposa voou na frente de seu rosto quando chegou à porta da frente. O inseto lembrou-lhe as teias brancas grudentas, como algodão-doce, cheias de larvas. Já deviam ter saído do casulo. Pensou em Chris. Sentia falta dele.

— Boa noite — sussurrou Grace assim que entraram em casa. Dirigiu-se ao corredor, entrou no escritório de Herb e fechou a porta sem olhar para trás.

Em seu quarto, Pippa vestiu calças de moletom e uma camisa de malha. Era melhor estar vestida, caso precisasse voltar rápido ao hospital, pensou. Em seguida, deitou-se na cama. Sentia-se mal agora sob os lençóis finos de algodão. Pensou em todas as mentiras que haviam sido ditas naquela cama nas últimas semanas. Por que Herb se dera ao trabalho de mentir? Levantou-se da cama, sentou-se na poltroninha em um dos cantos e acendeu um cigarro. Ouviu uma leve batida na porta e levantou a vista. Era Grace.

— Meu Deus, você *está* fumando!

— Não vai ser por muito tempo mais.

— Mas eu nunca vi você fumar em toda a minha vida.

— Grace entrou no quarto e sentando-se na cama.

— Eu sei. — Pippa deu outro trago, inalando a fumaça de forma desafiadora, em seguida levantou-se, tirou da parede um dos pratos de decoração e apagou nele o cigarro. Grace lançou-lhe um olhar como se a mãe tivesse enlouquecido. Pippa deu de ombros e sentou-se de novo na poltrona, as pernas dobradas sob o corpo. Pela primeira vez, não temia que Grace a censurasse. Sentia-se como se tivesse sido dispensada e permanecesse na família como consultora. Não, claro. A maternidade é para sempre. Mas e se um de seus filhos não consegue nem mesmo olhar para sua cara? Você simplesmente fica por perto e dá um sorrisinho, na esperança de uma mudança de atitude?

Grace tinha a respiração entrecortada. Estava chorando. Pippa aproximou-se da filha e sentou-se a seu lado. Para sua surpresa, Grace inclinou-se em sua direção, aconchegou-se no peito da mãe e soluçou. Pippa alisou a cabeça da filha.

— Sinto muito pelo que está passando — disse Pippa.

— Não é por isso que estou chorando. Estou chorando porque trato você mal o tempo todo, e eu detesto isso. Não quero tratar você assim, eu realmente não quero.

Admirada, Pippa segurou o rosto da filha entre as mãos e beijou-a na face.

— Eu te amo muito.

Coitadinha, Grace não sabia da doença que passara para ela através das mulheres da família. De mãe para filha numa linha tão longa quanto a vida de Pippa, e talvez vinda de muito antes, talvez ainda anterior à vovó Sally, à sua mãe e à mãe dela antes disso; uma cadeia de desentendimentos e ajustes, cada uma das filhas tentando compensar o que faltara em sua mãe, errando ao fazer exatamente o oposto. Algumas famílias eram assim amaldiçoadas.

— É uma longa história — observou Pippa. — Eu gostaria de poder lhe contar, mas... realmente não sei como.

Grace colocou o dedo sobre a boca da sua mãe.

— Agora não. Eu só quero ser sua amiga, mãe, enquanto ainda temos tempo.

— Eu me sentiria honrada em ser sua amiga.

— Honrada, não — replicou Grace. — Apenas feliz.

— Está bem. Feliz.

— Posso dormir com você? — perguntou Grace.

Pippa sentiu uma intensa onda de felicidade invadir-lhe o ser. Isso a deixou tonta.

— Claro, minha querida. — Deitou-se ao lado de Grace enquanto os olhos da filha fechavam-se e a respiração se intensificava. Grace chorara em seus braços. Imagine! Foi tomada pela incomum certeza do amor da filha com um sentimento de descrença e êxtase. Passou-se uma hora. Pippa não estava cansada. Achou que deveria voltar ao hospital. Esperaria mais uma hora. Telefonariam se alguma coisa acontecesse. Olhou com admiração para Grace, seu rosto jovem tão determinado, até mesmo no sono. Sua filhinha valente.

Esperava ainda terem tempo para acertarem suas diferenças. Ouviu um carro passar pela frente de sua casa. Em seguida, deu marcha a ré e uma luz branca varreu seu quarto. Olhou pela janela para ver quem era. Era Chris. Desligou a luz do quarto, entrou na cozinha e abriu a porta. Ele já estava lá.

— Eu vi a luz acesa e resolvi vir ver se você precisa de alguma coisa. Minha mãe tem uma amiga que trabalha na UTI; foi assim que soubemos.

— Meu filho está com ele. Era para eu estar dormindo, mas não consigo.

— Posso dar uma volta de carro com você.

— Você não tem que trabalhar?

— Estou de folga até as 17 horas.

— Talvez por uma meia hora. — Ela entrou em casa, seguiu na ponta dos pés pelo corredor e deu uma olhada em seu quarto. Grace estava dormindo, encolhida sob o edredom. Pippa deixou um bilhete, colocou-o em cima da mesinha de cabeceira ao lado de Grace, apanhou seu telefone celular na bolsa, pegou o suéter que estava pendurado nas costas de uma cadeira da cozinha e saiu. Chris já estava ao volante.

Circularam um pouco por Marigold Village. Pippa ligou para o hospital para ter notícias de Herb e certificou-se de que saberiam localizá-la pelo celular. Então olhou pelo vidro do carro e ficou observando as casas de madeira com seus telhados inclinados, as bandeiras americanas pendendo sonolentas, como se no descanso da noite.

— Não acredito que eu tenha morado aqui algum dia — disse Pippa.

— É mesmo um lugar sinistro — comentou Chris. Passou em frente à loja de conveniência, seguiu pelo estacionamento do centro comercial, onde o peixeiro parava, até o rio. Desligou o motor do carro, mas deixou os faróis acesos; no mesmo instante, centenas de mariposas brancas estavam circulando dentro das colunas de ar iluminado, as asas batendo desesperadamente, como se alimentando-se da luz

— Saíram dos casulos — observou Pippa. Permaneceram assim por um longo tempo, observando as mariposas.

— Você disse que seu pai era um pastor — lembrou Chris.
— Ele rezava com você?

— Não. Eu ia para a igreja dele todo domingo. Mas ele não rezava comigo.

— Você... ainda?

— Rezo. Não sei se acredito em alguma coisa, mas ainda rezo. É mais ou menos automático.

— Você reza para quê?

— Para ser boa. — Ela riu. — Soa infantil quando digo isso em voz alta.

— É a única coisa para que rezar. O resto é uma lista de desejos. — Havia algo nele... tão difícil de pôr em palavras... alguma coisa genuína e transparente que vira apenas nas crianças.

— Vamos. — Ele estendeu o corpo por cima dela para destravar a porta, abrindo-a um pouco em seguida. Seu braço roçou as coxas de Pippa. Ela saiu do carro. O rapaz deu a volta e foi para o seu lado, segurou-a pela mão e conduziu-a para a parte de trás da caminhonete. Havia uma portinha ali. Abriu-a e levou Pippa para o seu interior. Um fósforo iluminou o ambiente. Chris estava acendendo uma vela. Ela pôde então ver que havia diversas velas fixadas a pires nas laterais e nos peitoris das janelas da capota laranja. Ele as acendeu, uma a uma. Pippa fechou a porta para que as chamas não se apagassem. O piso era coberto por um tapete marrom aveludado. Um colchão fino estava enrolado com perfeição e servia como um bom sofá. Chris deu nele algumas batidinhas leves. Pippa sentou-se no colchão, ansiosa. Ele se ajoelhou diante dela.

— Quer rezar por seu marido?

Ela sentiu o impacto da ironia.

— Não adianta. Ele teve morte cerebral.

— Não é por seu cérebro. É por sua alma.

— Ah. Não sei como fazer isso.

— Eu também não — observou ele. — Vamos tentar. — Chris tirou a camisa. Ela havia se esquecido daquela tatuagem. Agora Jesus estava ali com eles. Seus olhos negros ferozes no peito de Chris fulminavam; o desenho intrincado de suas asas elevava-se por sobre os ombros do rapaz. Ele fechou os olhos, juntou as mãos e olhou para o chão. Pippa fitou a imagem no peito do amigo, e ela lhe devolveu o olhar, sem piscar, onividente, assustador. Esse não era o Cristo que conhecera. Era uma divindade poderosa, esmagadora. Sentiu como se aquela caminhonete estivesse no limiar do espaço; não conseguia imaginar nada além daquele momento, tão estranho e ao mesmo tempo tão familiar, repulsivo e irresistível.

Finalmente Chris lhe dirigiu o olhar, seu rosto acima do outro rosto. Foi em sua direção. Com movimentos suaves e deliberados, a fez levantar, desdobrou o colchão e deixou-o aberto. Ela aproximou-se dele lentamente. Deitou-se. Quando a beijou, ela sentiu a mente preenchida por ele e nada mais. As velas brilhavam por trás da cabeça do rapaz. As mãos dele eram ardentes. Suas pálpebras pesaram. Foi invadida por uma lentidão, um torpor, como uma droga em suas veias. Achegava-se cada vez mais ao momento até que se viu nas profundezas, onde não havia imagem, somente uma cor, somente vermelho, por trás de seus olhos fechados. Sentiu a mão dele em seu sexo. Abriu os olhos. A tatuagem apareceu gradualmente diante dela; as asas de Cristo pareciam abertas e reais por cima dela, pulsando ritmicamente, fazendo o som de duas mãos secas esfregando-se uma contra a outra enquanto roçavam as laterais de plástico da capota. Isso não pode ser verdade, ela pensou. E então, do nada, um prazer se distendeu em seu sexo, inflou até preencher seu corpo e explodir, a sensação escorrendo-lhe pelas pernas, e ela deixou escapar um grito, a cabeça caindo sem vida no travesseiro, o corpo inerte como o pescoço de um cisne morto. A tristeza veio no rasto do prazer como a cauda de um cometa. Dor e fúria foram lançados de sua boca como chamas. Ele lhe segurou a cabeça entre as mãos enquanto ela chorava.

* * *

Não tinha ideia de como se viu do outro lado da capota. Estava fechando o zíper do suéter.

— Tenho que voltar para o hospital — informou ela.

Permaneceu calada no caminho; as palavras pareciam tão distantes como as estrelas. Não se atrevia a dirigir-lhe o olhar, agora que ele readquirira sua forma humana. Quando chegaram ao hospital, saiu correndo da caminhonete; as portas de vidro automáticas abriram-se para ela entrar, fechando-se em seguida.

Herb respirava fundo com dificuldade, tubos plásticos presos a seu rosto, os olhos fechados. Ben dormia, o corpo dobrado na cama de armar estreita abaixo da janela. Pippa acordou o filho. Segurando o travesseiro, ele levantou a cabeça para inspecionar o pai.

— Está tudo bem — disse Pippa. — Essa é uma boa hora. Vá telefonar para sua irmã.

Ben vestiu as calças jeans, a camisa e seguiu pelo corredor de meias. Então virou-se para a mãe.

— Vou buscá-la.

— Ela pode vir no meu carro — observou Pippa.

— Como foi que você veio?

— Não se preocupe, vá telefonar para ela, querido.

Ele deixou o quarto.

Pippa sentou-se ao lado de Herb por um instante.

— Apesar de tudo, eu amo você, você sabe. Vou sempre amar você, seu sacana. — Alisou a cabeça dele. Marido. Para todo o sempre.

Ben voltou para o recinto. Sentou-se do outro lado da cama de Herb, e cada um segurou uma de suas mãos grandes até Grace chegar. Ela já estava chorando. Ajoelhou-se e pôs o rosto no braço do pai.

Alguém abriu a cortina, uma mulher atarracada usando um jaleco cheio de desenhos de ursinhos.

— Já estão prontos? — perguntou gentilmente. Pippa fez que sim com a cabeça. Os filhos choravam. A enfermeira removeu a máscara de oxigênio do rosto de Herb. Os lábios dele estavam azuis. Ele respirou profundamente, o tórax movendo-se com dificuldade. Mais uma respiração. Seus olhos abriram-se e pareciam ver algo distinto logo à frente. Começou a ter respirações difíceis, terríveis, como se estivesse lutando, como se fosse muito difícil morrer. Sua mão segurou a sonda do braço. Queria retirá-la. Queria sua dignidade, Pippa sabia. Queria partir inteiro.

— Pode tirar... a sonda? — Pippa perguntou. A enfermeira retirou com cuidado a agulha do braço de Herb. Ela se inclinou sobre seu rosto, examinou os olhos dele. A atenção dele voltou-se para ela, na expectativa. Ela segurou seus braços com firmeza: — Está tudo bem.

Pippa apertou a mão dele. A enfermeira retirou-se para o canto do quarto. Um longo momento de silêncio. Então, finalmente, uma expiração longa e intensa, como se um animal grande desse seu último suspiro. A enfermeira colocou o estetoscópio no peito dele por um momento.

— Ele se foi — declarou. — Sinto muito. — Em seguida, saiu cortina afora. Ben e Grace aproximaram-se de Pippa e choraram. Ela manteve os olhos no rosto de Herb. Já começava a mudar, ficando mais acentuado, sem sentido, uma máscara.

Chris estava esperando do lado de fora do hospital quando eles saíram, depois que Herb foi levado para o crematório e os papéis haviam sido assinados. Ele estava ao lado de sua caminhonete. Pippa deteve-se ao vê-lo, e Ben olhou para o rapaz com curiosidade. Ela em seguida entrou no carro do filho, profundamente envergonhada do que havia acontecido na caminhonete. Uma mulher de 50 anos, divertindo-se num automóvel com o filho estranhamente espiritual e irresponsável da vizinha em um abrigo de velhos! Herb teria rido muito. A coisa toda era grotesca. Ela gostaria de poder apagar aquilo.

— Stephanie e eu queremos que você fique com a gente — disse Ben.

— O quê?

— Queremos que venha morar conosco, mamãe, Stephie e eu. Pelo tempo que quiser. Vamos tomar conta de você.

— Ah. Obrigada, querido — ela observou vagamente, imaginando as nuvens de pelo de gato que surgiriam quando abrisse o sofá-cama no escritório, ao prepará-lo para deitar-se. É isso aí. Sim. Empacotaria todas as suas coisas o mais rápido possível, venderia aquela casa que era uma armadilha para a morte e ficaria com Stephanie e Ben, encontraria um lugar pequeno para morar perto deles. Esperaria para ser avó.

Hopper

Naquela noite, Pippa sonhou que estava entrando de carro numa nuvem de mariposas brancas, milhares delas esvoaçando de encontro ao para-brisa. Em seguida, acordava e se via dirigindo dentro de uma nuvem de mariposas brancas. Sentiu uma espécie de cegueira e claustrofobia. Parou o carro. Mas como sairia dali? E se estivesse no meio de uma rodovia? Alguém poderia chocar-se contra ela. Seguiu muito devagar, em pânico, desorientada, tentando enxergar as margens da estrada para saber onde estava. Ficou imaginando se aquilo poderia ser real. Teria enlouquecido? Estaria sonhando? Ou talvez estivesse morta.

Finalmente as criaturas reduziam-se em número. Conseguia enxergar na escuridão da noite através das asas esvoaçantes. Estava dirigindo pela rua estreita em que morava, em direção ao cruzamento. Via a loja de conveniência do outro lado da rua. Ela brilhava com a luz azul fria de uma pintura de Hopper. Então era para ali que estava indo. Enfiou o pé no acelerador, para tentar conduzir o carro até o outro lado, parou e estacionou. Viu Chris no interior. Ele estava sozinho, recostado, os braços cruzados, olhando pela janela, sua pele extremamente branca sob a luz fluorescente. Observou a roupa que ele estava usando. Calças de moletom e uma camiseta de malha. Graças a Deus, nenhuma camisola. Saiu do carro. O som das rãs lá fora era agudo e contínuo. Ela foi andando até a loja e abriu a porta de vidro. Quando Chris a avistou, seus olhos a seguiram, mas ele não se mexeu, e sua expressão não mudou. Ela dirigiu-se ao balcão. Os dois entreolharam-se.

— Estou acordada — disse Pippa.

Parte Quatro

Amarelo

Parada à porta do quarto, Pippa observava pelo corredor os filhos na cozinha. Eles estavam sentados nos bancos, um diante do outro, os cotovelos sobre o balcão, conversando baixinho, para não acordá-la. Grace chorava e balançava a cabeça. Ben estava falando e olhando para fora da janela. Contava à irmã sobre Moira, Pippa tinha certeza. Pensar que um dia eles estiveram dentro dela, aquelas duas pessoas. Pegou a mochila de lona que se encontrava a seus pés e saiu pelo corredor. Não se lembrava de quando preparara uma mochila tão leve. Ben e Grace olharam para ela.

— Oi, mamãe — cumprimentou Grace suavemente.
— Olá, minha querida — respondeu Pippa.
— Para onde vai com essa mochila? — quis saber Ben.
— Vou fazer uma pequena viagem — informou Pippa.
— Uma viagem?
— Sim, eu... estava pensando se vocês não gostariam... deem uma olhadinha pela casa e escolham o que quiserem, e aí telefonem para essa transportadora aqui. — Tirou um cartão de uma gaveta. — Eles podem empacotar o que sobrar e levar para doação. — Os filhos olhavam atentos para ela. — Deixei um cheque para eles na escrivaninha do meu quarto. Não quero nada daqui.
— E o velório? — perguntou Ben. Pippa apanhou uma agenda de endereços e apontou para ela. — Escolha uma

data e convide todos que estão aqui. Exceto Moira. Ou convide Moira. Dane-se!

— Mamãe. Você está realmente indo agora? — Ben olhava para ela com um misto de incredulidade e preocupação.

— Meu querido, seu pai estava a ponto de fugir com uma mulher para quem eu preparei jantar praticamente dia sim e dia não nos últimos quatro anos. Dei conselhos a ela sobre sua vida amorosa, escutei suas queixas egomaníacas infindáveis, quase ao ponto de minha cabeça explodir e aí descubro que os lamentos dela eram por causa do meu marido. Não vou organizar o velório dele. Quer dizer, eu volto para o velório. Só não vou comprar as flores. — Aquela fúria justificada era revigorante e estranha. Pippa respirou fundo e viu que Grace a fitava esboçando um sorriso, e que algo despontava ali. Poderia ser... admiração? Naquele momento, a caminhonete de Chris parou em frente à sua casa.

Ben levantou-se e foi até a janela.

— Quem *é* esse cara? — perguntou, virando-se.

— Um amigo meu — disse Pippa.

— *Amigo* seu? O que é que está acontecendo por aqui?

— Eu estou... vamos dizer assim... pegando uma carona — respondeu Pippa.

Ben levou as mãos à cabeça.

— Não vou sumir no crepúsculo, meu querido — garantiu Pippa. — Só estou... querendo ver o que vai acontecer depois.

— Eu não acredito nisso — declarou Ben.

Grace virou-se para ele.

— Ela nos deu metade da vida dela. Você não acha que a mamãe merece umas férias?

* * *

    Vista através do vidro empoeirado, a paisagem parece suja e desmaiada, como uma fotografia amarelecida. Baixo o vidro do carro e observo a imagem se tornar vívida: terra plana e arenosa da cor de ferrugem; rochedos maciços avermelhados em contraste com o céu azul. Deslizo por sobre o planeta, livre uma vez mais. Dirijo a vista para Chris que tem o olhar fixo a distância enquanto dirige. Sinto como se ele estivesse me conduzindo por uma ponte de pedras e areia. Não sei o que se encontra do outro lado. Vejo cidadezinhas ao longo do caminho. Quando passo por cada uma delas, penso: eu moraria aqui? Tento imaginar minha outra vida, aquela que deixei para trás, mas ela começa a se evaporar da minha mente. Algumas imagens me vêm à memória — Herb, a casa em Marigold Village, minha faca de legumes favorita — mas elas são inanimadas e irreais. Vou voltar, claro. Ben, Grace, o velório. Mas sinto desdobrar-se dentro de mim uma história desconhecida. Não tenho ideia de como se dará; não sei quem serei nela. Sou tomada pelo medo e pela felicidade.

Este livro foi composto na tipologia Classical Garamond,
em corpo 11,3/15,7, impresso em papel off-white 80g/m²,
no Sistema Cameron da Divisão Gráfica
da Distribuidora Record.

Seja um Leitor Preferencial Record
e receba informações sobre nossos lançamentos.
Escreva para
RP Record
Caixa Postal 23.052
Rio de Janeiro, RJ – CEP 20922-970
dando seu nome e endereço
e tenha acesso a nossas ofertas especiais.

Válido somente no Brasil.

Ou visite a nossa *home page*:
http://www.record.com.br